不觉欢喜 真是欢喜

顾随——著

中国工人出版社

目录

引言："似则似，是则非是"

◤顾　随

宋人说诗，好以禅为喻，任渊《陈后山诗集序》曰："读后山诗，大似参曹洞禅，不犯正位，切忌死语。"如再翻阅宋人诗话，则以禅说诗者更多。禅师说法，亦往往拈举前人诗句。余素喜韵语，近来又常涉猎禅宗语录，颇觉其间有似处，然而实在说来，禅与诗的关系是："似则似，是则非是。"二者未可混为一谈。

唐宋诗人接近禅学者甚多，唯其接近禅学，故诗中常作禅语，但诗中参以禅语则必不能佳。如苏东坡之《东林偈》云："溪声便是广长舌，山色无非清净身，夜来八万四千偈，他日如何举似人。"非诗非禅，正是禅家之"触"。至于王摩诘、柳子厚尽有好诗，于佛经亦熟，但其好诗皆不是佛家语也。禅师亦好为偈语，若律之以诗，即非笑话，亦是外行。如云居舜禅师之："云居不会禅，洗脚上床眠，东瓜直侊侗，瓠子曲弯弯。"还有应庵华禅师之："蜻蜓许是好蜻蜓，飞来飞去不曾停，被我捉来摘去两边翼，恰似一枚大铁钉。"又如简堂机禅师之："圆通不开生药铺，单单只卖死猫头，不知那个无思算，吃着通身冷汗流。"皆是禅而非诗。但简堂住山时，有偈语一则，虽禅机不深，而真是好诗："地炉无火客囊空，雪似杨花落岁穷，拾得断麻穿破袖，不知身在寂寥中。"大有孔子疏食饮水乐在其中、颜渊箪食瓢饮不改其乐之境界。由此可知：好诗未必通禅，而禅语亦多非好诗也。唐宋两代号为"诗僧"之作品，如《禅月集》《白莲集》《石门文字禅》皆不过尔尔。此亦禅与诗不能十分相合之一佐证。

如此，则宋人以禅说诗，岂非毫厘相差，天地悬隔？然宋人之说，亦自有其见地。诗与禅相似处只在"不可说"之一点。非不许知，乃是不许说。禅宗大师云"这张嘴只好挂在墙上"，即是必须由自己参悟而来的意思。由旁人解说而知者，并非真知。老子《道德经》曰："道可道，非常道；名可名，非常名。"及其道之、名之，则又曰："恍兮惚兮，其中有物；窈兮冥兮，其中有精。"恍惚窈冥，如何可说？又《庄子》"庖丁解牛"亦说此义。故谓道必自得，父不可传之于子，兄亦不能传之于弟。以上乃就哲学方面而言。

如再以文学论之，六朝时陶弘景隐居，皇帝诏问："山中有何物？"宏景答诗云："山中何所有，岭上多白云，只可自怡悦，不堪持赠君。"禅与诗也正如这诗的后两句，"只可自怡悦，不可说似君"也。

唐文宗诗曰："人皆苦炎热，我爱夏日长。"柳公权续曰："薰风自南来，殿阁生微凉。"一禅宗大师说法，亦举此二十字。意谓人必身临其境，方可体会得出，然柳公作句，何尝有意于禅？后来禅师举此二句，当然忘其为诗，此即诗与禅相似之处，均是不可说也。

所谓不可说者，并非"无"，而是"真有"。因此不可说并非玄妙。凡一境界其高深微妙之处，皆是"不可说"，固不独诗与禅为然。庄子曰："道可得而不可见。"因"不可见"故"不可说"。诗与禅之"不可说"而非"无"之一点相同，诗人之谈禅，禅师之举诗，适以证明诗禅相通之处。

故诗是诗，禅是禅，而其精深微妙的"不可说"的境界则相同。

总结之曰：禅者，万殊归于一本。诗者，一本散为万殊。禅是自性圆明，见心见性，法尔如然，在智不增，在愚不减。诗是包罗万象，神通变化，无有常法，如此则禅为静，诗为动。禅是由外向内如孟子所谓"收其放心"；诗是由外之内，收于内后再放于外。陆士衡《文赋》有曰："收视返听，耽思旁讯，精骛八极，心游万仞。"收视返听是收精骛，心游是收而复放。所以诗乃静中之动，动中之静也。

宋入学道者称学诗者曰"玩物丧志"。至于禅师则意更不在诗。然而，禅宗虽然万殊归于一本，试问"一"又将归于何处？一切文学哲学宗教虽路径各不相同，而其最高境界皆是追求真理。故于诗，可得一转语曰："此众无枝叶，唯有诸真实。"

一九四三年十一月六日

不觉欢喜　乃真欢喜

上编

揣籥录

小 引

揣籥者何？苏东坡《日喻》曰：“生而瞽者不识日。……或告之曰：‘日之光如烛。’扪烛而得其形，他日，揣籥以为日也。”此则揣籥之由来。至于苦水所以用此二字，则意谓今兹所录，有如瞽者之于日，一误于扪烛，再误于揣籥，简直满不是那么回子事。其始既不止于毫厘相差，则其结果也不仅天地悬隔而已。

然而终于有此录者，《世间解》月刊行将出版，中行道兄要我写一篇关于禅的文字，这真使我不胜其惶恐之至。不错，十余年来，我确乎读过几部禅宗的语录，也看过一两部佛经。不过这读这看，一如陶公渊明之读书不求甚解，则其了解之程度，亦复可想而知。然则随便翻翻，以遣有涯之生乎？即又不然。苦水虽非姚江学派笃信知行合一之说，而平生亦颇注意于行其所知，以为倘知而不能行，则其所知即成为身外之物，其未得也患得之，其既得也患失之。于此，我将仿孟子“万钟于我何加焉”之语，而曰：“多知于我何加焉？”反不如安分随缘，信步行去，虽作不到浩浩落落，海阔天空，亦庶几乎简简单单，心安梦稳也。我之于经与语录不求甚解的原故，倒不尽在乎震其艰深，知难而退。而是因为现在所知之一星半点已经不能见诸实行，那么，将来所知虽多，亦奚以为乎？譬如《心经》所云“无挂碍故，无有恐怖，远离颠倒梦想，究竟涅槃”，究竟涅槃且置，试问如何能作到远离梦想去？如何能作到无恐怖去，无挂碍去？若说苦水现下实际工夫业已达到此等境界，岂非大言不惭，自欺而又欺人？若说以此四句经作为题目，令苦水作一篇文字，则苦水自信即使不能说得天花乱坠，三五千字的论文卷子是可以拿得出手去的。若当其欣于所遇，暂得于己，便是万儿八千字，亦复何难？且不说依经说教，三世佛冤，亦且不说错下一转语，五百世堕野狐身；试问腊月三十日到来时，阎罗老子面前吃铁棒时，便将这三五千，甚至于万儿八千字去抵敌的么？笑话，笑话！哀哉，哀哉！古德的嘴尚只堪挂在墙上，则苦水的笔岂不应该扔在臭茅厕里也哉。

不过苦水虽不敢自命为文人，而半生学文，习焉成性。于读语录时，颇悟得为文之法。（即于读经，亦复如此，罪过，罪过。）洪觉范的《石门文字禅》，无甚了得，于文于禅，两无所当，不必援以为例。湛堂准和尚总不愧为一代宗匠，而他于读孔明《出师表》，却悟得作文章。其所作《水磨记》有云：“……故有以破麦也，即为其硙。欲变米也，即为其碾。欲取面也，即为其罗。欲去糠也，即为其扇。而规模法则总有关捩；消息既通，皆不拨而自转。以其水也，一波才动，前波后波，波波应而无尽。以其硙也，一轮才举，大轮小轮，轮轮运而无穷。……”准公此文，意在藉物明心，依境说禅，所可断言。然而文者见之为文，其所云“波波应而无尽”与夫“轮轮运而无穷”者，则又岂不是活泼泼的绝妙文心，有如雪堂行和尚所谓“虚而灵，寂而妙，如水上胡卢子相似，荡荡地无拘无绊，捺着便动，捺着便转”者耶？古来文人当其创作时文心能达到此种境界者，恐怕纪事只有盲左，说理只有蒙庄。此外，便是太史公之雄健，王仲任之坚实，仍不免尚隔一尘。话又说回来，难道苦水学文工夫已到达此等境界么？那又当然是不，不，一点也不。然则今兹所录，去禅固远，离文亦并不近，踱脚法师，说得行不得，此处正好断章取义，借用“啼得血流无用处，不如缄口度残春”那两句也。然而古德有言：“行取说不得的；说取行不得的。”夫行取说不得的，真乃高高山头立，深深水底行；自家的工夫与见地亦俱不能到此，如今且将这话撂开一边。至于说取行不得的，且不可认作雷声大，雨点小；说大话，使小钱；若是如此，所谓错认驴鞍桥作阿爷下颏，辜负他古人不浅。所以者何？说取行不得的，乃是学人提心在口，念兹在兹，鞭策自己勇猛精进的一种手段。不见夫汤之《盘铭》乎：“苟日新，又日新，日日新。”这位圣人作此铭时，只是个自勉，倘若已经作到此种地步，还要此铭作甚？这正是说取行不得的一个证见。说到这里，苦水此录，自然应无，却亦正不害其有。

郑板桥自题其家书曰：“有些好处，大家看看；如无好处，糊窗糊壁，覆瓿覆盎而已。”至于明眼大师，棘手作家，毒喝痛棒，苦水则又无不欢喜承当也。

以上小引竟。

一九四七年六月下旬于倦驼庵

第二月

何谓第二月？

《楞严经》云："如第二月，非是月影。"夫第二月并月影亦不是，则其于月也何有？然而有人注曰："人以手捏目望月遂成二轮，取其捏出者为第二月。……第二月虽非真月，然离真月，亦无第二月之可见。"苦水具足凡夫，一本小九九歌，念了许多时候，还只说九九是八十三，知道甚的是禅？如今惹火烧身，自救不了，被中行道兄一把抓住，迫教每期《世间解》都要有一篇胡说，而且不许曳白出场。因念昔时古德上堂，未曾说法，先道"山僧今日事不获已"。苦水今日既非古德，不便以此借口。曾记得有一位先辈，常常写文章发表于各种刊物上，他表明他自己的态度，辄曰"伏侍天下看官"。苦水即又不尔。苏子瞻谪居黄州之日，有客来访，往往强之说鬼，辞以不能，则曰："姑妄言之。"以今比昔，中行大似东坡，而苦水则是被强以说鬼之客耳。既曰妄言，必非真知。坡老达人，听亦不信。不过今日所说，毕竟非鬼，乃第二月。第二月并非月影，何干真月？然不有真月，此第二月亦无由生。是故于此亦复可说：此第二月不离真月。

甚么叫作禅？

苦水今日自设此问，不必扬眉瞬目，不必拈槌竖拂，不必并却咽喉唇舌，只许病鸟栖芦，困鱼止泺，要如三家村中塾师教书，先从《百家姓》中第一句“赵钱孙李”说起。禅之一词乃简称，全称当云禅那，据说是巴利语“羌哈那”的音译，而梵语则为Dhyana，意译则曰“思惟修”。《大智论》曰：“诸禅定功德，总是思惟修也。禅者，秦谓思惟。”其在《圆觉经》疏说，则曰：“梵语禅那，此言静虑。静即定；虑即慧也。”其在《六祖法宝坛经》，禅或单举，则曰：“内见自性不动，名为禅。”然又双举禅定，曰：“外离相为禅，内不乱为定。外若着相，内心即乱；外若离相，心即不乱。”复又谆谆告诫曰：“善知识！外离相即禅；内不乱即定。”准前二说，禅是思惟，亦即定慧；思与定慧是一非二。准《坛经》说，外不着相，内心不乱，禅之与定，亦复为一。《经》云“内见自性不动”者何？其曰内见，即外离相；自性不动，即心不乱，亦复是定。六祖于此虽不言慧，决非无视。其意若谓：定自生慧，定亦即慧。是故《坛经》又云：“大众勿迷，言定慧别。定慧一体不是二。定是慧体，慧是定用。即慧之时定在慧；即定之时慧在定”也。复次，禅是静虑，学人勿疑既已是静，如何云虑？若已是虑，云何成静？欲决此疑，一准《坛经》定慧体用。

《大智度论》说，《圆觉经》疏说，如今且置。若夫六祖为人倜傥磊落，壁立千仞，更何待言。神秀说菩提是树，明镜是台，六祖便说菩提非树，明镜非台。卧轮说有伎俩，能断百思想，六祖便说无伎俩，不断百思想。或云风动，或云幡动，六祖便说非风非幡，直是心动。真乃络笼不肯住，呼唤不回头，放出自家圆光，遮天盖地。及至说禅，简则曰内见自性不动，不过是六个大字。繁则曰外离相，内不乱，也仍然不过是六个大字。直捷也甚直捷，明白也甚明白，只是有甚奇特？总只为老婆心切，深恐怕后来儿孙听话不明，传事不真，所以长话儿与他一个短说，深话儿与他一个浅说，竖说一番是六个字，横说一番恰恰又是六个字。今世学人要会甚么叫作禅么，如此只如此。奇特原也无甚奇特，只是学人如何得会悟去，如何得履践去，如何得相应去，如何得不向这两说十二个大字下死却去？到这里，无意气时添意气，不风流处也风流，这无奇特恰又不妨是甚奇特。要会这甚奇特么？三岁孩儿也不妨道得。

以上所说，皆是贫道捏目所见之第二月。顶门具眼的人听者乱道作么？且认取第一月去。

附记

《圆觉经》载，威德菩萨请佛为说："一切方便渐次，并修行人共有几种？"佛告威德：诸修行人循性差别当有三种方便。一者，奢摩他，此云止。二者，三摩钵提，此云观。三者，"若诸菩萨悟净圆觉，以净觉心，不取幻化及诸静相，了知身心皆为挂碍，无知觉明，不依诸碍，永得超过碍无碍境，受用世界及与身心相在尘域，如器中锽，声出于外，烦恼涅槃不用留碍……此方便者名为禅那"。其在偈中，复说曰："禅那唯寂灭，如彼器中锽。"碍与无碍且置之，学人且细细会取器中锽是个甚的？为在器中？为在器外？为二俱在？为俱不在？为有为无？为实为虚？为向为背？若于此会得，参禅有分。虽然傍教说禅，宗门大忌，不见道离经一字，即成魔说。

一九四七年七月上旬于倦驼庵

第二月之二

白杨顺病中示众云：“久病未尝推木枕，人来多是问如何。山僧据问随缘对，窗外黄鹂口更多。众中作者试为山僧指出病源，七尺之躯什么处受病?”众下语皆不契。自代：抚掌一下，口作呕吐声，又云：“好个木枕子。”

苦水今日缘何拈此一则公案？只因比来秋阴不散，霖雨间作，牵动旧疾：筋骨酸疼，腰背作楚，饮食不香甘，睡眠不安稳；明知地火水风，因缘和会，暂时凑泊，不可认为己有，无奈哑子吃黄连，实实有说不出来的苦。到此生计困穷之际，不免要向他人通融一勺半合，周济自家饿肚。所以行住坐卧，总要念诵一句半句。于是白杨顺和尚这一则公案，不由地便泛上心头，吐出舌尖，如今且一直滚到笔下来也。

不过白杨这位阇黎忒煞作意作态，又是抚掌，又是呕吐，又硬拉他木枕子作个垫背，有什么了期？苦水当日若在场，便直向他说道：“呜呼哀哉，伏维尚飨。”纵然不契白杨意，谅他久病之余，未必然仍有气力乱棒向苦水头上打来。何以故？若是身病，则自有四大承当，干你白杨的事？若是心病，则心病还须心药医，又将病源问他别人作么？病了许多时候，尚不肯休去歇去。开两片嘴唇皮，人前乱道，苦水直想将他活埋却了，说道是“哀哉”“尚飨”，还是客气语也。

那么，白杨全无个落处么？

不然，不然。这抚掌，这呕吐，以及木枕子，也还是个第二月。

所以者何？倘无第一月，自然无第二月，前已说过。然而捏目见第二月者，倘若说向别人的时节，其形态亦必去第一月不远——或者说简直是一般无二。有心人听过之后，细心体认，定可以识得第一月。如其不然，便是将第一月指示给他，也仍然是千里万里。然则何以不直说第一月，而偏要说第二月，这岂非舍近求远？则曰：不是不说第一月，只是第一月没得可说。又怕说了之后，学人只记得说月的语言，不肯自家下一番死工夫去寻觅，去体认第一月去。而且即使学人在听说第一月之后，竟能寻觅得，体认得，怕也仍有不切实处，不见道从门入者终非家珍，总不如无师自通之为得。古德云："生也不道，死也不道。"又曰："我若向你说，你以后骂我去也。"

问：何如并第二月亦不说？

苦水曰：苦也，苦也！西天二十八代，东土六祖以及历代大师更无一个不为这个问题所苦。他们更无一个不想并第二月亦不说，其奈会下学法弟子除却一半个上根上智，其余中下之流，专一向言语边寻觅，所以不得不降格俯就，向舌尖唇边透露些子消息，这个又是哑子吃黄连实实有说不出来的苦。不见当年长老须菩提问佛："善男子，善女人发阿耨多罗三藐三菩提心，云何应住？云何降伏其心？"当时释迦慈悲怜悯，金口许说；及至说来说去，九九归一，却道："若人言如来有所说法，即为谤佛。"又曰："说法者，无法可说，是名说法。"夫既是无法可说，还说个甚的？然而三百余会，一大藏教，岂非尽是我佛金口所说的法乎？儒家的孟夫子说得好："予岂好辩哉？予不得已也！"

苦也，苦也。释迦出世，要为普天下众生解缠去缚，断却烦恼，而自家却深深地陷在这一个烦恼海中，譬如老象溺泥，不能自出，岂不悲哉！佛不入地狱，谁入地狱：其斯之谓欤？后来赵州和尚上堂，大声疾呼，道是"佛是烦恼，烦恼是佛"。僧问："未审佛是谁家烦恼？"师曰："与一切人烦恼。"曰："如何免得？"师曰："用免作么！"赵州这老汉见得明，说得出，"用免作么"四个大字不特是斩钉截铁，而且简直是"将此深心奉尘刹，是则名为报佛恩"也已。其故即在于赵州和尚了解我佛不说第二月而又不能不说的苦处。

复次，又不见马祖升堂，众才集，百丈海禅师出，卷却席。祖便下座。夫大众才集，便即卷席，吾人难道好说百丈海是蛮作，更无一语，当时下座，吾人难道好说马大师是疲软？须知马祖当日升堂，欲说不能，不说不可，正是陷落在烦恼海中；百丈卷席，正是一片慈孝之心，知恩报恩。所以大师无言下座，恰似老莱子斑衣戏彩，老人点头。你若认作百丈海是当仁不让于师，或者狮子身中虫，还吃狮子肉，早已是唤钟作瓮了也。不过百丈这一着子也还是马祖教的。不是"卷席"的前一日还有一则"野鸭子"公案，百丈曾被马祖扭得鼻头痛不澈而哀哀大哭么？苦水敢说昨日马祖倘不扭得百丈鼻痛，百丈今日也无从施展这卷席的手段。好笑好笑！马大师于此，大似勾贼破家，引狼入室。然而天下的真正慈父，还有一个不希望自家儿子聪明伶俐，强爷胜祖的么？所以马祖归方丈，百丈随至之后，祖问："我适来未曾说话，汝为甚卷却席？"丈曰："昨日被和尚扭得鼻头痛。"祖曰："汝昨日向甚处留心了？”丈曰：“今日鼻头又不痛也。”祖曰：“汝深明昨日事。”不说第一月，仍说第二月；从此第二月，彼此共赏第一月：父慈子孝，自然家运兴隆。

写到这里，反回去自己检阅一番：一篇小文，开端由白杨顺病中示众说起，将世尊、须菩提长者、马大师、百丈海、赵州和尚一齐拉入浑水，真是何苦？苦水有嘴说旁人，没嘴说自己，带了一身病痛，自救不了，拈一管破笔，直写得手酸臂疼，真乃一场话靶。总被他第二月牵扯住，自身没有快刀斩乱麻的手段，所以一说不已，至于再说写到这里，苦水作贼人心虚，生怕有人问：你上来所说第二月乃是自家捏目所见。如今又说历代祖师所说亦是第二月，难道你所见的和祖师所说的同是一个第二月么？苦水于此，只有遍体流汗，满面惭惶：哪里，哪里？决不，决不。两篇小文，适逢其会，所立题目，同此假名，如何可以混为一谈？虽然失检有罪，闻说自首可以减等，是不？到这里，得好休时便好休。然而画蛇还要添足在：

僧问法眼：“如何是第二月？”

眼曰：“森罗万象。”

问：“如何是第一月？”

眼曰：“万象森罗。”

今日举此话头，当作忏悔，得么？而且预先约下：下期倘若仍然乱铳，决不再说第二月，虽然所说仍是第二月而非第一月。

一九四七年九月上旬于倦驼庵

不可说

五代时的长乐老冯道使人读《老子》，卧而听之。其人开卷，以第一句中“道”字触犯相公讳，乃读曰：“不可说可不可说，非常不可说。”

闻此一则故事，当无不觉得好笑者。据说长乐老当时自家亦不禁为之冁然也。然而若把这个与州官名登，以避讳故，遂将放灯三日改为放火三日者视同一例，则不可。所以者何？后者只是谬误得可发一笑，此外并无意义。前者则是俗谚所谓，歪打正着，缘此谬误，翻成正确；还不止于点石成金，化腐臭为神奇已也。夫《老子》曰：“道可道，非常道”者，其意岂不是说：道而可以言说，便非经常不变之道。细按下去，此小吏所说岂不正得老子之意？无心人讲话，最怕有心人听，却又正要有心人去听。不然者，即使我佛出世，作狮子吼，发海潮音，宣说微妙至上第一义谛，天雨四华，地摇六动，倘教无心人听去，如果不是大雨淋虾蟆，只管翻白眼，也成为鸭子听雷，莫名其妙。不见当年轮扁对齐桓公自述其斫轮之妙技而终之曰：

……得之于手而应于心，口不能言，有数存焉于其间。臣不能以喻臣之子；臣之子亦不能受之于臣。是以行年七十而老斫轮。

这位老扁并非倚老卖老，大言不惭：实是地道的一位斫轮大匠。且夫所谓得于手而应于心者，何耶？轮扁亦曾自言之，曰：“徐则甘而不固，疾则苦而不入。”如即就了斫轮起一番葛藤，则这两句岂不即是斫轮的第一月？若说老扁不会，他何以能失口道出？若说他会，他何以又说口不能言，而且并他的亲儿子亦复不能受之？至亲莫如父子，难道他的绝技还不肯传之于其子么？须知老扁虽然行年七十而老斫轮，绝技终属小技；所以抖擞屎肠，尚能道出两句。然而这两句纵使是了斫轮的第一月，于其亲儿，也仍旧是东风之吹马耳，没得丝毫用处。学艺虽不能说即同学道，传技虽不能说即同传法；不过于此总有些微近似，却断断乎不可否认。技与艺尚且如此，则道与法更当如何？不然者，皇帝的传国玉玺而已，瞎子手中的一条明杖棍而已，于道于法复何有哉？

轮扁斫轮是庄子的寓言，而庄子《南华》又是教外之书，如今且将这葛藤桩子放倒，省得葫芦蔓缠到黄瓜架上，纠纷不清。记得当年苦水东西乱跑时，东峦大师曾一再相劝去看《维摩诘经》。大概东峦尔时见到苦水病骨支离，尘心不净，所以大发慈悲，指示入处。苦水感激盛意，此后时时讽诵是经。若说维摩诘这位西天居士，倒也真个非同小可：平时既已“深殖善本”，又以“饶益众生”方便之故，现身有疾，及至上自国王，下至王子官属前来问疾之时，居士且为之说法：

诸仁者，是身无常，无强，无力，无坚；速朽之法，不可信也。

以儒门家法论之，自是毫无怨尤，矜平躁释；以佛法论之，更是以智慧剑，断烦恼网，以是因缘，方便说法也。不意他竟自念：“寝疾于床，世尊大慈，宁不垂愍。”苦水于此，几欲失笑：原来此位长者，依然是个孩子，一有些病儿疼儿，便想一头倒在娘怀里，还说甚的以饶益众生方便之故，现身有疾？果然，世尊大明，即知其意；世尊大慈，俯如所请，当命弟子行诣问疾。又谁知自舍利弗起，直至长者子善德，一群老古椎个个俱是中看不中吃，以前既曾向维摩手里纳过败阙，如今更是败将不足言勇，俱云：“不任诣彼问疾。”这也难怪，吾辈今日试看经中所载维摩与这一堆菩萨往来酬答的话语，也真是出人头地，正如圜悟批评五祖演和尚的话“他大段会说。……分明是个老大虫”也。

如今且说佛会下乃有文殊师利菩萨虽然明知“彼上人者，难为酬对”，仍然自告奋勇：“承佛金旨，诣彼问疾。”蛇无头而不行，于是“诸菩萨，大弟子，释梵，四天王咸作是念：二大士……共谈，必说妙法”，于是围绕文殊，蜂拥而去。果也不虚此行，一部大经至今流传；而且当时即蒙佛印可：“是经名为维摩诘所说，亦名不可思议解脱法门。”据说罗什法师四位高弟，生，肇，融，睿，共助什师翻译此经，至《不可思议品》，一齐搁笔。何况苦水钝根，于此经义，能全解会？但却也有小小意见，今日不免提出共学人商量。即如维摩诘问：“诸仁者，云何菩萨入不二法门？”当时会中自法自在菩萨说起，最末，文殊乃曰：

如我意者，于一切法，无言，无说，无示，无识，离诸问答，是为入不二法门。

于是文殊又问维摩“仁者当说何等是菩萨入不二法门”时，维摩诘默然无言。文殊叹曰：

> 善哉，善哉！乃至无有文字语言，是真入不二法门。

此一则公案至今流传，道是：语的是文殊，默的是维摩。这语，这默，岂不俱是所以显示此不二法门？今日先不必分，语的是，抑默的是，姑且打成两截，先论维摩之默，继论文殊之语。

夫维摩居士于是之前，固已曾以法战争服舍利弗等一十四位菩萨及五百大弟子者也；而且及至问疾，又复宣说圣谛妙义，成为此经；则其智慧辩才，直欲齐肩释迦文佛，真成只有天在上，更无山与齐了也。何独至于文殊菩萨反口问及“何等是菩萨入不二法门”之时，遂乃默然更无一语？“言者不知，知者不言乎”？“莫道无语，其声如雷”乎？抑是失张失智，作意作态乎？出家儿是大丈夫，禅宗门下一等是顶门具眼，知有佛向上事，却并圣谛亦不为；达摩也是个狢獠胡，于此维摩一个老冻脓，那得不细拶严拷去！

复次，文殊之“无言无说……”，于入不二法门，是得不得？如得，万事全休；若也不得，文殊还成其为文殊么？维摩默然之后，文殊失口赞叹，实乃虚怀若谷，见善如不及：这个正是文殊之所以为文殊也。你且莫漫说维摩的默是第一义，第一月：而文殊的语则是第二义，第二月。试问：默然之前，倘无文殊之说，默然之后，倘无文殊之解，则维摩的默将落在什么处？假如将此云何入不二法门一问去问一个聋子哑子，聋子哑子也正默然，难道便将此聋子哑子与文殊等量齐观？须知文殊师利菩萨摩诃萨乃说那不可说的，以言语显那不可言语的，以此之故，老婆心切，遂不免有落草之谈，致使维摩诘长者占却上风：吾辈后人对于文殊且不得辜负。更须知文殊之赞是佛法中事，若在宗门下，于维摩默然之后，直须大喝一声，对他道："情知你是道不得！"管教这老病夫登时气绝身死，寿终正寝；即不然者，也使他面红耳热，恨无地缝可钻。说到这里，苦水于此两大士，忒煞抬一个，搦一个。倘若铁面无私，言出法随：文殊维摩，狼狈为奸，于今赃证俱全，正好一串拴来，同坑埋却。

不可说可不可说，非常不可说。

悲莫悲兮生离别；苦莫苦于不得已。说甚祖祢不了，殃及儿孙？还是自救不了，坠坑落堑。

马鸣菩萨《大乘起信论》曰：

言说之极，因言遣言。

好笑，好笑！事不获已，不能无言，言了之后，又须遣去，大似狐搰狐埋，古德有言："矢上加尖。"是之云矣。及至后来云门大师示众，却又说：

佛法也大有，只是舌头短。

又是一场好笑：这老汉分明自纳败阙了也。直饶他是云门一宗开山祖师，直饶有人说“云门气宇如王”。苦水若在场。劈脊便棒，且棒且问：

广长舌辈？广长舌辈！

看官且道：广长舌长若干？舌头短又短多少？倘若有的答道：“广长舌即舌头短，舌头短即广长舌”，苦水将摆手。倘若有的答道：“广长舌也并无长，舌头短也并非短”，苦水将摇头。倘若答：“广长呑忒煞短，舌头短忒煞长了也”，苦水于是掷笔而起，呵呵大笑曰：

“你得，你得!”

何以故？只因为苦水此刻正不得也。

十月朔一日于倦驼庵

不是不是

中秋重九俱已来临，而又过去，天地肃杀，草木黄落，已是淮南子所谓“长年悲”的时候了。文人诗人，这些日来，饮酒，持螯，赏菊，登高，插茱萸，看红叶……正在闲里偷忙，静中取闹。这都不干苦水的事。苦水却别有一套，则是每年此时的照例文章，其名曰伤风，作烧，头重，骨疼，而又加之以咳嗽。其实年年如此，毫不新鲜，今年满可以不须如此，然而仍然必得如此。有趣自然不见得。痛苦么？一个人如果常常生病，便不免习而安焉，是一位外国文人的话：病久了，药的滋味也觉得是可留恋的了。何况古德曾谓“病中正好着力”乎？

有一位大师，大约亦是伤风之余，上堂却说：“维摩病，说尽道理；山僧病，咳嗽不已。说尽道理，咳嗽不已；咳嗽不已，说尽道理。”苦水如今素咳嗽行乎咳嗽，一并无言可说，无理可申，只管咳嗽不已。然而昨夜中行道兄亲自送到《世间解》第四期，而且叮嘱说：“《揣龠录》的第五篇也该着手了。”苦水应之曰：“唯，唯。”这唯唯并不是敷衍语，应酬语，却是佛家的不打诳语。自交了第四篇的卷子，我便已拟定了第五篇的题目，即是现在写在篇前的四个大字：不是不是。待到一过月半，早已想好大意，准备写出。其所以必得候到《世间解》第四期出版，中行道兄叮嘱之后的今日方才下手者，亦只是忙于咳嗽之故，特此声明：并无禅机。

在第四卷卷首编辑室杂记中，有曰：“苦水先生说禅，最初也许是逼上梁山。继而写过两次，禅机时动，就欲罢不能了。”我不曾问，但想来这一定是中行道兄的手笔。苦水心事，被道兄一眼觑破，一口道出了也。记得胜利之后，第一次通默师书，自道八年以来为学次第，其中一段说到了自己的学禅，有曰：“学道之念虽切，而工夫不纯，未敢自信，关于禅学述作，至今并无只字。则以未到大彻大悟，文字表现无宁稍后。”我时时觉得学道固须自证自悟，然在自修期间，更须自知；自知尤须知惭愧。此所谓知惭愧，即是知耻，有羞恶心。《佛遗教经》曰：

惭耻之服，于诸庄严最为第一。惭如铁钩，能制人非法。……若离惭耻，则失诸功德。有愧之人则有善法；若无愧者，与诸禽兽无相异也。

嗟乎，世尊说法与人，慈悲悱恻，一如慈母之语爱子矣。苦水博地凡夫，尚在道念不坚，还说甚道眼不明？但是惭耻之服，却时时不敢卸却，生怕落入驴胎马腹里去。所以四个月前中行道兄到小庵来相嘱谈禅的时节，一再推辞。这推辞一非高抬身份，二非故作客气，三非有意刁难。一言以蔽之曰：自知其学识不足，不敢出手而已。然而终于有作者，却不过情面尚在其次，大旨一如黄金台故事，“请自隗始”；于谚亦有之，曰：“抛砖引玉。”

不过写虽写了，惭愧之心固在，时时刻刻，兢兢业业，生怕见笑方家。试看往古来今，凡有说禅的，哪个不是气压诸方，孩抚时辈，一朝权在手，便把令来行，即使释迦出世，弥勒下生，几曾看到眼里，放在心上？谁个又如苦水一再声明自己是个凡夫？编辑室杂记又曰："现在由于欲罢不能，果然，就写长了。"赃证现在，《揣龠录》确是一篇长似一篇，只是不见得即如中行道兄所说的禅机时动。作贼心虚，再来一番自首：也只是个说得口滑，写得手熟。孟子曰："羞恶之心，人皆有之。"其论牛山之木，则曰："……斧斤伐之，可以为美乎？其日夜之所息，雨露之所润，非无萌蘖之生焉；牛羊又从而牧之，是以若彼濯濯也。"其论良心之放失，则又曰："其旦昼之所为，有梏亡之矣。梏之反覆，则其夜气不足以存；夜气不足以存，则其违禽兽不远矣。"这与前面所举《遗教经》一段虽不能说如出一辙，却不能不说是依稀仿佛。苦水尝想，一个惯于说谎的人，当其初次撒谎时，即使并无内疚，也不免有点儿不自然；及其日积月累，久而久之，习与性成，自然开口便是谎，沛然若决江河，莫之能御了也。若再触类而长之，则凡一切失节丧德，及夫不悟谓悟，不证谓证，大言不惭，自欺欺人，皆可准知。苦水的《揣龠录》所以一篇长似一篇者，亦若是焉则已矣。

所以假如有人问苦水："你如今写的《揣龠录》便即是禅么？"苦水将不假思索，立即否认，曰："不是，不是！"

看官道苦水这两个"不是"只是一句谦辞么？实犯实供，谦在什么处？但假如放过苦水，高处着眼，则历代祖师，一千七百则公案，以及汗牛充栋的诸家语录，哪怕他一句中具三玄门，一门中具三要，说向上，说向下，分宾主，夺人境，直得锦簇花团，龙飞凤舞，正眼观来，也只堪还他一个“不是，不是!”极而言之，岂独达摩是甚个狢獠胡，古德尚说“一大藏教是拭疮疣纸”，世尊也好“一棒打杀，与狗子吃”，哪里讨得一个“是”来？所以黄檗大师谆谆告嘱：“呜呼！劝你兄弟家，趁色力康健时，讨取个分晓处，不被人瞒的一段大事。”又曰：“不被天下老和尚舌头瞒。”假若听他们道了，看他们说了，只管道是了又是，更何处讨取这一段不被人瞒的大事也？看官看见苦水如是说，莫又道苦水受了黄檗大师的瞒么？一任，一任。

写到这里，纵然不见得入虎穴，得虎子，下龙潭，探龙珠，也是一棒将老虎打死，辞意俱尽，正好放下手中笔，不须再泼第二杓恶水。一则恐怕有孤中行道兄嫌短的雅意，二则手下尽管不写，口里也是咳嗽，左右是左右，索性尘羹馊饭一起端来，搜寻古人闲言剩语，另行葛藤一番——

僧问石霜：“如何是祖师西来意?”师乃咬齿示之。僧不会，后问九峰曰：“先师咬齿意旨如何?”峰曰：“我宁可截舌，不犯国讳。”又问云盖。盖曰：“我与先师有什么冤仇?”

石霜这老汉被人将一顶没量大的帽子压在头上，直得努牙厉齿，且莫批评他更无半点儿闪展腾挪；苦水却敬爱他不发疯，不作怪，是十足的一位老实头本分衲僧。于此若再说“无言无说”，便犯了作文大忌，曰“犯上”。不说也罢。而且我现下意也不在乎此。至于那僧更不见长进，泛泛一问亦尚可，及至被人咬齿相示之后，竟落得个“不会”，但也不值得我每失惊打怪。妙在又将咬齿意旨一问九峰，再问云盖，夫“西来意”尚未破除，如今又添上一个“咬齿意”，枷上添枷，镣上加镣，几时是出头之日？又焉知问了九峰与云盖之后，不再加上一个“截舌意”和一个“甚冤仇意”耶？不会，会取，不会，罢了：除此二途，参学更于甚处着力？而这僧只管问了又问，驴年去？但苦水也还爱他不自欺的老实；同时又觉得同坑无异土，这僧虽是不会，毕竟不愧为石霜门下。不过我意仍不在乎此。

若夫道虔（九峰）志元（云盖）这两个不即溜汉，虽是石霜传法弟子，而且开堂说法，出世为人，一个“截舌不犯讳”，一个“与师无冤仇”，真乃龙生龙，凤生凤，耗子生儿只会打洞，原来只将先师的咬齿一嘴叼住更不放松。“无改于父之道可谓孝”，则不无；若是光宗耀祖，改换门庭，直饶他转世投胎，再来修行，也未梦见在。好男不吃祖爷饭，好女不穿嫁妆衣。说甚九峰？一峰也不见：说甚云盖？只是个镬盖。石霜咬齿原无不可，谁想到直将道虔与志元齐齐咬杀了也。要会这咬杀么？只为他两个汉不会道个“不是，不是！”

不见马祖闻大梅住山，乃令僧问：“和尚见马大师，得个甚么，便住比山？”师曰：“大师向我道：‘即心是佛’，我便向这里住。”僧曰：“大师近日佛法又别。”师曰：“作么生？”曰：“又道：‘非心非佛。’”师曰：“这老汉惑乱人未有了日。任他非心非佛，我只管即心即佛！”其僧回，举似马祖。祖曰：“梅子熟也！”且夫大梅当年初参马祖，便问：“如何是佛？”想见他不但有个佛字横在胸中，而且大有向外寻求之意。马祖答以“即心是佛”。正使他回心内向，照见本来，所谓“旋汝倒闻机，返闻，闻自性”。大梅当时大悟，又正是直下承当，无委曲相。然而倘使那僧说过马祖佛法又别之后，大梅不能别下一转语，这梅子也还是一个生梅子。看他听了即心是佛，言下大悟，先还他马祖一个“是”。任他非心非佛，我只管即心即佛，再还他马祖一个“不是”。能照能用，有为有为，方消得马大师助喜：“梅子熟也。”不过饶他梅子透顶熟，也还是流酸溅齿牙，不成其为甜瓜澈蒂甜。不见他南泉普愿禅师曾说：“江西马祖说即心即佛；王老师不恁么道。不是心，不是佛，不是物。”直还他马祖三个“不是”，更无一个“是”。龙得水时添意气，虎逢山势长威狞。马祖入室弟子一百三十九人，各为一方宗主，转化无穷，而大师却单单以“独超物外”许南泉，怎怪得他？而且南泉门下赵州和尚闻得南泉恁么道了之后，当即礼拜而出，看他孝子贤孙，绳绳相继，好不欣羡煞人也！

到这里，再重复一遍：苦水具足凡夫，晓得甚的是禅，说去说来，写来写去，触不着向上关捩子，谈不到末后一句子，理之当然，无足怪者。虽不能瞎却天下人眼睛，想早已笑掉大方家的牙齿。若是初学发心，有志参禅之士，想要向《揣籥录》中摸索一线路径，管包你是向鸡蛋里找骨头，求之愈勤，去之转远。然而苦水之所以靦颜说之又说，写了还写，也还有个小小落处。他们得的人，即是到家的人，所谈的俱是屋里事。苦水是未得的人，纵然乱道，所道的或是途中事，到家的人自然用他不着，但也许有一句半句可供打包行脚者之参考。今日拈出“不是，不是”来，正是个此物此志也。

即如“如何是祖师西来意？”这一问，有的答：“坐久成劳”；有的答：“一寸龟毛重九斤”……有的答：“待洞水逆流，即向汝道。”真是举不胜举。而赵州和尚所答“庭前柏树子”一句，更是流传宇宙，震铄古今；然而石火电光，如何凑拍？他们到家的人，屋里说话，途中人作么生明得？阿汝不是天纵生知，试问如何承当？且莫听得古德恁么道了，便即颟顸地，笼统地道一个“是”，倘然如此，辜负佛祖，亵渎先圣，入地狱如箭射，更不须说承言者丧，滞句者迷也。时其不会。不妨疑着：这疑当然不是个“是”，却又不见得是个“不是”。但如果你肯疑，疑来疑去，也不见得不生出“不是”来。大疑，大悟；小疑，小悟。学佛要信；参禅须疑。你只管不疑去，坐在无事甲里，何日是悟日耶？山是山，水是水，牙齿一具牙，耳朵两片皮，师姑原是女人作，以及诸如此类的话头，倘不先疑着一番，倘不向这疑下身死气绝一番，饶你至心信着，开口道着，苦水也仍然还你个“不是！不是！”

虽然不曾说尽道理，却照旧咳嗽不已。掺糠使水，攀藤附葛，这番所写，较之已往四篇又长了些。禅机动了么？

——不是，不是！

十一月上旬于倦驼庵

无

北平节令最是准确，“大雪”到了，真就下了一场雪。若说天道无为，何以有一场雪？若说行乎其不得不行，想见老天亦自有他的不得已处。“深冬雪后，风景凄清”尚在其次。至于天寒岁末，苦水纵然道力不坚，亦还不至于百无聊赖。惟念屈子《离骚》有曰：“日月忽其不淹兮，春与秋其代序。惟草木之零落兮；恐美人之迟暮。”多少人对下两句低回赞美；依苦水看来，倒是前两句说得最恳切：直得懦夫起立，败子回头。有如黄檗大师所说：“不知光阴能有几何，一息不回，便是来生。”或者要说：苦水你错了也。屈子作文，黄檗讲道，如何能混为一谈？岂非茄子地差到黄瓜地里？则将应之曰：文之与道初非两致，道心文心岂分二途？庄子尚说“盗亦有道”，何况于文？又不见佛说“一切法皆是佛法”，又曰：“是法平等，无有高下乎”？此说甚长，付在来日。

记得初写《揣龠录》时，正在夏日。转眼不觉半年；而今拥炉向火，多病之躯依然枯木倚寒岩，三冬无暖气。看看《世间解》月刊第六期又将付印，势须搜索枯肠，拼凑他三两千字。写在文前的题目的一个“无”字原本也是交了上期文稿之后所预定好了的；不知何以此刻只是写不下去，一如腕中有鬼似的。难道心思脑力也被滴水滴冻的天气给冻结了不成？相传有一位学士，素不信佛，拟作“无佛论”，夜深犹在对灯构思。其妻问：“相公何不就寝?”学士答：“以拟作无佛论”。妻曰：“既无矣，论个甚的?”学士于言下大悟。无佛论当然不复着笔。又有一位老宿上堂云：“我在老师会中得个末后句，不免将来布施大众。”良久，云：“不与万法为侣者是什么人？待汝一口吸尽西江水，即向汝道。”便下座。大慧禅师见之，后来上堂却云：“山僧，即不然。我在老师会中得个末后句，不免举似大众。”便下座。有条攀条，有例攀例。苦水此际亦颇思抄袭那位学士和大慧禅师的旧作，只将写着这“无”字题目的空白稿纸送与中行道兄，着他照样登出，而且留着三两千字的空白。假使真的如是作了。既非偷懒，亦非取巧，更非弄喧；倒老老实实地有一二分衲僧气息。所以者何？题目既是个“无”，还说个写个甚的？假如有的说，有的写，这“无”早已是“有”而非“无”了也。西国有一文士劝人沉默，下笔不能自休，写成了一部大书，至今传以为笑，正是绝好的一个前车之鉴。不过真的将有目无文的稿纸送去，先不必问中行道兄肯不肯就如法炮制；而苦水此时先就觉得不好意思，于此愈见苦水之说得行不得，还说什么“有诸真实，无委曲相?”还谈得什么禅?

以上所说，虽非教中的第一义，却是苦水的第一义，到此正好断手。看官至多也只应看到这里，以下所说，俱是闲言中的闲言，剩语中的剩语，看官尽可不看。倘若看了，惹得气恼，莫谓苦水预先不曾下得警告也。于此忽又想起一则公案，不免举似诸公。

有一位古德上堂说：

“十字街头起一间茅厕，只是不许人屙。”

其后又有一位大师上堂，拈举之后，却说：

“是你先屙了，更教阿谁屙?!”

苦水今日献丑了也；好在也并不是自今日始，诸公莫道苦水无耻。

考教中大小二乘，俱析为“空”，“有”二宗。以空对有，而不以无。我于梵文一个字母亦不识得，想来“空”字较近原文，而“无”字较远乎？不然，便是古德译经时，特别回避这个“无”字，以免有混于道家所立之“无”也。然而经中却少不得这“无”字。即如尽人皆知的《心经》，其中就说：

空中无色，无受，想，行，识；无眼，耳，鼻，舌，身，意；无色，声，香，味。触，法；无眼界，乃至无意识界；无无明，亦无无明尽；乃至无老死，亦无老死尽；无苦，集，灭，道；无智亦无得。

一连串下了十三个“无”字，而其中省掉的与“无明”之“无”尚不与焉。至于《涅槃经》中，佛为须跋陀说实相，自“善男子，无相之相为实相”以下一直写经文么？不但费事，而且有文抄公之嫌。查数么？上面一段《心经》已是半日没弄清楚，这一大段怕不得一两日方能数完？总之，是累累然如贯珠的一大串“无”字。若再翻他经，更举不胜举。是故于此可说经中不废“无”字。

然而心经众“无”之上，有一句曰：“是诸法空相。”是故此众“无”者，所以成“空”；假如不“无”，此“空”不就。此“空相”是第一义实：既非虚空，亦非顽空。是故《涅槃经》中乃云“无相之相为实相”也。或有问曰：老子曾谓“损之又损”与此“空”“无”，颇相当不？应曰：不然。方寸之木，日去其半，万世不灭；损之又损，只成削减，不得“空”“无”。复次，老氏之意在“无不为”。佛教意在由“无”立“空”，即“空”即“实”。是故老氏意主功用；佛说空相与夫实相乃为道体：二家之义区以别矣。

以上略说佛教之“无”，以下续明禅宗之“无”。仍拈公案以便举扬：

僧问赵州：“狗子还有佛性也无？”

州曰：“无。”

同时黄檗大师亦曾拈举此一则公案，却说：“但去二六时中看个‘无’字，昼参，夜参。行，住，坐，卧，着衣，吃饭处，屙屎，放尿处，心心相顾，猛著精彩，守个‘无’字。日久月深，打成一片，忽然心花顿发，悟佛祖之机；便不被天下老和尚瞒，便会开大口。达摩西来，无风起浪；世尊拈花，一场败阙。到这里，说甚么阎罗老子？千圣尚不奈你何！”黄檗这老汉于此，鼓粥饭气，将赵川和尚的一个“无”字举扬得如天普盖，似地普擎。难道他是向赵州关下递下降书降表了么？倘若说是，不独辜负黄檗，亦且不认识赵州。如今即先说赵州。

遥想赵州当日四十年除二时粥饭外，更无杂用心处：一何其用心之专耶？年登八十，尚着草鞋行脚：既被云居质问：“老老大大，何不觅个住处？”又著他茱萸诃责“老老大大，住处也不知！”

又何其用力之勤耶？及至出世为人，直销得雪峰存禅师烧香礼拜，赞作“古佛”。再看他示众则曰：“把一枝草为丈六金身用：把丈六金身为一枝草用。”接人则曰：“汝被十二时辰使；老僧使得十二时辰。”两卷语录真乃言言锦绣，字字珠玑；且莫说他光明磊落，直须看他老实，质直始得。但这老汉有时却答话只同儿戏：即如僧问：“学人有疑时，如何?”师曰：“大宜，小宜?”曰：“大疑。”师曰：“大宜东北角；小宜僧堂后。”若斯之类，几同家常。总为他见得真实，悟得明白，所以掉臂游行，得大自在也。又如前面所举僧问：“狗子有佛性也无?”师答曰：“无。”其后又有人如此问，师却答曰：“有。”两答不同，然而更无人说他信口开河。倘说有无正同，一如佛说空相之与实相，苦水于此又成傍教说禅，罪过非轻。此刻不暇细细分疏，学人且各自疑着去。如今再说黄檗。

前面所举狗子无佛性话，黄檗只举到“无”字为止。其实下面还有两句：

> 僧曰：“蠢动含灵皆有佛性，狗子因甚却无?”
> 州曰：“为伊业识在。”

黄檗太阿在手，杀活擒纵，一任已意；于是断章取义，单只举到“无”字，下二语更不照顾。不但此也，他也并不理会“无”字上面那一问，将狗子有无佛性的问题一脚踢开，只抓住一个“无”字撒下了天罗地网。方便善巧，时节因缘，兼而有之，说甚么向他赵州关下竖降旗，纳降表？于是黄檗口里的“无”字，虽然从赵州处偷取将来，却完全成为黄檗所有，而赵州无分：大似大盗手下，失主亦不敢前来认赃。作家哉！作家哉！

不过吾辈今日如不辜负断际大师，且须参究他所说的“日久月深，打成一片，忽然心花顿开”一句子。日久月深，打成一片：则固然已。学人且道顿开的心花，是怎的一种颜色，怎的一种样范？是红，是白？是大，是小？且不可见他前人恁般道了，亦使稗贩去，学语去，一如鹦鹉，吉了似的轻易地便将此“心花顿开”四个大字挂在唇吻边也。假若不到此心花顿开的境地，且信去，且疑去，且悟去，总而言之：且“无”去！这个暂时抛开，黄檗的这“无”字当然不同老庄之“无”，学人且道：这与经中之“无”相去多少？苦水适来已曾乱铳过了也，道是经中众无乃所以成空相，即实相，亦即道体。黄檗并举扬之“无”，亦复如然么？决不，决不。这只是个“无”，更非别有。发脚自“无”，努力以“无”，结果成“无”。彻头彻尾是个“无”也。有谁怀疑苦水如此说么？苦水胳臂今日虽然疼痛，且喜并未断折；既然不能将空白稿纸送上，一不作，二不休，秃笔残墨，且继续写将下去。

依俗眼看来，历代宗师纵非无法与人，亦是胸有城府，深藏若谷，仿佛悭吝性成，收得至宝，不肯出以示人。苦水于此一不说在智不增，在愚不减；二不说不道无禅，只是无师。只说此事别人为你着手脚不得。譬如吃饭，别人可能为得一丝毫力么？即使嚼饭相哺，也要你自家肯咽，咽了能消。且不可说如今科学发达，可以注射维他命 X 了；即便注射，也须你身上自有生机始得；否则向死尸身上注射，问他可能吸取？黄檗上堂，亟劝兄弟家不被人瞒。赵州上堂，大叫“一从见老僧后，更不是别人，只是个主人公”。这不被人瞒，这主人公，只是要你自己作得饭了自己来吃。亦不必再向我佛口里讨取“说法者无法可说”那一句子也。

复次，依俗眼看来，天下之学莫难于学禅，以为他全无巴鼻，不可捉摸。苦水于此一不说天下无难事，只怕有心人：二不说易，易！百草头上祖师意。只说你不肯“无”将去。不见他古人学书，却于屋漏痕、公孙大娘舞剑器处悟得笔法。我问你：那屋漏痕，舞剑器处可是有字的所在么？尽大地是药，得却病来不肯服用；尽大地是门，有得脚来不肯走进。只管道难之又难，试问易了又待如何？说什么作家宗师，便是佛出也救你不得。大师出世为人，无一不怕祖灯灭绝，丧我儿孙，哪个不是用尽吃奶力气来拈举提唱？黄檗更是婆婆妈妈气十足，生怕学人无从着力，单只提出一个“无”字来，可谓简便已极。你且信去，疑去，悟去，“无”去，管他心花甚颜色，甚样范？时节若至，其理自彰。管他空相，实相？古人不是并“圣谛亦不为”来耶？不可一如攒钱放债的人只管打着算盘计算将来连本带利收回若干钱来。倘然如是，岂独参禅不得，并作人复亦不得。

不过说到极处，连此“无”字也不消看得！大慧曾道：“你但灰却心念来看。灰来灰去，蓦然冷灰里一粒豆爆在炉外，便是没事人也。”但这“没事人”也还不成。何以故？——

“直绕万里无云，青天也须吃棒！”

附录：论老氏之“无”

华夏古哲之善于言无者，其惟老聃乎？

其论无之用，则曰：“三十辐，共一毂，当其无，有车之用。埏埴以为器，当其无，有器之用。凿户牖以为室，当其无，有室之用。故有之以为利；无之以为用。”老子虽不否认“有”之利，而以为“有”之用则在于“无”；假如无“无”，“有”亦无所“用”之。故又曰：“为学日益，为道日损；损之又损，以至于无为：无为而无不为。”老氏意在治天下，放不主无所为。但“为”必基于“无为”，“无为”可以“无不为”；反言之，有“为”即不能“无不为”，亦不足以治天下。此老氏之政治哲学，亦即其人生艺术；后世虽尊之为道教之祖，而老子固非宗教家也。及至唐代，则又追缢为玄元皇帝，虽不免滑稽，但细按之，固亦不无真切处也。

其在两汉，黄老并称；然世代缅远，书籍残阙，黄帝之义谛，或多出之传闻与夫假托，既难证实，无由较考已。迨至六代，则又老庄兼举。庄子之书流传至今，人人得而读之。吾尝取蒙叟之说，证以老氏之义，觉一家实有差别，较之孟轲之去孔圣为更远。夫老氏之言“无”，其意在于“无为”，“无为而无不为”，则意在于“无为”者，即在于“无不为”；则于是“无为”为用而非的。庄子之言“无”，其意在于“无用”，“无用”即“用”，于是“无用”乃成为终竟之的矣。故惠子谓庄子曰：“子言无用”，而庄子答之曰：“知无用而始可与言用矣。夫天地非不广且大也，人之所用，容足耳。然则厕足而垫之致黄泉，人尚有用乎?”其有寓言，亦显斯义。是故山木以不材长年，无用也；白龟以中卜见杀，有用也。若此之类，庄子书中，更仆难数。反观老聃，则曰：“天下之至柔，驰骋天下之至坚；无有入无间：吾是以知无为之有益。”其言之浑厚者，则“我无为而民自化；我好静而民自正；我无事而民自富；我无欲而民自化。”（附注：上一句主，下三句宾。）其言之显刻者，则“将欲歙之，必固张之；将欲弱之，必固强之；

将欲废之，必因兴之；将欲夺之，必固与之。”（附注：上三句宾，下一句主。）若此之类，老子书中，亦更仆难数。是乃有人谓老氏为自私，自利，为奸巧，阴谋者矣。然自私，自利者害他，而老子有三宝，其首为“慈”。奸巧，阴谋者妨人，而老子曰：“圣人亦不伤民。”则世之以自私，自利，奸巧，阴谋目老子者，何不于吾前所云政治哲学与夫生活艺术者而一细究之耶？苟其究之而与予心有同然，则于吾前所云玄元皇帝之尊号亦不无真切处者，将亦不复致疑也耶？

庄子记庖丁自述其解牛之技曰：“……彼节者有间，而刀刃者无厚。”此固大似乎老氏所谓“无有人无间”之言矣。然而继之曰：“以无厚入有间，恢恢乎其于游刃必有余地。”则一何其安闲耶？又曰：“每至于族，吾见其难为。怵然为戒，视为止，行为迟，动刀甚微。”此又大似乎老氏所谓“圣人犹难，故终无难”之言矣。然而又继之曰：“謋然已解，如土委地，提刀而立，为之四顾，为之踌躇满志——善刀而藏之。”则又一何其自在耶？吾每读老氏之书，辄觉其戒慎恐惧，庄子不如是也。吾每读庄子之书，辄觉其放浪姿肆，老氏即又不如是也。所以者何？曰：老氏以“无”为用；而庄子则用“无”也。庄子之意，只在“无为”；而老氏则意在于“无不为”也。斯则老庄之大较也。

然老氏言“无”，其对有“有”，故曰：“有无相生。”又其言“无”，其终在“无为”，故曰：“损之又损，以至于无为”。则其所谓“无”者固非绝对矣。

一九四七年十二月中旬于倦驼庵

小记

吾为此“无”字小文，初拟厘为上，中，下三篇。上篇论老氏之“无”，中篇下篇分论教宗之“无”。文体则上用文言，中仿译经，下仍语录。及写上篇时，运思涩滞，下笔拙迟，屡思搁置，交稿期迫，未能自己，遂乃勉强成幅。吾生性疏阔而躁急，每不能入微而守静。比者寒流潜袭，冬意更深，病骨支离，精神疲敝。加以北陆南躔，日晷浸短，俗务牵萦，少有余暇，稍一周旋，便已黄昏。晚夕灯下不能构思，十载以来，渐成惯习。况复电力不继，须借灯烛，微光如磷，倦目生花。凡此种种皆属叵耐，恇儴之余，思致益窘。陆氏文赋所谓“意不称物，文不逮意”者，而今乃识之矣。于是改弦易辙，不复区分，仍复沿用语录体裁随手挥洒。曩时计划乃归乌有。顾上篇已成，不忍摧毁，过而存之，则今之附录是也。然私意亦非全为家有敝帚，享之千金。兹更略言，就正有道。溯禅之一词，本出佛说；然只以之作学佛之阶梯，而非为道之终竟。及夫达摩西来，大鉴受衣，江西南岳既江汉以同流，一花五叶亦岳宗而分峙。呵佛骂祖，直指单传，意气如云，目光如炬，风靡天下，奔走世人者，自唐及清，且千有余岁焉。大似赋出于诗，本属附庸，后来离立乃成大国也已。粤在魏晋，“玄风独扇，为学穷于柱下，博物止乎七篇。”然隐侯斯言实不尽确。则以尔时北抵河朔，南至江左，朝野上下，佛教盛行；智者体其般若菩提，愚者仰其因果报应；玄学只及于上流，而大教兼被于民间也。于是朝上喜游林下，道流亦多友文人，玄风教义，遂互相影响。教义之渐于玄风者今姑置之。玄风之染及教义者，蓄积既深，发扬益烈，迨至有唐，大阐宗风。然则禅宗虽出于佛教，而非教义所能尽包，即谓为华夏所独创，亦何不可之有？吾十余年来研读经籍，时有斯感，每拟操觚著为专论。学识既苦简陋，生活亦病扰攘，迟迟至今，未克着手。聊于小记露其绪端。是则不能不有冀于并世贤达赐以是正，后来学人续与钻研者矣。自写《揣籥录》以来，迄今六篇。而此“无”字一首费时十余日，为前此所未有。纵使篇幅之较长，究异禅机之时动；正文即不类于珥貂，“录”“记”亦适成为狗尾。人或见谅，心终内慚。月攘邻鸡者有言曰：“以待来年，然后正之。”

一九四七年岁不尽一十有二日倦驼庵苦水又识

老僧好杀

拙录令兹已写至第七篇，真所谓“始愿固不及此，今及此岂非天乎？”天者何？因缘是已。在去年六月，即在写《揣龠录》的小引之前，苦水岂但没有写《揣龠录》之意，而且亦决并没有写任何形式的谈禅文字之心；此无他，见地既未明白，胆力亦未坚刚而已。《世间解》月刊要出版了，中行道兄来相邀了，见地与胆力依然，而机缘却已成熟，于是写之又写，遂乃至于七写矣。

本刊第七期之与看官相见，正值一九四八年之开始。往昔大师于结夏要上堂，解夏亦要上堂；开炉要上堂；冬至，除夕亦要上堂；至于新年新岁，更不必说。即如投子禅师于故岁已去，新岁到来接人之际，亦不免要说：“元正启祚，万物咸新。”投子禅师向来被推为“以无畏之辩，随问随答，啐啄同时”者也。这一句循例随俗之语却用得甚是奇特，所谓真正吉祥文字者是。万物倘不咸新，元正还启得甚么祚？只嫌他忒煞狷洁自好，一字不肯多说，未免干爆爆的。宋代的真净禅师住洞山时，岁旦上堂，却滔滔地说：

“去年贫未是贫；今年贫始是贫。去年贫，犹有卓锥之地；今年贫，锥也无。香严与么道，奇特甚奇特；要且只知其贫，不知其富。洞山即不然。去年富未是富：今年富始是富。去年富，唯有一领黑黪布褊衫；今年富，添得一条百衲山水袈裟。岁朝抖擞呈禅众，实谓风流出当家……”

看他抖擞风流，固自非凡。怪不得五祖演和尚见他语录，乃赞云：“此是大智慧人也”。夫香严之“锥也无”话，道流拈举，众口传扬，更无一人道个不字；只有真净老子还他颜色，道他只知其贫，不知其富，不妨是好手手中呈好手，红心心里中红心。但据苦水看来，香严之贫，大似一个富翁家有万顷良田，怀揣照夜明珠，特意着得百结鹑衣向人前哭穷；真净之富，大似一个贫儿忽然掘得窖藏黄金忍不住心头欢喜，身上作烧，逢人纵不卖弄，也要露些马脚。两位老汉于此俱未免有欠本色。苦水今日虽然遇着新年新岁，也不哭穷，也不诈富，运一只病胳臂，拈一管破毛锥，左说右说，横写竖写，说什么寻常茶饭，随缘过活，正是故我依然，了无长进。只是世人新春见面，尚道恭喜发财，苦水遇节遇令一句子且作么生道？——诸公虽不曾向苦水乞醯，苦水却仍须向他东邻西舍一面乞求，一面布施。

清代有一位俞仲华，立意要与宋官家争气，要与“施耐庵”较力，作了一部《荡寇志》又名《结水浒》。其书末之结子中有四句曰：“天遣魔君杀不平；不平人杀不平人。不平又杀不平者，杀尽不平方太平。”无论《荡寇志》这一部书如何地不满人意，上举四句却不无可取；苦水尤其爱他有些儿禅宗气息。且莫说苦水老老大大，大年初一，举了许多“杀”字，连忌讳也不知。试看结尾不是有“太平”二字么？这还要吉祥到哪里去也？不见当年赵州和尚——又是赵州和尚——与官人游园次，兔见乃惊走。官人遂问：“和尚是大善知识，兔见为什么走。”师曰：

“老僧好杀！

苦水于此敢说：无论饱参以及初学，更没一个疑惑，既是大善知识，为什么却又好杀？也没一个来问既是好杀，出家人慈悲何在？只是苦水却要问：赵州既是好杀，却杀些个甚的？莫是杀那兔子么？那可应了佛眼和尚的话：“讨甚兔子”了也。笑话，笑话！倘若说这杀即是“境杀心则凡，心杀境则圣”的下一句中的杀境，那也成为墙头草随风倒，而且倒向一边，大不似衲僧话语。且道毕竟杀个甚的？临济大师早已下了注脚了也：

道流，你欲得如法见解，但莫受人惑。向里向外，逢着便杀：逢佛杀佛，逢祖杀祖，逢罗汉杀罗汉，逢父母杀父母，逢亲眷杀亲眷，始得解脱，不为物拘，透脱自在。

阿耶耶！这位祖师爷尽法无民，自佛祖罗汉以至父母亲眷无一不杀，恁般杀法，直须杀光了天下人也未见得住手在。想他当日在黄檗会下三载之久，碌碌庸庸，了不见有甚出息。多亏睦州巨眼识英雄于风尘之际，先劝临济去问，后劝黄檗去接。果也一株大树覆荫天下人。及至临济有一把茅盖头，晚参示众，夸下海口，直说：“山僧见处便与释迦无别。”（注：“释迦”《五灯会元》作“祖佛”；此从《古尊宿语录》。）遂使后来衲僧十个有双五淹杀在他家齑瓮里。然则睦州老儿之流毒一何其酷烈耶？云门要将世尊打杀，而陈蒲鞋却强替他临济出头：学人且道哪一个修福？哪一个作孽？不过这一篇陈账先揭开去。

且说临济三度问，三度被打，三度不领深旨：朽木不可雕也。

千不合，万不该，黄檗却指教去高安滩头参见大愚。大愚这位多口阿师，又千不合，万不该为画龙点睛，以致临济如虎生翼，飞而食肉，大动杀机，当时即在大愚肋下筑了三拳。大愚不道罪有应得，却思嫁祸于人，道是“汝师黄檗，非干我事”。临济归来之后，史有明文：曾经两度掌击黄檗。看官当知这两掌在黄檗吃得无所谓冤枉。且道后之两度掌对前之三顿棒是报恩？是报仇？又是一篇陈账，再揭过去。不过学人若要理会前面所举临济杀佛祖乃至亲眷的来源，却且不妨参考这两篇儿陈账去！

复次，僧问曹山寂禅师：“国内按剑者是谁?”师曰：“曹山”曰：“拟杀何人?”师曰：“一切总杀。”曰：“忽遇本生父母，又作么生?”师曰：“拣甚么?”曰：“争奈自己何?”师曰：“谁奈我何?”曰：“何不自杀?”师曰：“无下手处。”这一段问答的前半，据苦水看来，与上来所举临济一段话语无甚差别。只是后半那僧有心陷阵，遂致曹山立意出奇。然而“谁奈我何”一句子不妨是艺高人胆大，“无下手处”一句子却未免龙头而蛇尾。倘使是苦水，于那僧问了“何不自杀”之后，便向伊道：“你倒便宜!”那僧若再不会，苦水将不惜口孽，向伊如是说：“老僧头在。”良以衲僧家横按莫邪，倒提三尺，生杀主权操诸自己，为甚倒怪人何不自杀？倘是个汉，说甚切玉吹毛，杀人如草不闻声？不是寸铁也可以杀人么？说甚寸铁，一喝也如金刚王宝剑！你如是一员战将，狭路相逢，老僧性命在你手里。不然者，莫怪老僧头在项上，苟全性命于乱世也。苦水今日为曹山出气，可勉强充得过一笔新账么？也不消算得！

夫曹山者，乃洞山嫡子；而曹洞一宗之做工夫则又以细密见推于世者也。此与临济门下之痛快，固自稍异其趣。且放过一边。宋代的宗皋禅师则是临济儿孙中杰出的一位——而且我总以为是临济一宗，最末后的一位“大”师。他自东京变乱中脱身往省其师圜悟于云居。第二日，悟即举之为座元，而且特地为此上堂曰：“鹘儿未出窝，已有摩霄志；虎子未绝乳，已有食牛气：况复羽翼成，况复爪牙备。奋迅即惊群，八面清风起……”云云。圜悟固有知人之明，皋上座确也不负此举。及至冬至秉拂，昭觉元出众问曰：“眉间挂剑时如何？”皋曰：“血溅梵天。”圜悟于座下以手约住，曰：“住，住！问得极好，答得更奇。”看他三人，可谓有其父必有其子，有其子又必有其父。所以者何？“眉间挂剑”，杀气已显；“血溅梵天”，杀机大作。到此之际，辞意俱尽；再如有语，反成蛇足。圜悟以手约住：赞道问好答奇，又所谓正是时也。父父子子，将老祖的杀法运用得如此精当老练，真不愧为临济门下儿孙，较之曹山之龙头蛇尾，反成后来居上也已。

自赵州以来，临济而后，衲僧门下，杀气成习，有曰：“佛来也杀，魔来也杀”者，有曰：“凡圣皆杀”者，几如马上皇帝之统帅雄兵猛将扫荡群寇，又如诸葛之入蜀，治乱国须用严刑矣。他人无论，临济较之赵州行辈稍晚，其亦或受赵州之影响耶？又州乡籍曹州郝乡，济乡籍为曹州南华，无乃地域乡风，传统受性有自然共同者耶？州示寂于唐昭宗乾宁四年（公元八九七），世寿百有二十岁。济示寂于唐懿宗咸通八年（公元八六七），则早于州者三十年；惟世寿僧腊两无可考，难资较证。今姑以世系为准，定“好杀”一机起于赵州。（注：南泉愿与百丈海同师马祖。南泉出赵州；百丈出黄檗；而黄檗则临济之师也。故赵州为南岳下三世，临济为南岳下四世。）

向于《揣龠录》第三篇中曾说百丈卷席的手段是马祖教的。那么，赵州之“好杀”看似新鲜，实非杜撰。而正是南泉教的。不见南泉会下东西两堂争猫儿，师遇之，白众曰：“道得即救却猫儿；道不得，即斩却也。”众无对。师便斩之。赵州自外归，师举前语示之。州乃脱履安头上而出。师曰：“子若在，即救得猫儿也。”记得苦水早年初读语录，见此一则公案，直得毛发卓竖。然则南泉之于猫儿真个斩却，而赵州之于兔子则不过说了一声而已。虽然如是，看他闻得王老师恁么举了之后，当即脱履安头上而出，而南泉如许他能救得猫儿：可知他是会得王老师之意。那么，赵州之好杀，不是南泉教的，又是那个先生教的？然而苦水如是云云，亦不过说的向来祖师接人示众爱用此机而已，并非即谓为弟子者一定须要死在先师言句里：此意于拙录的前几篇中屡有发挥，兹不复絮。学人且道南泉之斩猫与赵州之好杀是同，是别？倘若明得，说甚猫儿兔子？佛也不奈你何。倘若明不得，小心提防被他猫儿兔子咬杀，佛出也救你不得！

今夫天下之水有流水，有止水，有咸水，有淡水，有寒泉，有温泉，所含矿质有多有少，比重有大有小，若是其不同也。然而除去这些流，止，咸，淡，寒，温，多，少，大，小，必同归于轻二养。苟不如是，那便一定非水。苦水今日不暇分疏“教外”是否一定有个“别传”，二不暇分疏“傍教说禅”与“言不干典”，仍就“杀”之一字继续葛藤。说到这“杀”字，正如同天下之水不独异派同源，万流归海，而且除去流止乃至大小之分，同为一水，正不止宗门为尔，教义亦复如然。谨案教中说有三种精进：一者披甲精进，二者摄善精进，三者利乐精进。摄善、利乐两精进且置，如何披甲精进？《四十二章经》有云："佛言：人为道者譬如一人与万人战，挂铠出门，意或怯弱，或半路而退，或格斗而死，或得胜而还。沙门学道，当坚持其心，精进勇锐，不畏前境。"《遗教经》有云："譬如着铠入阵则无所畏。"且不说这挂铠，着铠即是披甲，只这"与万人战"，"着铠入阵"，岂非即是要杀？

或曰："苦水你忒煞断章取义了也。即如上举《四十二章经》一段，那下面尚有"破灭众魔而得道果"；《遗教经》两句的上面尚有"虽入五欲贼中，不为所害"：为何不举？世尊纵使好杀，亦是有区别杀，所杀者为魔为欲，不似祖师门下一味好杀，乃无区别杀，所杀者乃佛乃祖。如今混为一谈，苦水你错了也！于此，苦水若大喝一声，说道"我只举到这里！"说甚门庭严峻，使人疑着，而且也太不客气，失却新年恭喜的态度。不嫌絮聒，且葛藤下去：

上来所举四十二章与遗教二经的两节亦且揭过去。依苦水看来，号称大雄，备具无畏的世尊亦还是无所不杀。佛之与祖，能既相同，所亦无别。即如"心生种种法生"一句子，尽人皆知，有谁不说？然而《金刚经》曰："过去心不可得，现在心不可得，未来心不可得"：心于何有？所言一切法者即非一切法：法于何在？其在《遗教经》，佛于娑罗双树间将入涅槃之际，且谆谆付嘱："心之可畏，甚于毒蛇，恶兽，怨贼；大火越逸，未足喻也。"夫心既较蛇，兽，贼，火尤为可畏，不杀何待？你不杀他，他便杀了你也。宋代有一位黄龙禅师自号曰死心，其亦有会于世尊此言也欤？有的人嫌学者偷心不死，其实岂只偷心而已哉？说什么方法唯心，一切心俱须一并杀却，一并死却方得也。莫又见苦水如此说，即道苦水杜撰么？不见我佛曾说“实无有法发阿耨多罗三藐三菩提心者”来耶？复次，即如小文开端所举“因缘”一词，子宗于教，亦俱是说得口臭，听得耳茧，一若一座推不倒的须弥山，一条喝不尽的西江水。然而世尊当年在室罗筏城为阿难说：“世间诸因缘相非第一义。”又曰：“精觉妙明，非因，非缘；亦非自然；非不自然，无非不非，无是非是；离一切相，即一切法。”吃姜还是老的辣，又道是老将出马，一个顶俩，说到杀法厉害，自然仍数释迦文佛：此则两足尊之所以为天上天下唯我独尊也耶？饶他南泉斩猫，赵州好杀，乃至历代大师之杀气弥漫，也还是《西游记》上所载孙大圣一筋斗十万八千里，未曾跳出佛爷的手心去在。

佛言：“吾法念无念念，行无行行，言无言言，修无修修。”如不杀去，无念之念如何念？无行之行如何行？无言之言如何言？无修之修又如何修？

古德亦言：“此是选佛场，心空及第归。”如不杀去，心又怎生空得？

倘有人问：“会了，杀？杀了，会？”

苦水亦将良久……乃云：“会了，杀。杀了，会。”

虽说杀尽不平方太平，毕竟仍是满纸杀气；此亦正如虽说新年到来，毕竟仍是数九寒天。好在屈指算去，从今日起，立春相距也不过一月有零——明年更有新条在，恼乱春风卒未休。

一九四八年一月二日脱稿

兔子与鲤鱼

僧问新兴严阳尊者："如何是佛?"

师曰："土块。"

曰："如何是法?"

师曰："地动也。"

曰："如何是僧?"

师曰："吃粥吃饭。"

严阳尊者是赵州和尚传法弟子，纵然不见得能如谂大师之"把一枝草为丈六金身用，把文六金身为一枝草用"，而看此一段佛法僧三宝往来酬答，即便是意境稍狭，手段略小，但也已不止于有子之言似夫子，而且简直是颜渊之学圣人，具体而微。怪不得后来妙喜老人赞曰："似这般法门，恰如儿戏相似。入得这般法门，方安乐得人"；又曰："瘥病不假驴驼药。若是对病与药，篱根下拾得一茎草，便可疗病，说什么朱砂，附子，人参，白术?"但是妙喜虽然满口称赞，而其平时为人，却总是"眉间挂剑，血溅梵天"的手段，没有恁般安闲暇豫，从容自在的气象。妙喜且置。即如这般法门，实是非可容易入得。闻之者既往往视作儿戏，而学之者又每每流为恶口。倘不是小处见大，熟处有生，见地十分透澈，工夫十分娴熟，去这般法门大远在！然则妙喜老人的知而不用，或竟是会而不用，正是鲁男子之学柳下惠，亦殊未可知也。不过怕也只有赵州门下始有这般法门。赵州无论已。即如法眼问觉铁嘴曰："承闻赵州有'庭前柏树子'话，是否?"觉曰："无。"眼曰："往来皆谓僧问如何是祖师西来意，州曰：'庭前柏树子。'上座何得言无?"觉曰："先师实无此语，莫谤先师好!"又如僧问多福："如何是多福一丛竹?"福曰："一茎两茎斜。"曰："学人不会。"福曰："三茎四茎曲。"又如有居士谓西睦曰："和尚便是一头驴。"睦曰："老僧被汝骑。"觉铁嘴，多福，西睦与前所举之严阳尊者皆亲见赵州和尚者也，其接人下语俱可谓不坠家风也已。慨夫宗门之中，祖师而下，施棒行喝既成家常，拈槌竖拂亦不新鲜。于是进前退后，滚木球，弄狮子，乃至打圆相，作女人拜，种种怪相，流转仿效，创始者既是猪八戒啃沙锅片，只管自己脆生，不顾别人牙碜；模袭者亦东施效颦，更不自知其丑。佛有三十二相，尚说无相不相；出乖弄丑之谓何？又有一种不肖儿孙，坐却曲录床子，开两片嘴唇皮，务要惊奇立异，直如醉汉呓语，甚或开眼溺床，如清代茆溪之流，真乃可恨，可慨，可叹，可悲。妙喜老人当年亦曾说："今时人只解顺颠倒，不解顺正理。如何是佛？云：'即心是佛'却以为寻常。及至问如何是佛，云：'灯笼缘壁上天台'，便道是奇特。岂不是顺逆颠倒?"诚有昧乎其言之也。又如僧问赵州："如何是玄中玄?"州曰："汝玄来多少时耶?"曰："玄之久矣。"州曰："阇黎若不遇老僧，几被玄杀。"哀哉！哀哉！末法中的衲子有几个不是缠藤担箧的客作，坐床面壁的死汉！更有几个不是钻故纸，记话头，琢磨新鲜言句的糊涂桶，一如三家村中秀才之抱高头讲章揣摩场屋中帖括制艺的文章！然则宗风之坠地，又岂无因而致然哉？看他赵州父子不捏怪，不出奇，又不坐在无事甲里，执着平常心是道；于芥子中现须弥山，于一粒沙中现大千世界：信知赵州古佛之赞为非谬也。

纵笔至此，犹未落题，大似“书券三纸，不见驴字。”如今亦不必玩甚么搭桥过渡的花着，直下就先说兔子：

今夫兔子之为物，因以无能与胆小著名者也。在我的故乡就流传着一个故事：古时候兔子终日提心吊胆地生活得不耐烦了，于是聚族而议曰：“如此生活，终朝每日毫无乐趣，还不如去自杀吧。”大家也都觉得缩短了生命，就结果了痛苦，当时全场一致通过这提议。又议定了自杀的方法是投水。一些兔子成群搭伙，缕缕行行地到河边去了。方到河边，不少的青蛙慌忙得扑通扑通地跳下水去。就有一只兔子说：“我看咱们不必自杀了，还有怕咱们的哩。”于是兔子们虽然并不骄傲，却也心满意足地回去了。它们的种族就一直繁殖到现在。除掉这个故事而外，还流行着许多谚语与这小动物有关，而且对它俱含有不敬之意。此刻不暇一一举似。即在典册中，也看不出兔子有甚光彩。《毛诗》曰：“跃跃毚兔，遇犬获之。”《国语》曰：“见兔而顾犬。”仿佛开天辟地以来，它就遇着致命的强敌：犬。而它除掉逃命外，就别无其他的抵御的方法。古诗云：“茕茕狡兔，东走西顾”，抑何其可怜相也！倘若说兔子还有可夸耀的处所，怕只有兵法所云：“守如处女，出如脱兔”了。然而以上所说俱是世谛，其在宗门中却另有一种看法。即如洞山与密师伯行次，见草中窜出兔儿，密曰：“俊哉，大似白衣拜相。”山曰：“老老大大，作恁般话语！”密曰：“子又作么生？”山曰：“积代簪缨，暂时落魄。”夫密师伯之“白衣拜相”一句子诚可谓之为兔子出气。较之“守如处女，出如脱兔”，更上层楼。难道密公与兔子有甚姻亲交谊，为之作一篇翻案文字？抑或只是路见不平，拔刀相助？须知此语虽不见得即是遮天盖地，却的的确确自密公胸襟中流出，是因兔子而发；说出之后，却与兔子丝毫无干，水米无交。说甚翻案文字？何来拔刀相助？假若有人说：“苦水如是说，乃是扭曲作直，指鹿为马。”苦水于此有一个譬喻在：古人见屋漏痕而悟得用笔之法，是载在简册流传众口的一则故事。屋漏痕并非字，何来笔法？古人所见而悟得笔法者，你道真个便是屋漏痕么？苟其如是，何以有成千累万的人看见过屋漏痕却并不觉得与笔法有任何干系？假如再有一个学书的，听得古人有此一则公案，于是尽废临池之工，二六时中只看屋漏痕，那岂非如同参学人听说灵云见桃花而悟道，遂乃日日煮桃花作饭吃；听说茶陵吃蹶有省，遂乃天天摔跟头？天下宁有恁般的笨汉乎？然而千真万确，古人却又明明于屋漏痕悟得用笔之法。学人于此若能会得，便也会得密公见了草中窜出的兔子而说的那一句“白衣拜相”之是兔子，亦即非兔子。岂惟屋漏痕之于书法，岂惟兔子之于白衣拜相为然哉？且如西天东土历代佛祖，哪个不有言句示人？难道吾辈后人看了听了之后，便即囫囵吞去，整个儿屙出么？黄檗大师道：“哪有树上天生的木勺？你也须自去作个转变始得。”古往今来有多少人只将佛祖言句当作天生的木勺。“杜撰禅和”一语乃是宗门中一句骂人的话头，须知更无一位大师不是杜撰。不然者，世尊拈花，迦叶微笑；文殊问法，维摩默然；微笑与默然：谁又不能？是故见漏痕而悟笔法，漏痕正所以为漏痕，即非漏痕；见兔子而曰拜相，兔子正所以为兔子，亦即非兔子。

葛藤至是，真乃老大败阙。但亦自不妨。则以苦水本不会禅，败阙正其本分。可惜这糟踏了《世间解》杂志的许多篇幅，读者倘再认真读去，此种八十岁老婆婆似的絮絮叨叨的说教又糟踏了诸公许多宝贵的时间和精神耳。而且截至此刻，尚余洞山之“积代簪缨，暂时落魄”一句未说。有人该担心苦水不将一直如此絮聒下去耶？苦水于此，一不敢说“止止不须说，我法妙难思”，二不敢说“一点水墨，两处成龙”，然而却会长话儿短说一着子；密公洞山下语虽自各异，恰是水出一源，学人会得则一齐会得，不会则全盘不会。是以苦水一说便是全说。倘若说洞山力争上流，其意若曰：大修行的人，佛眼觑不见，千圣亦不识，这只兔子露相了也，有甚俊？俊个甚的？这般说法不但成为义学沙门的话语，而且轻量天下士，其罪过较之絮聒更加一等。且休去。

上来说兔子竟，下文续说鲤鱼：

说起鲤鱼的家世，较之兔子可冠冕堂皇得不能同日而语。《毛诗》曰：“岂其食鱼，必河之鲤？”尚是正话儿反说。到了后人诗中之“门前九曲黄河水，千点桃花尺半鱼”，那鱼自然是“河之鲤”，就令在家肉食的人不禁为之自啖其舌。假使他再能跃过龙门，由雷火烧掉了尾巴，可就成了喷云吐雾，为霖为雨的夭矫变化的龙，更加了不起。其在唐朝，皇帝老儿且与之通谱联宗，认作真正本家，又诏禁天下臣民捕食鲤鱼，犯者有罪云。若彼兔子即有三窟，宁能与之较量夫阀阅之高低哉？然而以上所说亦俱是世谛，其在宗门中仍旧另有一种看法。不见奉先深禅师同明和尚到淮河，见人牵网，有鱼从网透出。师曰：“明兄，俊哉！一似个衲僧相似。”明曰：“虽然如此，争如当初不撞入网罗好？”师曰：

"明兄，你欠悟在!"明至夜中方省。如今先就明兄说起。此位明兄想来即是与深公共同嗣法云门的清凉智明禅师。当年江南李主请他上堂的时节，小长老问："凡有言句尽落方便；不落方便，请师速道。"明曰："国主在此，不敢无礼。"下语如此，可见又是一位老实头本分衲僧。怪不得他听了深公恁般说了，却道"不撞入网罗好"。去"俊"之一字直知其若干由旬也。即使所谓"明兄"，并非即此智明，然既称为"师兄"，决定与深公同隶云门大师门下。不过虽然如此，而且虽然他于听说"欠悟之后而中夜方省"，也还是枉见作家。所以者何？参禅人既须无委曲相，又须当机立断。兔起鹘落，稍纵即逝；当时欠悟，中夜方省，纵非刻舟求剑，已是驷不及舌了也。至如深公见鱼透网，恁般下语，虽不能如云门之"高古"，却颇有是真名士自风流的意态。苦水有时觉得这比古人答"透网金鳞以何为食"的"牢笼不肯住，呼唤不回头"的那二语还好。然而苦水钝根，记得初阅《灯录》至于此处，倒是多亏明师兄那一问，方才有金篦刮目之快。故于明师兄颇有些子感谢之意。天下不乏夙惠饱参，自然无须乎此。倘若有的来问："深公此语较之云门的'东海鲤鱼打一棒，雨似盆倾'，则诚何如?"苦水将应之曰：云门是作家为人的手段；深禅师则自述学者自得的境界：妙旨宏深，出语高古，自然推他云门老子；若论气象朗畅，见地明白，深公亦自不无可取。此固不必以师弟之分定高下之别也。至于"雨似盆倾"与"从网透出"之与鲤无干，正如"白衣拜相"与"暂时落魄"之与兔子。既可准知，不必复述。于此设再有人质疑，"谓《灯录》只云'有鱼从网透出'，未曾明说是鲤，今兹苦水何所见而一口咬定是鲤而非他鱼?"此则本可不复置辩，正好任天下学人自去疑着；或竟不疑，亦自简当。然而苦水本身既非大师，短说小文亦异语录，何必作意留此漏逗？倘然大喝一声，说道："我道是鲤鱼，一定是鲤鱼！"如此不但有失和气，亦且有伤雅道。索性来一个"公自注"。记得先君子当日自道幼年捕鱼的经验，谓网之将出水而未出水也，其跃起数尺，翻身落水，瞥然而逝者，或网目稍有破朽陈旧，能横身裂损之而出者，皆鲤鱼也。若其他鱼，则竟东钻一头，西摆一尾，其终也亦随网而上而已耳。准此，故知深禅师所见透网而出之鱼决定是鲤而非其他。苦水记此似属蛇足，然而此不独博物君于之所容或不弃，参学之士其亦或藉之而了然于透网金鳞之决非凡品也耶？虽然，即非鲜鱼，亦自何碍？深公所见便即是鲤，下语之后，于鲤鱼乎何有！

以上说鲤鱼竟。

至是而苦水亦几将兔子与鲤鱼这个截搭题东一片西一片地写完卷矣。不过这终究不是个"无情搭"。不见密公与深公两人所下之语虽然一个对兔子而一个对鲤鱼，然开口却俱是一"俊"字。这个"俊"字亦殊不必定依字书解作材过千人抑或万人；私意倒觉得它与《尚书》"克明俊德"的"俊"字之训高，有点儿相近。再引申之，则鹤立鸡群之意是。出家是大丈夫事，衲僧门下更须有鹤立鸡群的精神，方不至走人披毛戴角队里。云门大师道："若未有个人头处，遇着本色咬猪狗手脚，不惜性命，入泥入水相为，有可咬嚼，眨上眉毛，高挂钵囊，拗折拄杖，十年二十年办取彻头，莫愁不成办。直是令生不得彻头，来生亦不失人身。……"苦水却道：说甚来生不失人身？假如你具有此鹤立鸡群的精神，即使遇不着本色咬猪狗手段……无可咬嚼，即使不能得个彻头，直是今生亦不失却人身。彼气息奄奄，筋力茶敝，局促如辕下驹者之流，不须等待来生，直是今生早已失却人身了也！说甚来生三生，要不失掉人身直须从此生办起。苟无今生，何处更有来生二生？是故此一“俊”字正是孔夫子所取的狂狷，孟子所谓使“贪夫廉，懦夫有立志”的伯夷柳下惠之风；宋儒所说“我虽不识一个字，也要堂堂地作一个人”，亦复正是此个道理。学者于此说甚成佛作祖，大彻大悟，留得青山在，不怕没柴烧，且自好好保持人身去在。看官且道苦水如是说与云门老汉是同是别。这个姑且缓办。不见当年尼妙道禅师上堂，问答罢，乃曰：“问话且止！直饶有倾湫之辩，倒岳之机，衲僧门下，一点用不着。且佛未出世时，一事全无；我祖西来，便有许多建立，至今累及儿孙。山僧于人天众前，无风起浪；语默该不尽底，弥亘大方；言诠说不及处，遍周沙界；通身是眼，觌面当机，电卷星驰，如何凑拍？有时一喝，生杀全威；有时一喝，佛祖莫辨；有时一喝，八面受敌：有时一喝，自救不了……”又不见当年尼妙总禅师上堂道：“……山僧今日与此界他方，乃佛乃祖，山河大地，草木丛林，现前四众，各转大法轮，交光相罗，如宝丝网。若一草一木不转法轮，则不得名为转大法轮。所以道：于一毫端现宝王刹，坐微尘里转大法轮；乘时于其中间作无量无边广大佛事，周遍法界：一为无量，无量为一；小中现大，大中现小；不动步，游弥勒楼台；不返闻，入观音普门；情与无情，性相平等。不是神通妙用，亦非法尔如然。于此倜傥分明，皇恩佛恩一时报足。且道如何是报恩一句？——天高群象正；海阔百川朝。”看此两位比丘尼出言吐气直赛过草中窜出的兔子，网中透出的鲤鱼，一何其俊耶！总师并且亲口道出倜傥分明四个大字，令人真有几个男儿是丈夫之感。或者要说：“苦水，你且慢葛藤。试问这个，‘俊’字何以与禅人有如是密切关系？”对此一问，苦水将远打周遭先从禅字说起。禅之一字，今日一不必说西天我佛，二不必说教外别传，三不必说东土历代祖师，苦水先自杜撰一番。禅者何？创造是。禅者何？象征是。何以谓之创造？试看作家为人，纵然千言万语，比及要紧关头，无一个不是戛然而止，一任学人自己疑去悟去，死去活去。“恁么也不得，不恁么也不得，恁么不恁么总不得”，无论已；甚者要“驱耕夫之牛，夺饥人之食”，诸如此类，更仆难数，罄竹难书。其意只要学人自己创造去也。其在学人，既不许稗贩师说，又不许向句下死去。甚者昨夕所说方蒙印可，今晨重述又遭痛棒。大师爱说：“见过于师，方堪传授；见与师齐，减师半德。”初学发心更须具有“丈夫自有冲天志，不向如来行处行”的意态。无非要作一个上下古今不可无一，不可有二的人物。这不可无一，不可有二，岂不是又要学人创造去，不许有丝毫因袭模仿去？此则创造之说。何以谓之象征？祖师开口无一句一字不是包八荒而铄四天，决不是字句所能限。所以者何？象征也。是故棒不可作棒会，骂不可作骂会，一喝亦且不可作一喝会。遗貌取神，正复大类屈子《离骚》之美人香草，若其言近而指远，语短而心长，且又过之。大雄说法有权有实，这权亦即象征。且莫说实便了，权作么？若说权所以显实，或者说权即是实，亦不但是头上安头，而且是梦中说梦。何以故？天下事理到得细中之细，真中之真的境界，尽属言语道尽。而灵山会上，祖师们下又有非说不可的苦处，于是乃有所谓权。权之一字，乃是假名，然而实之一字又何尝不是？所以者何？一切名相皆非真故，但有言说都无实义故。是以权之与实，一个半斤，一个八两，正如华岱之对峙，江汉之分流。世尊当日有此二种方便。若认作权是显实，即实，已复大错；若再谓为藏头露尾，炫俗骇世，更是厚诬先圣：地狱之设正为此辈。此则象征之说。然而苦水如是说了，学人却又万不可认创造与象征为两事。须知象征亦复即是创造。彼诗人者尚道第一个以花比美人的是天才，第二个恁么说的即是钝汉。何得大事而不如然？是故说法虽曰薪火流布，心灯递传，而于下语，佛佛不同，祖祖各异。则亦以其为是创作故，非模拟故，非剿袭故。于此或说象征统于创造，亦无不可。夫禅之为创造，为象征，既如上说矣；若二者之有关于“俊”之一字抑又何耶？则以既俊矣，自然不肯作奴。既不作奴，自然便肯创造。既能创造，则象征随之矣。理至简易，无烦多言。看官莫见苦水如是说，又即谓之杜撰。世尊有言曰：“如此良马，见鞭影而行。”俊之义也夫。

复次，秀圆通因雪下曾说：“雪下有三种僧：上等的僧堂中坐禅；中等磨墨点笔作雪诗；下等围炉说食。”秀大师此语显有臧否人物之意。苦水今日亦说僧有三种，却只是说明而并非月旦；故亦不复区为等次。一者恬澹枯寂；一者坚苦卓绝；一者倜傥分明。恬澹枯寂者，如湛堂准禅师领徒弘法之后，仍不易在众时。晨兴，后架取小勺汤洗面，复用濯足。才放参罢方丈，行者人力便如路人；扫地煎茶皆躬为主。又如小说所载“削发辞亲净六尘，自家且了自家身；仁民利物非吾事，自有周公孔圣人”之类。坚苦卓绝者，如千里寻访，海北天南，跋山涉水；单丁住山，刀耕火种，捣松和糜。又如立死限，结死关，攀古木，立悬崖；凡为法忘躯。断臂截头，皆属之。至若浮山远，天衣怀之往参叶县省和尚，正值雪寒，省则诃骂驱逐，甚至以水泼旦过，衣服皆湿。他僧皆怒而去。远、怀并叠敷具整衣仍坐旦过中。省到，诃曰：“你更不去，我打你！”远曰：“某二人数千里特来参和尚禅，岂以一勺水泼之便去？若打杀也不去。”若斯之类，尚在所弗论。倜傥分明者，俊是已；前已数四敷衍，不再复说。凡此三者，参学衲子或兼或偏，要不能全无。申言之，则恬澹者本分；坚苦者有守；而倜傥者有为；既有关于根器，亦大系乎师承。倘或有人强迫苦水，使评优劣，则苦水将援引旧案，抄录前说，其意非在委过于人，只图省却另起炉灶。白云祥禅师曰：“但向街头市尾，屠儿魁剑，地狱镬汤处会取。若恁么会得，堪与人天为师。若向衲僧门下，天地悬隔。更有一般的，只向长连床上作好人去。汝道此两般人哪个有长处？”当年道吾、云岩两人在药山会下，一日侍立次，药山指按山上枯荣二树问道吾曰：“枯者是？荣者是？”吾曰：“荣者是。”山曰：“灼然一切处光明灿烂去。”又问云岩：“枯者是？荣者是？”岩曰：“枯者是。”山曰：“灼然一切处放教枯淡去。”高沙弥忽至，山曰：“枯者是？荣者是？”弥曰：“枯者从他枯；荣者从他荣。”山顾道吾，云岩曰：“不是，不是！”苦水乱铳，值什么。诸公且去细细体会上举两则公案着。然而这个倜傥，即是这俊，亦须是学人实到恁么田地始得。孟子曰：“有伊尹之志则可：无伊尹之志则篡也。”

如何是可？如何是篡？且不可轻易放过！即如云门要打杀世尊喂狗，丹霞曾烧取木佛取暖；此两大师的言行，虽不能说只是一个倜傥，只是一个俊，不过苦水若说此是这倜傥，这俊的发扬光大，看官想不至于谓苦水为证龟成鳖也乎？但是《水浒传》中鲁大师酒醉之后，打倒金刚而哈哈大笑，则又何如？又笔记中记一僧作诗曰："狗肉锅中犹未熟，伽蓝再取一尊来。"则又何如？如此说去，未免刻划无盐，唐突西施，赶快打住！且如古人曾设一问曰："万丈悬崖，千寻乔木，将你手脚绳捆索绑了，却教口衔树枝，凭空吊起。此际忽然有人来问你佛法，你还道得么？"古人此问，苦口婆心，切实为人，吾辈万不可草草，固已；然又不可只向奇特处认取。苦水此时急于结束此文，亦不暇细细分疏。却于此问下又设得两问：即如尔时你若怕口一张开，身便坠落，更不作声，一个臭皮囊悬空恰与一个吊死鬼相似，倜傥在什么处？俊在什么处？又假如你不惜身命，勉强开口，那么，语身未绝，四体着地，且不必说气绝身死，也不必说发昏章第十一，我只问你：皮破血流，恰与一个烂柿子一般，何处又见得倜傥，又见得俊耶？风力所转，终归幻灭。玄沙备尚说，"昭昭灵灵亦非真实，只是向五蕴身田里作主宰。"学人且道这俊得如何保任去？莫见苦水如此说，于这俊字又有些疑着么？有多少俊字从古人口里进出来，典册俱在，且自去检看；苦水此刻腕臂欲折，亦不复一一举似。倘若懒去检书，只去疑着，亦自大佳！

至是苦水便好搁笔吃茶去也——

有个好事多口的忽然出来问道："且慢。这倜傥，这俊，以及那兔子，那鲤鱼，俱有下落：请问开端的赵州家风一段作何交代?”

苦水听了，手忙脚乱，不禁叫道：

“呀！一事最奇君听取：新年过了又新年。”

一九四八年二月九日，即旧丁亥之十二月三十日

附记

拙录至是已有八篇。卤莽灭裂，怪诞支离，无待诸公之不肯，亦已自知其无当。至于兹篇殆尤甚焉。始写之，终印之者，敝帚自珍，文债见迫，固已。去斯二者，则为笔者自信语出至诚，虽其行文或似戏论。平居思维，以为宗教哲理，陈义愈高，析理愈细，即索解愈难，去人愈远；而其自身亦由是而孤立，而衰颓，而澌灭矣。太白诗云：“君平既弃世，世亦弃君平。”引申别解，实得吾心。大教之来东土，迄今已数千年。渐染传流，宏深悠久。民间生活，口头习语，随时随地皆可证知。然而愚者只信轮回，学人多修净土。至于微言与大义，殆犹河汉而无极。教中龙象，得见者已讶为景星卿云；教外士夫，深通者几等于龟毛兔角。初祖西来，禅宗崛起，直指本心，不立文字，其曲弥高，其和弥寡。历代祖师，继阐此事，结茅住山，施棒行喝，虽云心苦，其奈知稀。什师偈曰：“哀鸾孤桐上，清音彻九天。”识者既多谓其可悲，则吾前所引“弃世”与“世弃”者，学人亦当知其匪妄。又作家指示，宗匠语言多属到家而非在途，俱为细大而鲜平易。此于初学，更叹望洋。虽然，吾为此言，非谓宗门教义俱当浅近鄙俚。但行远自迩，登高自卑，古之明训，今之恒言。高处着眼，低处

着手，既利为人，复适为己。且教义推行，宗风阐述，必有赖于教外，方普及于人间，离众脱俗即可贵，悲天悯人之谓何？此又义理所皆同，非复禅宗所独尔者矣。文既脱稿，复有欲言，聊为兹记，兼作自剖。饱参初学或共有取焉耳。

同日苦水自记于旧京前海之后，后海之前。

从取舍说到悲智（上）

“日历年底毕竟最像年底”。糖瓜年糕既罗列以堆积；灶君财神亦奔走而后先；看看腊月三十日到来，更是人仰马翻，手忙脚乱。较之阳历过年时，一则热闹喧嚣，一则枯寂冷淡。参学之士且道孰是孰非，孰正孰邪？山中无历日，寒尽不知年，则忒煞孤傲。你过你的年，我过我的年，则忒煞固执。试问毕究如何的是？苦水俗人却管不得许多闲事，另有一些俗务纷至沓来，排解不开，分疏不下。虽然人境结庐，门无车马，难说吸风餐露，不忧盐酱。上期一篇小文即予如是情况下勉强交卷，后顾前瞻，失枝脱节，见笑见原，一任看官。若乃《法华经》云：“一切治生产业皆与实相不相违背”；《维摩诘经》云：“不断淫怒痴，亦不与俱；不坏于身而随一相；不灭痴爱，而起解脱”，以及赵州和尚所说之“佛是烦恼，烦恼是佛”；又如古人训徒或多流俗鄙事；学人求法乃至请为净头；若斯之类，说是具大神通，得大自在也得；说是事理圆融也得；说是知行合一也得；说是无人而不自得也得；说是终日吃饭，未曾咬着一粒米，终日着衣，未曾挂一缕丝也得；说是无事人也得；总之，到此境地，方为打成一片。假若有人援引《春秋》责备贤者之义，以此责备苦水，苦水实无辞以对。然而你也须晓得苦水亦尚未成为贤者。虽然时时刻刻不敢不勉；你且慢责备着。假若苦水自谓佛祖如是，我亦如是，那岂非又是以前曾说过的不知惭愧？苦水纵使无耻，也终竟有个分寸，有个限度，万万不至于此。

假若再有人问：宗门常举“狮子嚬呻，香象渡河”，便是“龙得水时添意气，虎逢山势长威狞”两句，亦是口头话语，而且你于第五期演说南泉三个“不是”的时节，亦曾用过；上来何以俱不提倡，却只说他出草的兔子，透网的鲤鱼？这一问直使苦水张口结舌，面红耳热。然而苦水于写上期那篇小文之时，却确实曾经想到狮、虎、龙、象来；而且本想于小文结尾附带说及，藉作收煞。结尾之所以不曾说及，则以旧历年关的到来，琐事如毛，急于搁笔之故。但如此说去，虽非遁辞，亦还不是主因。主因为何？苦水十余年来，身染痼疾，求医寻方，百计不愈。平居自念，未尝不愧身非龙象，不能担荷大法。八载沦陷，坠落胡尘，虽求道念切，而闭门造车，既未遇大师赐与针劄，亦未得益友共同砥砺。及至《世间解》出版，说甚时节因缘？只是阴差阳错。出一期献一次丑，看官且道苦水面皮厚多少。这个亦且莫商量。且道苦水有一丝毫狮、虎、龙、象的气息么？倘若道无，你怎怪得苦水不说？倘若道有而苦水如今偏不说，是你错，是苦水错？古人曰：“少年一段风流事，只许佳人独自知。”又曰：“频呼小玉元无事，只要檀郎认得声。”是则是，只嫌他忒煞自得，忒煞矜贵。苦水当年读西洋小说，记得有一篇写一女性发现所爱男子之弱点，决将弃舍的时节，却大加责斥，至于声泪俱下。那男子坦然地说道：“你在初以为我是一位英雄而爱我，现在发现了我是一个庸人而恨我。但我压根儿就是庸人而非英雄，那么，这是你的不对还是我的不对？”尔时，若水读至此节，直得分开八片顶阳骨，倾下一瓢冰雪水，为之食不知味，寝不安席者累日夜。看官！面赤不如语直；且不可说他无憀无赖，自暴自弃也。“智不及处，切忌道着；道着则头角生”；且置。“佛门第一不打诳语”；再且置。便是不学道的俗人难道可以随意说谎么？我有一位朋友，一日在家晨起自用剃刀刮脸。他的小侄子忽然走来向他说道：“叔父，你又剃嘴哩么？”此语至今尚在友朋间传以为笑。然而若使苦水去谈狮、虎、龙、象，则其可笑恐怕更甚于这位世儿之谓“刮脸”之为“剃嘴”。而且岂但其可笑更甚而已？怕其真实还有不及处哩。所以者何？他道刮脸是剃嘴，细按之，原本无甚可笑也。夫以剃刀去发谓之曰剃头，则以剃刀去胡须岂不正可谓之曰剃嘴乎？以剃刀去胡须不妨看作真实相，不于或曰刮脸，或曰剃嘴，则俱是假名，何必刮脸之为是，而剃嘴之为非？须知他是真确地看见了去胡须这实相，且又未受传统的束缚，因袭的限制，自出心裁，运用字汇，而喊出剃嘴一词，正是他的创作：有甚可笑？狮、虎、龙、象原自不无。只是苦水尚未见到狮、虎、龙、象的实相，贸然写去说去，结果只有走上盲人揣龠的路上去，较之摸象更惨，则以摸象者虽不能得象之全体，尚能得其一部分，若揣龠则其去太阳也远矣。夫如是，还有胆量去笑那位世兄乎哉？

复此，苦水之所以拈举此兔儿之出草与鲤鱼之透网，尚有二义在。其一、此在初学为入道之门，修道之基。古人云：“直趋无上菩提，一切是非莫管。”倘不具有这“出草”与“透网”的气象，如何得到“直趣”与“莫管”去耶？其二、自大鉴再传而后，宗门中诸大师，饶他每实参实悟，坐曲录床，称善知识，向千峰顶上，坐断天下人舌头，饶他棒如雨点，喝似奔雷，门庭险峻绝攀缘，机锋迅速难酬对，若依苦水看来，十个倒有九个多少有兔儿出草，鲤鱼透网的模样。苦水如是见，如是写，看官如能见信，大好，大好。倘不见信，苦水却仍旧要写下去，何以故？苦水的嘴虽然挂在墙上，笔却依然拏在手里也。其大师中的少数亦颇有不如此者。然而这不如此的之中，其工夫实在者有些干爆爆的，纵然熟饭热茶，总带着些儿土气息，泥滋味。平庸者则又水漉漉的，纵然专心至致志，适成为新妇子，老婆禅。前者既不得人心，后者亦不异人意。反不如兔子出草与鲤鱼透网之尚有些儿超以象外也。当年圜悟之贬剥密印长老也，其言曰："四年前见他恁么地。乃至来金山升座，也只恁么地。打一个回合了，又打一个回合，只管无收煞，如何为得人？恰如载一车宝剑相似，将一柄出了，又将一柄出，只要搬尽。若是本分手段，拈得一柄便杀人去，哪里只管将出来弄？"学人可能辨得出密印长老是土气息，泥滋味，抑是新妇子，老婆禅么？总之，此"打回合"，"无收煞"，"搬"剑"弄"剑，去兔儿的出草和鲤鱼的透网大远在。洞山当年尚被人谓之为"好佛只是无光"。若密印长老者，怕连"好佛"也作不到，木雕泥塑，灰头土面，说什么光之有无？问：兔出草与鱼透网在宗门下何以如此之重要乎？苦水于此将别有说。夫学人之做工夫，不可死于句下，夫人而知之矣。尤不可上他机境。古人曰："如何谓之机境？佛谓之机境，法谓之机境。"夫佛与法犹是机境，犹不可上，何况一切名相、语言、文字乎？这不死于句下，这不上他机境，自然非可容易作到，一不许颟顸，二不许莽卤，三不许劳动知见情解。倘若日日夜夜，战战兢兢，二六时中，戒慎恐惧，只怕死于句下，上他机境，不独是着败絮行荆棘林中，全无半点自由自在；而且早已是死于句下，上他机境了也。但假如能有出草和透网的倜傥分明的精神，则这不死于句下，不上他机境，却亦正复不难。若再能薰习精进，发扬光大，便是千圣亦不识，佛祖无奈何，世尊初生，喊出“天上天下，唯我独尊”，是此一番作用；云门要将世尊一棒打杀喂狗也是此一番作用；世尊四十九年，说一大藏教，是此一番作用；德山说十二分教是鬼神簿，拭疮疣纸，也正是此一番作用也。还说什么死于句下，上他机境？

然而说着说着，不觉已是惹火烧身；如果有一位刻舟求剑之士，听得苦水如是举扬，便死死地向兔子鲤鱼队里寻讨，那又早是死于句下，上他机境了也。苦水生于穷乡僻壤，弱冠之年始见到一部《金刚经》，取而读之，则见有所谓“众生非众生”，“说法者无法可说”，“实无众生得灭度者”，“乃至无有少法可得”，诸如此类，虽不曾惊怖其言犹河汉而无极，也觉得大似猪八戒之吃人参果。如今眨眼便已三十余年，工夫纵使略进，依然博地凡夫，不过已经稍稍明了世尊的苦衷。然则苦水所说系兔子与鲤鱼，亦正非兔子与鲤鱼；而且压根儿也就不曾有兔子与鲤鱼耳。佛且置，法且置，教意祖意亦俱且置。窃谓凡一切为学，必须具有两种精神：一曰取；一曰舍。而且取了舍，舍了取。舍舍取取，如滚珠然；取取舍舍，如循环然。现在先说取。你必须取，方能担荷；方能进去。不见夫世人乎？只想脱卸，只想逃避，说甚么道法？说甚么义学？说甚么责任与义务？只一个“人”字，你问他可敢正眼儿觑着么？试看古人：断臂立雪无论已。便是跋山涉水，草衣木食，长连床上坐如铁橛，万仞峰头结得死关，难道俱是无所为么？若其并非无所为，则其有取也可知。如今再说舍。此亦不必说释迦老子弃万乘之尊而入雪山。孔夫子不云乎？“士志于道而耻恶衣恶食者，未足与议也。”又曰：“士而怀居，不足以为士矣。”便是孟子舆氏所谓“志士不忘在沟壑；勇士不忘丧其元”：不也俱都是舍么？至于世人之不能取，已如上来所云尔矣。其实他又何尝有一毛头、一毫端之能舍耶？凡其所有，无一不视等性命，爱似头目。小之，则上床认得妻和子，下床认得一双鞋，一文钱尚且穿在肋骨上面。大之，则恨不得极天下之有，占敌国之富；于是始而有损于人，有利于已者无不为之；继之，无利于已而有损于人者亦无不为之；终焉即稍有妨于已而大有害于人者亦无不为之。于此而使之有舍，不等于与虎谋皮也哉？但是苦水如是说，已经大似落人世谛，并义学沙门亦算不得，岂惟不似宗门中说话而已乎？如今亦不必说什么“善巧方便”，“能近取譬”以自为解嘲。凤凰飞上梧桐树，一任旁人说短长。

若夫为学之有取夫取与舍则又何耶？

夫为学之必有所取，此义之显，殆等于说吃饱了之便即不饿，故亦不复详为诠释。学既有取，取必有得。若于所得，拳拳服膺，守而弗失，虽非自画，终难大成。若是小成，纵非无成，究属不成。昔者孔子自述其为学之次第曰：“十有五而志于学；三十而立；四十而不惑；五十而知天命；六十而耳顺；七十而从心所欲，不逾矩。”四十以前姑且不说。看他五十时便舍却不惑而取知天命；六十时又舍却知命而取耳顺；及至七十，知命与耳顺一齐舍却而取得从心所欲，不逾矩了。此是何等的自强不息，日进不已！

真乃儒门千古为学的楷则也。孔子之寿亦不幸而止于七十有三而已耳。假使而八十焉，九十焉，且百岁焉，则必不停止于此从心不逾矩而将别有所取，可断断言也。学者勿谓孔子至五十而舍不惑而取知天命，即不不惑。苟其为是言，便又是死于句下。何以故？凡人之为学，其工夫到处，自然成一境界。这个正是皇天不负苦心人。但倘若于此境界，心满意足，自谓到家，便是亲手作得了棺材，将自己盛装入殓，结果只有准备着抬埋。又凡拳拳而守者，即使已到得一种境界，而其工夫必是仍未臻于纯熟之域。若使左右逢源，无人而不自得，自然日用而不知，自然无需乎拳拳，无需乎守。你每天吃饭，可曾留心到右手五指是怎样舞弄着两根筷子么？当你夹起鱼肉菜蔬送到口内时，你可曾觉得光荣而傲骄么？当菜饭备好，坐到案前之际，使筷，夹菜，送入口中，直是无意到自然而然。且道是记得，是忘却？是有知？是无知？可怜世人知得会得一星半点，便复满心傲矜，人前卖弄，甚且若将终身焉，此与坎井之蛙有甚差别？不见当年世尊在耆阇崛山中为大庄严菩萨及八万菩萨摩诃萨说《无量义经》而曰：“种种说法，以方便力；四十余年未显真实。”又曰：“水虽俱洗，而井非池，池非江河，谿渠非海。如如来世雄于法自在，所说诸法亦复如是。初、中、后说皆能洗除众生烦恼，而初非中，而中非后。初、中、后说，文词虽一而义各异。”夫佛自起树王，入鹿野苑，初转法轮，便已度得阿若憍陈如，至是为大庄严说无量义，乃曰“四十余年未显真实”，抑又何耶？为复是伪谦之辞？为复即是如实说？如谓是谦辞，则须先于谦辞检校一番。谦辞者何？自知其未可，自觉其不足之辞，皆发于至诚而无伪：若然，则非谦也，正如实说也。若其语谦而志满，貌谦而神骄，则说谎而已，谦于何有？如来世雄，明星悟道，出世说法，何来未可？何来不足？若夬说谎，宁有我佛而说谎哉？又如世尊自谓初、中、后说，其义各异，此又何耶？世尊难道亦不惜以今日之我与昨日之我战么？“君子于其言无所苟而已矣”。世尊难道会三口两舌么？孔子曾曰：“君子道者三，我无能焉，仁者不忧，智者不惑，勇者不惧。”学人且道孔子是能不能？若说他不能，则不成其为孔子；若说他能，他何以又自曰无能？子贡曰：“夫子自道也”。于此会得，自然也就会得世尊的“未显真实”。又如蘧伯玉行年五十而知四十九年之非。难道这位蘧公五十以前的言行全无是处么？难道蘧公于五十画一个区分线，前后成为两截人么？于此会得，自然也就会得世尊的初、中、后说，其义务异。

写到这里，略一检点，所言也不高，也不深，也不玄，也不妙，只是有些啰唣，有些缠夹。不过吾意在说取与舍，故而牵扯到释迦文佛，盖谓此位黄面老子虽然无相不相，不相无相，也还是不得不起动着取与舍。可有人不相信苦水如此说么？苦水今日索性葛藤到底。夫舍有取无，佛祖之所同然。然“无”了亦非究竟，因为立“无”成有，所以又必须连“无”也舍，于是乎无“无”。不过无“无”了仍非究竟，“无无”亦有也，又必须并“无无”而舍之。无“无无”了也还要舍下去。苏髯公说得好：“转而相之。容有既乎？”也就成了数学中的无限。舍有取空亦可准知。苦水如是说，纵非戏论，亦几成为诡辩矣。然其在宗门，亦曰：“大悟十八遍，小悟无其数”。也正是这取与舍在那里作用着。其实所谓十八遍者，正不必拘泥，不必十八，亦何必止于十八？是以古人又说："如人学射，久久方中"也。倘说：竟如是其烦耶？这又是请现成饭吃，寻取天生木勺用的见解了也。倘说："空灭灭已，寂灭为乐"，到得涅槃，岂尚有事乎取舍？苦水于此问并不否定。实则岂惟教义云尔？即如德山鉴禅师一被其弟子岩头奯谓为"于唱教门中，犹较些子"；再被其谓为"未会末后句在"；然而德山上堂，也还能说出"这里无祖无佛；达摩是老臊胡，释迦老子是干屎橛；文殊普贤是担屎汉；等觉妙觉是破执凡夫；菩提涅槃是系驴橛，十二分教是鬼神簿，拭疮疣纸；四果、三贤、初心、十地是守古冢鬼，自救不了。"见地至此，亦岂容有取与舍？乃至"一悟永悟，一得永得"；以及"桶底脱"，"无事人"……亦宁或有一星星一点点的取与舍于其中间耶？苦水自家昏沉散乱，沉沦生死海中，纵然未悟未得，亦岂敢厚诬古人，对之道不道无？赵州和尚曾引《三祖信心铭》曰："至道无难，唯嫌拣择。"你且莫以此问我。倘问，我便问你：此一句子是会拣择的人所说，还是不会拣择的人所说？你且不可学他赵州老汉拏"田库奴！甚么处是拣择！"来喝我。倘喝，我便问你：你是赵州么？法眼大师亦曾说："取舍之心成巧伪。"更是明明推倒取舍。你且莫又以此问我。我问你：你我之中可有一个是法眼么？想来你我俱不能说"我是"。二俱不是，为什么又搬出法眼的话头共作商量？古人谓，譬如卖柴人担，一条扁担立在十字街头，却问中书堂今日商量个甚的。苦水却并不以为这卖柴人可笑，只觉得其意虽可嘉，而其愚不可及也。你也须实到恁么田地始得，且不可仗恃话头熟，记性好，趁取口快乱说。即如大师问僧："大德如否？"曰："如。"师又问："木石如否？"曰："如。"师曰："大德与木石何别?”僧无语。我问你：木石一无拣择，二无取舍，木石也还合道么？若于此下得一转语，苦水此文你尽可以不看。若看了而气恼，你是有取舍抑是无取舍？又若下不得一转语，则苦水正不妨写下去。赵州与法眼所言者为道，故无拣择，弃取舍。苦水所言者为做工夫；任凭这两位堂头老汉恁地说，苦水只管取舍。观自在菩萨不也是行深般若波罗密多而照见五蕴皆空乎？三世诸佛不也是依般若波罗蜜多而得阿耨多罗三藐三菩提乎？苦水鸡肋，不足以当尊拳；尊驾且打倒观自在与三世诸佛去者。

一九四八年二月中旬于倦驼庵

从取舍说到悲智（下）

以上论取与舍，拉杂写来，字数已超过预算。文辞拖沓，义理肤浅，于此正好收煞，然已自知其为时过晚，若把写得的抹去，则又不能割爱。于此可见苦水之能说不能行，即于行文，尚未克作到舍之一字也。至于取舍之有关乎兔儿出草，鲤鱼透网者何？则以为学之士，苟能倜傥分明，自然要提即提，要放即放；要行即行，要住即住；遇寒即寒，遇热即热；饥来吃饭，困来打眠；自然能取能舍。到得工夫纯熟，方取方舍；即舍即取；非不取舍，亦非取舍；非无舍取，亦非有舍取。如是方可谓之到家人，无事人，还说什么终日吃饭，未尝咬着一粒米；终日着衣，未尝挂一镂丝；说什么“运粪入”，“运粪出”？说什么百川归于大海，大海投于一滴？直是沩山所谓“事理不二，即如如佛”了也。不过我又要说：工夫与见地也须实到恁么田地始无走作。不然者，便是“开门七件不离他：柴米油盐酱醋茶。我也管他娘不得，后门溜去看梅花”的意态，甚的名士，直是个无赖贼：还有甚的取舍之可谈？

复次，祖师门下，虽要人脚跟点地，却绝对不许人有立脚处。所以此事既不在两头，亦不在中间。即如香岩一颂：“去年贫，未是贫；今年贫，始是贫。去年贫，犹有卓锥之地；今年贫，锥也无。”原是流传众口的话头。然在当时，仰山尚不肯他，而谓之曰：“如来禅，许师弟会；祖师禅，未梦见在!”仰山之所以如此苦口，就因为担心他这位贤师弟立定脚在“锥也无”三个大字上也。至于不许有立脚处的原故，却不必完全同于羚羊挂角。因为既不是怕人觑破，也不是怕人跟踪。这只是自家屋里事，与别人无半点干涉。上篇说过禅是创造。如有一点立脚处，便即减少一分创造力。如死钉在立脚处，那便是方才所谓“亲手作得了棺材，将自己盛装入殓，结果只有准备着抬埋”。昔日南塔诵禅师自临济归谒仰山。山曰：“汝来作甚么?”诵曰：“礼觐和尚。”山曰：“还见和尚么?”诵曰：“见。”山曰：“和尚何似驴?”诵曰：“某甲见和尚亦不似佛。”山曰：“若不似佛，似个甚么?”诵曰：“若有所似，与驴何别?”山大惊曰：“凡圣两忘，情尽体露，吾以此验人二十年，无决了者。子保任之。”看他父子二人，父不知其子恶，子不言其父之过；父为子隐，子为父隐：慈孝则有之矣。苦水时时却嫌他两个忒煞自屎不觉臭。但如不以人废言，则南塔之若有所似与驴无别，与仰山之凡圣两忘，情尽体露，正是苦水前面所提倡的无立脚处。再引申之，也复即是取与舍的极致也。宗门中公案如此类之可以作为苦水的注脚者正不知其凡几。初学发心之士若能搜寻触磕，当有不胜其“若中原之有菽”之感也。

唯是出草、透网即所谓倜傥分明，当其发展至于崇高，运用及于纯熟，其在大师自己，固是高高山头立，深深水底行；岂特目送飞鸿，眼铄四天，吾辈后人于此怎怪得他。然而其于为人，则横按莫耶，全行正令，乃至夺饥人之食，驱耕夫之牛；若其“你有拄杖子，我与你拄杖子，你无拄杖子，我夺却你拄杖子”

者，手段尚属客气者也。大慧禅师曾说："须是从头与他拈却到无气味处，泊在平地上。从上来作家宗师能为人，惟睦州见你有坐地处，便划却；从头只是划将去。"（注：睦州即陈尊宿，又称陈蒲鞋，与临济同出黄檗门下。）又说："恰如将个琉璃瓶子来，护惜如什么，我一见便为你打破。你又将得摩尼珠来，我又夺了。见你恁地来，我又和你两手截了。"这两则话语说得最是明显。岂惟睦州？岂惟大慧？历代大师几无不如此，只是运用得略有大小、轻重之别。若说手段苦辣，原自不无；置之死地而后生，用心亦自不差，而且这也正是宗门大师一贯的作风。不过老吏断狱，严酷少恩，尽法无民，是之云矣。孔子曰："如得其情，则哀矜而勿喜。"宗门大师的为人，得其情则固然已，若说他喜，亦未免深文周内；然而却绝对地不见他有哀矜。"棒头如雨点，打出玉麒麟"，固是宗门中的佳话。然此吃棒的人即使原非麒麟，也须根本是玉方得。不然者，大师纵然神通广大，手眼通天，倘将棒去打一块泥土，可能打出玉麒鳞来么？且又不可说；此事在智不增，在愚不减。智不增，愚不减者，在原来，在最后则然耳。从原来至最后的中间这一段过程，将若之何，所以宗门于此又不得不讲根器。倘若单是智不增，愚不减便得，还讲他根器作么？门庭设施既已如彼，后来艰难，如何攀援？固当不能不生"仰之弥高，钻之弥坚，瞻之在前，忽焉在后"之悲。望洋、自画者无论已，饶"君自此远矣"，有多少人从此竟"至崖而返"也！即如马祖门下，会众何止数千万人，而其入室弟子亦不过一百三十有九。此百三十九人中杰出者亦不过百丈、南泉辈数人耳。什师偈曰："哀鸾孤桐上，清音彻九天。"虽其高彻于九天，而不克普遍于阎浮；什师既自哀，吾亦为什师哀；且又不仅为“什师”哀，为什师“哀”也。

抑更有进者。大师自已既然傥侻了复傥侻，分明了还要分明，而且连立脚处也没有，其接人也用“划”，又是“从头划将去”，其自为也又何尝不尔？倘为人用“划”，“从头划将去”，而其自为则拖泥带水，岂非躬自薄而厚责于人，尚得成为大师么？你莫又要驳苦水，以为他们得的人一得永得，悟的人一悟永悟，何事于“划”而且“从头地划”耶？不见赵州扫地次，僧问：“和尚是大善知识，为甚么扫地？”州曰：“尘从外来。”曰：“既是清净伽蓝，为甚么有尘？”州曰：“又一点也！”你当赵州老子是同那僧斗口么？这扫地岂非即是划么？苦水如是说，亦自知其为义学而少衲僧气息；好在苦水原是俗人，今日所谈压根儿就不是禅，即如是说了，或可减等发落耳。然而历来纳子于呈说自家所悟得的之后，大师与他印可了，证明了，甚且助喜了，也往往敦嘱其“善为护持”，“善自保任”。看官且不得捉苦水的败阙，说：“你上来不是说日用而不知，无需乎拳拳与守么？”好在这护持，这保任乃是古人所说的，苦水今日大可不必代人受过。然而我道这“护持”，这“保任”，也还是“划”，“从头划”。所以者何？倘其不然，即是“运粪入”与有立脚处了也。便大不似悟的人与得的人的行径了也。这且不谈，且说划来划去，结果直得道穷凡圣，体露真常，从而接人示众便常用没意志一着子，或可谓之为无情说法。傅大士有颂曰：“空手把锄头；步行骑水牛。人从桥上过，桥流水不流。”自古及今，丛林传诵。便是“瓦砾说法，炽然灼然”，以及“如何是道？干屎橛”之类，参学衲子谁个不晓？便是赵州当年也曾如此接人。如僧问：“承闻和尚亲见南泉，是否？”州曰：“镇州出大萝卜头。”僧问：“万法归一，一归何处？”州曰：“老僧在青州作得一领布衫重七斤。”说甚么妄想卜度，知见情解？到这里，便是菩提，涅槃，真如，佛性，亦“尽是体贴衣服，亦名烦恼实际理地，甚么处着？”然而赵州虽然坚苦卓绝，本质终是一位老实人，故其下语用布衫，用萝卜，一何其质朴耶？及至云门老汉出世，运用得更其个倜傥，更其俊爽。如僧问：“如何是诸佛出身处？”门曰：“东山水上行。”僧问：“如何是透法身句？”门曰：“北斗里藏身。”以及“火焰为三世诸佛说法，三世诸佛立地听”，“拈灯笼向佛殿里，将三门来灯笼上”之类，皆是倜傥分明到倜傥分明以上。要说此事划一不二，不能别有，云门与赵州两位老汉正复从同。但如只就下语看来，其体虽一，其用则别。世谓“云门气宇如王”，当即以是而言。若夫赵州虽然可与八大龙王斗富，而较之王者，则总不免楞头楞脑，有些儿土财主气，这个且留与学人自去理会。学人若于此不被人谩，则于石女生儿，泥牛入海，峰头浪起，海底尘飞，乃至火里蝍蟟吞大虫，眼里瞳人吹叫子，日午打三更，面南看北斗等句子，庶几不至有无可咬嚼之感。总之，不可以认识，不可以智知。是故南泉曰：“拟向即乖。”又自诠释之曰：“不属知，不属不知。知是妄觉；不知是无记。”说以上诸语是南泉此话的证明亦可；说南泉此话是以上诸语的注脚亦得也。

又自达摩西来之后，乃有教外别传之说。这“教外别传”四个字，宗门下甚自矜贵。他人无论，即如元朝的中峰本，其为人亦不失为识好丑的有志之士，在其《山房夜话》中虽承认《法华》《金刚》《圆觉》《楞严》诸经以至诸论为“以文字显总持”，然仍谓“将大乘经论相似之语记忆在心，古所谓依他作解，障自悟门；又以金屑入眼为喻。宜深思之，勿自惑也”。甚且谓“经教文字不同达摩所指之理”。历代宗师虽往往与学徒商量祖意教意是同是别，虽不主张钻故纸，阅经卷，而其旗帜之鲜明当少有超过中峰者；看他直说经教文字不同达摩所直指，便可知也。苦水于此假如喝他中峰者：佛法是什么，说有说无，说同说别！即未免擅作威福。且举一则公案者。昔年泗州大圣被人问何姓，便云姓何，又问住何国，便云住何国。后来冯楫居士与乌龙长老话次，龙云：“大圣本不姓何，亦非何国人。”楫笑曰：“大圣决定姓何，住何国。”迄不能决，乃致书于大慧乞断。慧曰：“有六十棒，将三十棒打大圣不合道姓何；三十打济川（注：冯楫字）不合道大圣决定姓何。若是乌龙长老，教自领出去。”此个教外别传，依上例，若道有，吃三十棒有分；若道无，吃三十棒亦有分也。不过吃棒也算不得甚么大事，这六十棒苦水今日一客不烦二主，一齐承当去也。依苦水看来，离经一字，即成魔说，如何能有个别传？此是说无。先领却三十。然而上文所说的没意志一着子与无情说法却实实为宗门所独擅，只此一家，并无分号。“传”与非“传”且置之，却千真万真地是个“别”，你翻遍一大藏教，管包不能发现一丝头。此是说有。再吃却三十。六十棒领讫。看官且道无情棒子，有情皮肉，苦水今日着甚死急？

综合上文所言，那不许人有立脚处，那划，那从头地划，那没意志一着子，那无情说法，总而言之，倜傥分明到倜傥分明以上的那倜傥分明，在其自为，不妨本分，然而却使初入丛林之子如何承当得去，真所谓蚊子上铁牛——全无下嘴处了也。当日明太祖见王保儿酒醉免冠露顶，发无几茎，笑谓之曰：“保儿，你发秃如是耶?”，王曰：“臣犹嫌其多，恨不尽髡之。”历代大师已经作到上所云云了，使学人已经无可咬嚼了，尚复如王保儿之嫌其发多而未尽髡，于是良久了又良久，无语下座了又无语下座，大众才集了便一时赶散，又一直打下法堂去，喝了又喝，棒了又棒，犹自嫌其多事而曰：“我若一向举扬宗乘，法堂前草深丈。”曰：“隔江望见资福刹竿，脚跟下好与三十棒；况过江来?”苦水则谓这一群老汉纵然尽力施为，却也并非杜撰，依然是孙猴子十万八千里的筋斗云未曾跳出佛爷爷的手心去在。《圆觉经》曰：“一切菩萨及末世众生应当远离一切幻化虚妄境界。由坚执远离心故，心如幻者，亦复远离；远离为幻，亦复远离；离远离幻，亦复远离；得无所离，即除诸幻。”《楞严经》曰：“纵灭一切见闻觉知，内守幽闲犹为法尘分别影事。”又同经，佛为阿难开示“意、法、意界，本非因缘，非自然性”时，再三宣说“但有言说都无实义”。若再证之他经，将更累楮而不能尽。然则所有宗师亦奉行，充其量不过发扬佛旨而已耳，亦复岂能别有？临济大师说：“若约山僧见处，便与释迦无别。”正是如实说，如法说也。然而祖之与佛究有些子不同处：仍即是上来所说之无情与无哀矜。《灯录》载邓隐峰推车次，马祖展脚在路上坐，峰曰：“请师收足。”祖曰：“已展不缩。”峰曰：“已进不退。”乃推车碾损祖脚。祖归法堂执斧子曰：“适来碾损老僧脚的出来!”峰便出于祖前引颈。祖乃置斧。苦水最初见到这一则公案的时节，以为强将手下无弱兵，可喜，可喜。后来觉得狮子身中虫，还吃狮子肉！可敬，可敬。如今则认为当仁不让师。也得，也得；然而临机不识爷，何必，何必。看宫中不乏善知识，见苦水如此说，莫又说苦水的工夫是颠倒了做得否？说即一任说，苦水决不置一辞。但是马大师被碾损的脚，你可修治得么？你若下得一转语使得马大师不致伤筋动骨，苦水吃棒有分。若能一转语使得马大师健步如飞，苦水性命在你手里，打杀何妨。

马祖且休，邓隐峰且休，苦水更不在话下。相传玄奘法师在西天见一东土扇子而病。（一说是法显大师事，莫理会。）后来有一僧闻之赞叹曰："好一个多情的和尚！"苦水每逢上堂时其拈举这一则公案，辄谓学人曰：病的大是，赞叹的也具眼。所以者何？倘奘师在异国见了故土的扇子而不能病，亦决不能为了大法而经过千山万水吃尽万苦千辛到西天去也。少不了又有人说玄奘是法师，与宗门下无交涉。苦水半月以来，为此小文直得腰臂欲折，此刻何暇再为奘师出席辩护？《遗教经》记大雄氏于娑罗双树间将入涅槃，为诸弟子略说法要，有曰："汝等比丘若欲脱诸苦恼，当观知足。……不知足者常为五欲所牵，为知足者之所怜愍。"又"世尊欲令此诸大众皆得坚固，以大悲心复为众说"云云。看此金口所说，金经所记，这"怜悯"这"大悲心"，岂能与宗门之无哀矜者相提并论？有谁敢说世尊如是亦复正同"人之将死，其言也善；鸟之将死，其鸣也哀"么？看这黄面老子三百余会中每逢弟子迷误不解之际，辄曰："深可怜悯。"宗门大师可有此种话头么？又如宗师顺世，或坐脱，或立化，或大吼，或覆船，或右胁吉祥，或一足垂下；若邓隐峰之倒立而化，亭亭然其依顺体；若"大禅佛"之积薪郊原，执炬自登，以笠置顶后作圆光相，手执拄杖作降魔杵势，立终于红焰中；若斯之类，或安详，或出奇，或神通，或捏怪，举不胜举。若其有偈颂流传，亦只是显现其倜傥分明，了不见其有所谓大悲心；换言之，即只是表露他自己，不顾及别人；或有训徒告众，谆谆付嘱，也仍然一本平日险峻的作风，更无半点世尊涅槃时的慈祥。肇法师临刑时说偈曰：“四大元无主，五阴本来空；将头临白刃，犹似斩春风。”肇公既非禅宗，而且又系被难，似未便与以上所举的为一谈。然而夸大地说他这四句偈语恰如一个模子被后来许多衲僧于圆寂顷变化使用着，却亦未尝不可。玄沙备曰：“肇法师临死犹呓语。”呜呼，岂特肇法师而已哉！这临死犹呓语的原因也还在于上来所说的兔子鲤鱼乃至无情说法。一言以蔽之，禅宗门下不曾有着如来世雄的一句子：

“悲智双修。”

中峰本曰：“密宗、春也。天台、贤首、慈恩等宗，夏也。南山律宗，秋也。少林单传之宗，冬也。”春夏秋抛开，这个冬字下得有来头，有斤两，有分寸。少林一支既占却了一个冬字，然则冱寒凝闭之余，智即不无，悲则不有，悲智双修则断断乎一脚趯开。是不为也，非不能也。夫阴阳惨舒，寒暑代序，四时成岁，万物化生，他家单独行得一个冬令，冬之为言：终也，学人且道：可不有些儿偏枯也耶？又，苦水此文上下两篇，累累赘赘，絮絮叨叨。当与无当搁在一边，学人且道：苦水是为世尊出气？抑为宗门张目？

倘有人说：“请苦水道。”

苦水今日手插鱼篮，避不得鲤，不惜口孽，再露端倪，谛听。谛听。

树树皆秋色，山山惟落晖。牧童驱犊返，猎马带禽归。

不免有人说："苦水！这的是秋！"

苦水至是负痛里创，矢尽弓折，猪八戒败阵，倒搭一耙，那么——

采菊东篱下，悠然见南山。山气日夕佳，飞鸟相与还聱！

又是秋也！Aurevoir！

一九四八年二月二十七日于倦驼庵

南无阿弥陀佛

北平有句谚语，道是“骑着马找马。”其意若曰：眼下这不甚满意的事由先将就作着，然后再去寻找更好的事由。在我的故乡，也有这么一句话，恰恰也正是这五个字，而其意义则满不是那么回子事。盖北平人这一句子，是进可以战，退可以守；引申之，则寿陵学步，虽然不似邯郸，也还不至于失其故步也。若夫故乡此语，则是道在迩而求诸远之义，大类宗门大师常说的骑驴见驴焉。抛开平谚不谈，如若单单拈举乡谚，或是说骑驴觅驴，就譬喻言之，不独听之耳熟，见之眼惯，便是自己也正复未能免此。倘若照直解释，即训故上之所谓“如字”解，却是耳所未闻，目所未睹；世上岂有如此糊涂桶：偌大一匹马或一头驴，骑在胯下，浑不自觉，而反张皇四顾地去寻觅耶？顾天地之大，无奇不有，奇外出奇，意想不到，而且奇外无奇，只是寻常：据我所知，就真有骑着驴丢掉了驴的。我有一位好耍钱的朋友，有一次他在他的朋友家里耍了一夜钱，骑了一头毛驴回自己家去。那驴子让他来骑也忒小，而他的身法让那驴子来驮也忒大：他骑在驴上必须时时跷起些腿来，才不致两脚擦地。他有些困；被二三月间的阳光一晒，和风一吹，不由得前仰后台，东摇西摆地打盹。就这样，走着，走着，走进了一条道沟。于此我必须加以注释：道沟也者，一条道路比着平地低下去有几尺深，一到大雨时行的季节，它就往往成了类似乎河之流的东西；所以这道沟很像山涧了。我这朋友走着，走着，走进了一条道沟——这道沟又颇狭窄，他于睡意朦胧中不知怎地一来，两脚便登着沟的两旁，略一使劲，一欠身，两脚踏实，朦胧中觉得自家不那么“仰”，“合”，“摇”，“摆”了，心想：“这可睡罢！”又不知经过了几多时候，他睁眼低头一看，胯下空空，驴子走失了。这个岂不是骑驴丢驴么？倘说这只是偶然，那么，天下尽有许多不可无一，不可有二的事情，只如多少人见过桃花，却单是灵云悟道，多少人读《大金刚经》，却单是六祖听了“应无所住而生其心”而大悟去，你也只认作偶然么？

倘若依世法论之，说是“孤文单证”，其说不圆，则苦水尚有第二勺恶水在。是我的一位长亲，大概也是熬夜耍钱之后，骑在驴子背上，也像我那位朋友似地“仰”，“合”，“摇”，“摆”，他在朦胧的下意识中，只恨不能稳睡。行行重行行，忽然对面又有人骑着驴来了，他合着眼，当然不理会，那跨下的驴子就自动地左左右右地躲闪：一来，二来，我这老长亲便从驴背上跌下来，还大翻了一个身，于是脊背着地，他心里想：“可得稳睡一下子了。”待到睁眼看时，驴早跑远了。这岂不又是骑驴丢驴的第二个例证么？夫驴其小焉者也，便是马，亦复有丢之者矣。《诗经·邶风·击鼓》篇之第三章曰：“爰居爰处，爰丧其马，于以求之，于林之下。”此一章先不必管他毛传，郑笺，倒是朱子集传说得直截了当。集传之言曰：“于是居，于是处，于是丧其马：见其失伍离次，无斗志也。”夫《击鼓》一篇，本写“踊跃用兵”之事，乃其士卒竟至丢掉了战马，便使并非骑在胯下而丢掉了的，其士卒亦当复成为何等之士卒也耶？而且曰："于以求之，于林之下。"则其求马之心并不切实，又可想而知也。所以者何？马本善走，深山旷野，是处可到，于何见得必在林下，且于是而求之？在有马之时，不知怎地一来，遂致爰丧其马。及至丧马之后，骤然于以求之，也并非志在必得。敷敷衍衍，悠悠忽忽，神不守舍，职是之渭。不见当年懒安老汉在沩山会下，躬耕助道，比及沩山顺世，众请住持，上堂却说："安在沩山三十来年，吃沩山饭，屙沩山屎，不学沩山禅。"难道这老汉除了拽耙扶锄，春耘秋获以外，任事不作，百么不会？他自己说来说去，自行泄漏，原来：

只看一头水牯牛！若落路入草，便把鼻孔拽转来。才犯人苗稼，即鞭打。调伏既久，可怜生受人言语！如今变作个露地白牛，常在面前，终日露迥迥地，趁亦不去。

懒安毕竟不懒，终朝每日专心致志，只在看牛，更不敢丝毫放松。倘使其骑驴；定然不会胯下走失；倘使其从军，亦决不至于爰丧其马也。然而懒安之名毕竟不虚，看来看去，看到究竟，一头水牯牛，既不驾车，亦不负重，更不去拖犁拉耙，却只终日露迥迥地，常在面前，趁亦不去。记得他当日初见百丈，礼而问曰："学人欲求识佛，何者即是？"丈曰："大似骑牛觅牛。"安曰："识得后如何？"丈曰："如人骑牛至家。"安曰："未审始终如何保任。"丈曰："如牧牛人执杖视之，不令犯人苗稼。"安自兹领旨，更不驰求。于今一不必说百丈忒煞老婆心切，开口便为学人点破，更不怕教坏人家男女；二不必说懒安先头既不能无师自通，后来又不能离师自立，毕生作个牧牛汉，有甚出豁？且就咬文嚼字上起一番葛藤。原来骑马找马，骑驴觅驴之外，尚有百丈的骑牛觅牛一句子，真乃传不传有幸不幸，竟会不曾时时被人提掇拈举，然则马也，驴也，牛也，殆三而一，一而三者耶？假如说苦水如是说，未免望文生义，苦水则将别置一问：诸君且道：懒安之看牛与胯下丢驴相去多少？孰得，孰失？

有的人见了苦水此问，或将觉得好笑：以为苦水纵未证龟成鳖，早已唤钟作瓮，牧牛的与丢驴的如何能混为一谈？止止不须说，不笑不足以为道。夫笑苦水者岂不以为苦水是非不明，皂白不分，况且苦水于前文中已说丧马（注：丧马等于丢驴）者是神不守舍，而牧牛者则是专心致志，如今反问孰得，孰失，一何其颟顸之至于如是也！然而有说焉。西洋有一位文人曾经说过："没有'否'（No）的语言，是没有力量的语言。"此语颇有味。因为一种语言中，倘若没有了"否"，则便只剩下"是"；而只有"是"的语言则只有因袭和保守，而更不会有革新与创造了。而且那位西洋文人的这一句子，在宗门中，恰恰亦用得着。马祖先说即心即佛，只是个"是"；后说非心非佛，恰是个"否"。"踏杀天下人"，争怪得他？南泉出世，一切不管，却说："不是心，不是佛，不是物"；一口气三个"否"，更不曾有一个"是"。"独超物外"；信有之矣。便是云门要将释迦老子一棒打杀与狗子吃，虽然敢说敢讲，有胆有识，近于自"是"，其骨子里却有一个"否"在那里作用着，"气宇如王"，诚然，诚然。至于德山说："达摩是老臊胡；释迦老子是干屎橛；文殊、普贤是担屎汉；等觉、妙觉是破执凡夫；菩提、涅槃是系驴橛；十二分教是鬼神簿、拭疮疣纸；四果、三贤、初心、十地是守古冢鬼。”纵然一连串下了七个“是”，其骨子里却正是七个“否”、“一条脊梁骨，硬似铁，拗不折”，不差不差。此义，苦水于拙录第五篇“不是，不是”中，已略敷衍，兹不再三。只看他向来祖师于万仞峰头，登高一呼，千尺海底，自在游行，别的俱不必说，此是何等“力量”。大安一付懒骨头，纵然叫出“在沩山三十年，吃沩山饭，屙沩山屎，不学沩山禅”，像煞一条汉子；然而自从于百丈老师手里领来一头水牯牛之后，兢兢业业，守而弗失，即使不失为孝子，到底也还是个乏货。乏者何？北地俗谚无力量之意也。庄周在其《骈拇》篇曾有言曰：

臧与谷二人相与放羊，而俱亡其羊。问臧奚事？则挟策读书。问谷奚事？则博塞以游。二人者，事业不同，其于亡羊，均也。

准此，胯下丢驴、林中求马，固失之矣；三十年只看水牯牛，而且使之成为露地白牛者，亦未见其为得也。

写至此处，看官中也许有人出问苦水：“看你上来所写几篇中，似亦颇注意于为学之次第及方法；今兹懒安看一头水牯牛，看来看去，直看成了一个露地白牛，此岂非懒安为学之次第及方法？而谓之不得，然则必若之何乃可谓之得耶？”苦水于此问一不拒绝，二不答覆，却拟先问：此位懒安是否宗门下儿孙？据《灯录》，大安者，马祖亲孙，百丈嫡子，其为宗门儿孙，夫何待言？苦水所大惑不解者，乃在其竟如此做工夫。若说心不走作，工不唐捐，苦水纵不肯他，即亦不能否认。只是恁般用工，饶他是马祖，百丈的亲孙和嫡子，也并不十分像个宗门下儿孙。有得如此，则何如去念“南无阿弥陀佛”之更较直截而了当，简单而省事？《阿弥陀经》曰：

若有善男子，善女人，闻说阿弥陀佛，执持名号，若一日，若二日，若三日，若四日，若五日，若六日，若七日，一心不乱。其人临命终时，阿弥陀佛与诸圣众现在其前。是人终时心不颠倒，即得往生阿弥陀佛极乐国土。

世尊说法，方便多门；而此弥陀一经，净土一宗，尤其最最方便。所以者何？为其最最省事故。彼看牛者虽然功深养到以后，可以使其趁亦不去，然当其在半路途中，还须拽转鼻孔，恐其落路人草，又须时时鞭打，防其犯人苗稼，一何其不惮烦？若说看牛与念佛正复一般，通是一心不乱；何必念佛之定是，而看牛之必非？然而大慈世尊已经分明指与平川路了，何必不念佛而定去看牛？隔河跳井，懒安之谓也夫！有个性急的，不免于此挺身出来，大喊一声：“错也，错也！念佛的是与阿弥陀佛为奴，而看牛的乃是与露地白牛作主：苦水于主奴之间尚擘划不清，可煞浑沌！”苦水闻之，既不言喝，更不瞎棒，只有哑然大笑。大安这一头水牯牛乃是从百丈处偷来的，原本不属于他自己。物属于己，己为物主；赃不属贼，贼难主赃。饶他将这水牯牛改头换面，变作了露地白牛，追本穷源，也还算不得大安所有，一个“主”字从何说起？倘说此乃子承父业，不得谓之偷来，即亦不能说是贼赃，那么，好男不吃祖爷饭，好女不穿嫁妆衣饗？如是葛藤，终落世谛。苦水于此将别有说：怕它落路人草，即须拽转鼻孔，怕它犯人苗稼，还须时时鞭打：大安忒煞“奴”了也。世谚有“牧猪奴”一辞，若大安则十足地是一个看牛奴也，“主”于何有？他自道三十年吃沩山饭，屙沩山屎，不学沩山禅，纵算他不失为有守，毕竟算不得有为。奴与非奴姑置之，他虽不肯沩山，而沩山终于独自建立门庭；他虽自肯，却终于毕生在百丈门下看牛。可怜，可怜！宗门下儿孙如此作工夫，则何不索性去二六时中常念“南无阿弥陀佛”也？

然而“恁么也不得，不恁么也不得，恁么不恁么总不得”，是故奴不得，主也不得。断崖钦当日曾问高峰曰：“日间浩浩时还作得主么？”峰曰：“作得主。”又问：“睡梦中作得主么？”峰曰：“作得主。”复问：“正睡着时，无梦无想，无见无闻，主在什么处？”峰无语，从此奋志入临安龙须山中，自誓曰：“拼一生做个痴呆汉，决要这一着子明白！”一住五载，一夕闻同宿推枕落地，方得大彻。看他古人于一个“主”字，直得如此判命，苦水具足凡夫，尚复有何话可说？然而葛藤桩子也还不能即时放倒。同宿推枕落地，于“主”何干？高峰闻之而大彻，彻个甚的？难道仍旧是“作得主”么？这且莫理会。试问：即使作得主了，又是谁作主？不错，赵州和尚曾绝叫出“只是个主人公”一句子，你且慢囫囵承当者，你晓得此主人公又是伊谁么？依世法论，或可道是个“我”，但在佛法，绝对不成。四大本空，五蕴非有，“我”向何处着？《大智度论》卷十九曰：“多观无我。”又同书第二十二卷论“佛法印有三种”时，再三说："一切法无我。"更不必说《金刚经》中佛说的"无我相"也。"我"尚不有，法何作"主"？复次、试问：此主人公又是与谁作主？倘不是与一切为主，便终非主。倘说是与一切为主，苦水于此一不用"和合假"，"无自性"云等义来破"一切"之有；一不强人所难，着你去拾瓦砾作黄金，搅长河为酪酥；我只问你饿了可能作得主不吃饭么？我再让步一次，承认你与一切为主，然而与一切为主，岂不正等于与一切为奴？斯威夫特（Swift）说："主人较之奴仆更不自由。"又如家长可以算作一家之主了罢，但他须得负责一家的生计，正是与一家作马，作牛，任重行远；而且，稍有不敷，轻则室人交谪，重则众叛亲离，主不得了也。然则家"主"岂不即是家"奴"乎？准此，与一切为主，亦是与一切为奴。巧者劳而拙者逸。彼道家实最悉此义。若说我与自己为主，此则等于 Egoist（唯我论者）所说："I am my own God"（我是我自己的上帝），十足的邪见和魔说也。只有将其送入精神病院，预备一间小屋，一任去闭了门作皇帝——随您尊意，作上帝亦无不可也。由是观之，奴固不成，主亦不得，为葛藤桩子更无商量之余地，势非推倒不可！

不见他古人曾说："'此事'如涂毒鼓，闻之者丧身失命；如大火聚，近之者焦头烂额。"夫如是，则曰主曰奴，二俱不是。壮志冲霄，豪气凌云之士于此试挺身起来道一句看。假如有人问苦水："你敢道么？"苦水早知有此一问，幸而预前准备下了。记得有人作赵州答狗子有佛性语颂曰："家家有块遮羞布，放下便能当雨露。却笑当年老赵州，脱却布衫顶却裤。"苦水虽然穷家生活，不周不备，遮羞布却大有在。性急的不免要说："不必张智，速道，速道！”苦水良久，乃云：

你着甚死急？你听我道：南无阿弥陀佛！

一九四八年十月一日于倦驼庵

后记

有人作布袋和尚赞曰：“行也布袋，坐也布袋，放下布袋，何等自在！”苦水自从本年二月杪放下了《揣龠录》这一条破布袋，眨眼不觉半载有余，其自在可知也。不意上月中旬中行道兄驾临小庵，道是《世间解》继续出版，《揣龠录》第十一篇务须早早着手。听说之后，即不似秀才之遇见岁考，也有如懒驴之牵上磨道，其不自在又可知也。记得去年一再与道兄约下，拙录要写他十二篇：与朋友交，言而有信，更不必说佛门不打诳语；于是只好将这一条破布袋重新掮起。题自是早已拟好了的，但是待到执笔面对稿纸，却苦于文思不来。此亦无怪其然：六个多月以来，看杂书，写杂文，忙杂务，“自恣”过甚，殆十余年来所未有。则其临文而无话可说，无理可申，势之所必至矣。但又不能不写，于是硬着头皮去写，搜索枯肠去写，大约每日只能写到一两百字罢。福不双至，祸不单行，有如本刊上期编辑室杂记所言“上课的钟声响了”，虽然如是，课余却仍旧去写。说也可怜，一七日间，却写了不满三页稿纸，计其字数也不过千把。但总可以慰情聊胜无了。又不料从头自看一过，发觉此三页纸，千把字简直要不得，倘若不曳白出场，势必须从头另写；这之间，上课的钟声越响越紧，交稿的日限越来越近，心想：莫管它！一狠二狠，终于弃去旧稿，另起炉灶；但其中有一段，至今未能割爱，现在就抄录下来："……小庵位于古城的前海之后，后海之前，海边有着不少的杨柳。记得刘同人记白石庄之柳树曰：'春黄浅而芽，绿浅而眉，深而眼，春老絮而白，夏丝迢迢以风，阴隆隆以日，秋叶黄而落，而坠条当当，而霜叶呜于柯'云云，就不啻为庵旁海畔的柳树写照。苦水于拙录第十篇交卷时，杨柳尚是黄浅而未芽，于今第十一篇开头，虽未到得黄落，坠条与霜叶，然而屈指计之，个月期程，便是霜降，想来黄落云云会当不远。此尚就今岁言之。算来住庵于此瞬将十稔，一年之中每日经行，刘同人氏所言，种种是见不见？如说不见，如何不见？待说见，又是怎地见法？'树犹如此，人何以堪'乎？惶恐，惶恐！'对境心数起，菩提作么长'乎？不敢，不敢！待说'心物一如'，则正如庄子所说'不知周之梦为蝴蝶欤，蝴蝶之梦为周欤'？如今将转苦水为杨柳与？抑将转杨柳为苦水也？……"如是写去，亦似要得；终于弃去者何？则以下笔之先，本拟自行检举，说自家半年以来，不能收其放心，大类丢驴和丧马了，如今被它柳树绕住，绕来绕去，书券三纸，不见驴字，如之何其可？是故一狠二狠，终于另写。另写之始，心中忐忑：此番如再失败，真乃片甲不归。不知是绝后再苏，抑是置之死地而后生，也居然写下去了，虽其不能如瓶之泻水也如故。写着，写着，大约是写到大安禅师正看他的水牯牛的时节罢，病来了。屋漏偏遭连夜雨，船倾更遇打头风！病是旧病，即第五篇中所说的"其名曰伤风，作烧，头重，骨疼，而又加之以咳嗽。"不过今年来得早些个，因为中秋虽已过去，重九尚未来临也。今秋天气和暖，又少凄风苦雨，此际大可不必伤风了，还是伤了风，说什么也不成。还好，我再来一个"莫管它"，依旧写，居然完了卷。但是行文之际，有许多想到的话？因为偷懒，俱行删节，不曾写出：这样若就节约看官的眼力言之。或恐正是有功无过。不过任凭我无论怎地删节了许多想到的话，却删节不了我的咳嗽；咳嗽着写，写着咳嗽，现在后记也要写完了，仍旧是咳嗽不已。鼓山当日上堂，曾说："鼓山门下，不得咳嗽。"有僧咳嗽一声，山问："作什么?"其僧曰："伤风。"山曰："伤风即得。"依苦水看，鼓山老汉不独嘴甜心苦，笑中有刀，而且脑后见腮。吾辈切记：莫与往来。只是苦水自身如今也在咳嗽，诸公倘问："作什么?"苦水也答："伤风。"诸公且莫再道："伤风即得。"所以者何?

同日又记，仍于倦驼庵中

末后句

鲁迅先生的《阿Q正传》大约民十顷发表于《北京晨报》之副刊。而副刊的编者则是孙伏园。后来，鲁迅追记当时的情形曰："那时伏园虽然没有现在这么胖，然而已经笑嘻嘻地颇善于催稿子了。"看其语气，颇若有憾于孙公者然。《正传》尚没有登完，这之间，孙公不知为了什么事而告假回南了。代理编辑的一位某公，史无明文，其胖与瘦虽不可得而知，我想定是不那么笑嘻嘻地善于催稿子，于是鲁迅就将阿Q枪决了，而《正传》也就以"大团圆"收场。鲁迅于此曾说：倘若伏园不离开北京（那时当然还没有"北平"这个名称），他一定不让阿Q被正法。现在，我们感谢孙公之善于催稿，同时，我们也致憾于其告假，以致阿Q竟在《正传》之第九章绑上了法场；如其不然，阿Q的寿命一定更为长些，而《正传》也将有第十章或第十七章了。然而过去的事终竟是过去的事，说什么也挽救不回来，正如人死之不可复生。如今且说苦水之写《揣龠录》，自其开端之"小引"，一直到现在写着的"末后句"，没有一篇不曾受过中行道兄之督促，就是道兄自己也曾说苦水之写此录是"逼上了梁山"。于此我必须声明：中行道兄永远瘦，过去是，现在是，而且将来也永远一定是，虽然苦水并不懂得麻衣相法。在编辑的中途，道兄积劳成疾，还生了一次不轻的病：肺炎。记得我去看他的时节，虽已十愈八九，但他仍须躺在床上和我说法，看其面貌较之平时也并不算瘦；其时我想道兄大概平时早已瘦到不能再瘦的程度了罢。至于道兄之善于催稿子则决不弱于孙公伏园，即使苦水并非鲁迅，而且他也并不笑嘻嘻。他的面貌永远是那么静穆，语音永远是那么平和，总而言之，一句话：他永远不着急，不起火。这常使我想：道兄真不愧为有道之士也。而其静穆的面貌与其平和的语音却有一种"逼人力"，即是说：他让你写稿子。你便不能不写，不好意思不写；即使是挤（鲁迅所谓挤牛奶之挤）也罢。多谢道兄：以苦水之无恒与无学，拙录竟托了谈禅之名出现于佛学月刊的《世间解》上，得与天下看官相见；而且一年有半的期限之中，竟写出了十有二篇。不过"多谢"云者，自苦水个人方面言之则然耳。在本刊第七期《老僧好杀》一文中，苦水曾拈举陈蒲鞋先撺掇临济老祖去问，后劝说黄檗大师去接的一则公案，且曰："云门要将世尊打杀，而陈蒲鞋却强替他临济出头：学人且道哪一个修福？哪一个造孽？"苦水有嘴说旁人，难道没嘴说自己？苦水之写此录，正所谓自作孽，不可活。看官且道道兄之善于催稿，且催得苦水直写了"一打"恶札：修福与？抑造孽耶？若说此乃道兄与苦水的胶葛，不必起动天下看官，那么，苦水此际已下了鲁迅先生枪毙阿Q的决心，立誓拙录于此第十二篇断手，平谚曰：沙锅子捣蒜，一锤子买卖，我不必再拉拢主顾，我也不怕道兄多心，就请道兄于编辑室中自责招状！

闲话揭开，且说"末后句"这一个题目乃是去年此际所早已拟定。说起去年此际，如果不是苦水最专心学道的时期，至少也可以说是苦水最高兴说禅的时期。那高兴的程度真乃不下于“食于羹，寝于墙”云。自从本年二月搁笔以后，学道之心即不无，说禅之兴乃大减。上期一篇“南无阿弥陀佛”已是笔墨无灵，于今草此一篇“末后句”，更是言说道断。月前，中行道兄怕我临期交不出稿去，曾嘱早早下手，尔时亦曾写得三页稿纸，现在拆了东墙补西墙，就整个儿移植子下面，其文曰：

伸开稿纸，标上题目，自念饥驱病缠之余，拙录居然写到第十有二篇，于今也不必再说什么始愿固不及此，今及此岂非天乎之类的馊话，只是觉得强弩之末，尚且不穿鲁缟，何况苦水之压根儿并非硬弓，现在又复力尽者乎？古德尝言：事不获已。苦水一向不敢援以自护，然而此刻除此四字，更无其他理由可以说明此第十二篇之非写不可。然则其所以不获已者虽不同，而其不获已则无异。吾尝谓不获已于世谛中可分为二种：其一为外在的逼迫，其二则为内心的需要。如以教义言之，前者近于“因缘”，而后者则颇似“心生”，古人之不获已，理当别有：若苦水之不获已，实兼上举二者。虽然，吾所欲言，前十一篇已具言之，今兹尚复何言？惟自写此录以还，时有所感，十一篇中或不暇言及，或言之而不能详且尽者亦往往而有，于此正不妨补言之，申言之：——

其一，苦水虽写此录，实不会禅；此意于第五篇“不是，不是”中说得最为明显，其言曰：“凡有说禅的，哪个不是气压诸方，孩抚时辈……谁个又如苦水一再声明自己是个凡夫？”又曰：“苦水具足凡夫，晓得甚的是禅？说去说来，写来写去，触不着向上关捩子，谈不到末后一句，理之当然，无足怪者。……初学发心，有志参禅之士想要向《揣籥录》中摸索一线路径，管包你是向鸡蛋里找骨头，求之愈勤，去之转远。”此类话头，在其他各篇，亦时有之，想来早在看官鉴察之中。切莫道俱是谦词。何以故？若苦水实会而偏说不会，则是诳语，不得谓之谦。若苦水实实不会，如此说了，正是实话实说，实犯实供，谦从何来？若谓苦水此录乃依禅而起，亦自不无，或谓为因缘生法，已是勉强，若其去禅之远，殆不知若干由旬也。明眼大师一笑置之，亦固其所。佛门广大，何所不容？醉汉呓语亦是寻常。如见之而气恼，毒喝痛棒，请勿吝惜。

其二，自拙录问世以来，各地大德或来书鼓励奖掖。苦水凡夫，满怀俗情，得此宁不欢喜。然自视缺然，又未尝不觉得惭惶。而此所谓欢喜与惭惶也者，尚非初心之所在。盖写此录最大之动机与希望，乃在于得到大德之赐教。苦水为此言，亦非谓真理以辩论而愈显，自信所见之必不差，将以笔墨征服天下，而只是自觉十余年来闭门造车，几等井蛙，多病之躯加之以衣食之累，更无余暇余力出而参访寻求，今兹借本刊之园地，自陈浅见，倘蒙饱参不弃与以针劄，以增益其所不能：此则苦水之大愿也。外此尚有奢愿二。一者，即向所谓“请自隗始”与夫“抛砖引玉”。二者，自清代有所谓“愚僧政策”以来，禅学几于中绝，苦水诚不敢自居于唱导统帅之列，然而负弩先驱，摇旗呐喊，假使因此而引起一般学人之注意与研究，则苦水虽以口孽，堕落泥犁，又或五百世作野狐身，亦岂惟在所弗计，抑且甘之如饴。顾愿力虽宏，智力至微，一念及此，中必如捣矣。

其三，禅宗虽溯源于达摩，实畅流于大鉴。《法宝坛经》流传天壤，迹其所言，不独鞭辟入里，亦且明白晓畅：几如香山之诗，老妪能解。几经蜕变，乃成玄言；后来儿孙，拈槌、竖拂、施棒、行喝，极之而辊球，而弄狮，而进前，而退后，而打圆相，而作女人拜，其心即不差，其迹似不可。苦水之为此录也，初意本拟出以简明平易之笔，故于第二篇“第二月”中曾有言曰：“要如三家村中塾师教书，先从《百家姓》中第一句赵钱孙李说起。”然自第四篇以下，渐不能保持其初心，苦水浅人，何来深语？说理无当，亦固其所。而其行文，亦已不免荡闲逾检，卤莽灭裂，如自文其陋，何异于欺人？况复言隐于荣华耶？中行尝告苦水：有人谓本刊文字以拙录为最难索解，闻此言未尝不内咎也。于此乃知深入者始能浅出；苦水于说禅之文字未能浅出，正以其学禅之工夫未能深入而已。

以上是一个月前所写。说“已”便“已”，当下搁笔。不过倘有人问：“上所云云，即是苦水的末后句耶？”苦水将答曰：哪里，哪里。末后句者，不说则千言万语，说则半句也无。上所云云，当然不是半句也无，而且也并非千言万语，乌在其为末后句耶？有一位老宿上堂：“我在老师会中得个末后句，不免将来布施大众。”良久，乃云：“不与万法为侣者是什么人？待汝一口吸尽西江水，即向汝道。”便下座。妙喜见之，却说：“山僧即不然，我在老师会中得个末后句，不免举似大众。”便下座。苦水看来，那位老宿私通车马，嘴里大似官不容针。妙喜老人官不容针，意中却又正是私通车马。于此正好一案办理，同坑埋却！不见道：赵州八十尚行脚，只为胸中未悄然；及至归家无一事，方知虚费草鞋钱——如问苦水：“你自家的末后一句毕竟作么生?”于诗有之，曰：

“民亦劳止，汔可小康!”

一九四八年十二月十日于后海之前

不觉欢喜　乃真欢喜

下编

佛典翻译文学选

引　言

中国在早只有原始信仰而无宗教。所谓宗教是从外国传来的。首先且影响最广大而悠久的是佛教。（道教虽然属于“国产”，但它是佛教的仿制品，即是：比着佛教的规模而建立起来的。我国古代只有道家，并没有道教。）

佛教之来中国是有其历史和地理的条件的，这先不必去说它，我们不是在研究佛教史。现在只说一说它来到中国之后，发生的影响。这可以分三部分来讲：一、迷信；二、哲理；三、文学。

第一先说迷信。佛家因果之说，一方面是报应、轮回，另一方面是极乐世界的净土。这就使得旧封建社会中被剥削、被压迫、穷苦无告的人民大众最易于接受。但接受之后，不修今世修来世，于是乎不但不反抗、不斗争，而且无论处在怎样水深火热之中，但因为他们坚决相信那一张万劫不能兑现的空头支票，便也如同临近被屠的羔羊，一声也不叫唤了。这就说明了自汉而后，历代帝王、特别是那些号称“英明”之主为什么那么尊崇佛教。我们读历史，可曾看见过僧徒或佛教徒起义吗？（在这点上我开个玩笑，道教徒倒比佛教徒有反抗性，因为道教主教龙虎山张天师的始祖就是汉末农民起义“黄巾”的领袖张角。）这怕也是历代皇帝老儿之所以那么喜欢佛教的原因之一。自然他们还希望“承佛威力”得以江山万里，子孙万代；我们只看现在保留下来的庙宇，其匾额往往还带有“护国”的字样（那些统是官家立的）就明白了。释迦牟尼①是一个聪明人而且是一个心地善良的人，他当年在“西天”说教的动机未必如此，而且并不如此；然而他所建立的佛教流入东土以后，其结果却确凿如此。这可不是“阿弥陀佛”② 的事儿。

至于中国的佛教徒到了后来，不服役，不纳税，甚至于结交官府，出入宫廷，而且有房产，有土地，有房客，有佃户，并且开设了当铺（美其名曰长生库），简直成为统治阶级、剥削阶级一种特殊阶层：这可大糟其糕。况且自唐代以后，建立了“僧录”（统辖僧徒的衙门），设置了僧官（以僧人充之），佛教完全屈服于政治势力之下，佛教徒谈不到什么“跳出三界外，不在五行中”了。不过这又是佛教史上的事儿了。

第二再说哲理。有史以来，没有一个创教主所说的教能像释迦所说的教之含有那么多的哲理（佛教徒名之曰“教义”）。甚至于可以说释迦自己所说的哲理简直推翻了他自己所立的宗教。这是一个大矛盾。其实，佛与其佛教几乎无处而不有矛盾。小乘与大乘矛盾；有宗与空宗矛盾；总而言之，知与信矛盾；般若（智

---

① 释迦牟尼：据丁福保氏《佛学小辞典》，释迦又名释迦文、释迦文尼。释迦，姓也。本为刹帝利种之一族，称曰瞿昙氏；后分族，称曰释迦氏。释迦，译作能，能为能力也。牟尼又作文尼，译作寂、仁……为离身、口、意三业诸过而静寂之义。《小辞典》又说：释迦牟尼者，印度迦毗罗城主净饭王之太子，名悉多（或翻悉达）。又据《辞源》及他书，释迦牟尼未出家时，有妃名耶输多罗，有子名罗睺罗。释迦牟尼成道之后，度其妃及其子皆出家。

② 阿弥陀佛：参看下面选出的《阿弥陀经》及其后的附注及案语。

慧）与“无智”矛盾。释迦说法三百余会，而他却说：“若人言如来有所说法，即为谤佛”“说法者无法可说，是名说法。”诸如此类，举不胜举。不过释迦在宗教中，不但是一个最大的唯心论哲学家，而且是一个最大的烦琐哲学家。同时，他极善于冥想，极富于辩才：因此，他又是一个最大的“思想游戏”家和宣传家。我们想用三言五语介绍他的哲学体系，绝对办不到。多了呢？我的学力来不及；时间也有限制；而且万万无此需要。我们又不是研究佛家哲学。现在只说一说它到中国来了以后，发生了何等影响。

现在对哲学一词所下的定义是：科学的抽象。这当然非所论于佛家哲学。我们假如来一个文字游戏，或者可以说它是抽象的科学。因为它的基础完全建立在幻想上，而释迦却又把所有他的幻想加之以分析、综合、归纳、演绎，使之有层次，有条理，直可以说是把它科学化了。所以尽管佛理的前提和结论都是那么荒唐、悖谬，而佛的思想方法却不失为可取；换言之，佛家哲学之可取，不在于其哲理，而在于其思想方法：有些——说的是“有些”，并不是全部——地方还是“带着自发的朴素的性质”的“古代辩证法”。（到了稍后出的《因明学》那就很类似乎三段论法的形式逻辑学了。）佛既掌握着这一工具，再加之以说故事，讲报应，佛教来到中国以后，其风靡一世是可想而知的。不过它的哲理却绝对不能为广大的、无文化的人民大众所接受。接受它的只有知识分子，即旧所谓文人。然而大部分的旧文人不但“四体不勤”，而且连脑筋都懒怠去动。加之魏、晋以后，清谈之风，老庄之学始终不衰。于是士大夫之流在佛理上所接受的倒不是它的邻近乎科学方法的思想方法，而是它的唯心论的结论：空。佛家之“空”混合了道家之“无”再出之以“谈名理”，这就是佛家哲理在当时所发生的影响。中国的旧文人一千多年来那种高致、那种超然物外即脱离实际生活（吊儿郎当!）的意识形态都或多或少地、自觉地或不自觉地、直接地或间接地受了这影响。这可又是大糟而特糟的事儿。至于佛家的烦琐哲学到了唐代成为唯识学，自性圆明之说发展成为中国的的禅宗，那可是“后话”，尽可以“不提”。

其实我们在今日看来，佛家哲学的价值倒不尽在乎其“带着自发的朴素的性质”的“古代辩证法”，和其形而上的“唯理”论以及其类似乎三段论法的形式逻辑的《因明学》，而在于其博大的、深厚的人道主义。

我们都知道佛教宗旨是慈悲。这慈与悲正是一回子事：存乎心者谓之慈；见于外者谓之悲。所以在释迦牟尼的许多尊号之中，其一就是大慈。而这“大慈”析说之，则是佛家的“普亲”（普遍的爱）观和“平等”观。《梵纲经》在食肉戒下说：“若佛子故食肉——一切肉不得食——断大慈悲种子，一切众生见而舍去”。又说：“一切男子是我父，一切女人是我母，我生生无不从之受生。故六道众生皆我父母。而杀而食者即杀我父母，亦杀我故身。一切地水是我先身；一切火风是我本体。”我们抛开轮回报应不谈，只看“一切男子是我父，一切女子是我母”这是何等博大的、深厚的人道主义！

必须知道释迦是公元前六百年以后的人（佛的生年今尚未考定，一说生于公元前五五七年，相当中国周灵王十五年，较孔子长六岁，寿八十三，一说八十）。在那时，佛已有这样的思想和见解，而且佛自己的确“如是说，如是行”。而两千五百年以后——好家伙！两千五百年，二十五个世纪呀！——的今日，还有一小撮人（这伙人，用了佛说，正是“断”尽了“慈悲种子”的一些家伙们）在那里尽力地叫嚣战争，制造战争，并且尽量地想法瞅机会好去使用细菌弹、原子弹、氢弹以毁灭人类。妙在他们还有时也说什么“民主”、“平等”、“和平”以及“人道主义”。以今比昔，相形之下，释迦真是一位了不起的教主了。

自然，以上的说法只是个“善善从长”，我们对于佛家的慈悲这一教义，只能批判地接受，因为它太无原则了，太趋于极端了。（一切宗教家的思想，即使是好的，也总有着它的极端性。）譬如佛说一切男女皆我父母，这个“一切”先就有语病；在今天来说，这么一来，就将那一小撮人也包括在里面了，使不得的！

不过这样走极端的、无原则的佛家人道主义在中国倒不曾有多大影响。充其量，不过是僧徒们和受过“居士戒”的人们消极地不杀生、不食肉而已。推行最力的要算梁武帝（萧衍），因为他是一位皇帝，这就很容易使他说到哪里、作到哪里。然而其结果却殊不见佳：“身死，国灭，为天下笑”。至于他在被困台城的时节，要喝口蜜水也捞不着，那可真有点“惨”了。

第三说到文学。如果说第一、二两种影响是坏的，那么，这第三个影响则是好的。这恐怕须得好好地说一说，虽然我不见得能说得好。

佛家好说“因缘生法”，这一名词颇有素朴的唯物论的意义。现在就利用它来说明佛典之影响中国文学。佛教和佛典便是

"因"，譬如种子。佛教和佛典来到中国之后，得到了上至统治阶级下至被统治阶级的"信受奉行"，是结合了中国社会实际生活（物质生活、政治生活、文化生活）而发生作用的。这中国社会的实际生活对于作为"因"的佛教和佛典便是"缘"，譬如气候、水份、土壤等。无"因"不生；无"缘"不长。佛教和佛典之影响中国，恰恰如此。

首先是译经的文体。

宗教的推行和教典的流通是分不开的。佛典是梵文。要使它流通中国，尽人能读，势必译成汉语。于是自从佛教流传东土以来，译经便成为教中大师们一项严肃、重大的工作。说是严肃，因为一切经皆是佛说，要翻译，一定要本着释迦的意旨，不能有半点儿走作和歪曲。说是重大，因为光是"佛所说经"就有千来部。不过这都不关我们的事。现在只说大师们译经所用的文体。

翻经的因为要忠实于佛说，所以要采用直译法。但此一国的语法规律决不会尽符合于彼一国，所以翻经者有时也不免要采用意译法，即是说，文法虽然与梵文不同，而意义却仍然是原旨。同时，翻译佛书本来为的是宣传佛教；所以译笔决不可以太文，使其与大众绝缘。但又不能太俗，太俗了，便要为"士大夫"所轻视，而不能抬高佛教同佛典在社会上的地位。综合了以上所说的这两个原则，即成为，兼用了直译和意译，而文辞则斟酌手文言语体之间：这就构成了一千余年以来的译经的文体：这也就是佛经翻译的正宗文体；这也就是汉以后的一种新兴文体；这也就是中国语文第一次受到了外国语文的影响。

这一种译经体，后来文人在谈佛理的文字中，往往使用。最显而易见的是六朝梁家萧衍（武帝）父子们。不过这也只限于谈佛理的时候；其他的文字，他们还是使用当时风行的骈俪的文体。便是当时的大师们行文时所用的文体也不见得统是这种译经体。

佛典对中国文学最大的影响恐怕不专是文体的问题。这个，说来也颇话长。

佛所说经虽然汗牛充栋，大体分之，不出二类：其一是使人信，就是轮回报应；又其一是使人知，就是佛家的唯心论或形而上学。前者既如彼其“慌兮惚兮”，后者又如此其“玄之又玄”，这就使人很难于信，难于知。然而我们必须承认释迦牟尼是所有创教主中一位最大的天才。他有着极其丰富的生活经验，而又多才多艺，同时他又有着极其丰富的想象力和极大的辩才。就为了这原故，他在说法的时节，最喜用譬喻，最善于讲故事。就为了这原故，他在说法的时节，最善于把他所讲“慌兮惚兮”的事物和“玄之又玄”的道理具体化、形象化了，这就使人很易于信、易于知。附带说一句，释迦牟尼所说的，尽管我们绝对不能接受，而他这种说的技术（简直可以称之为艺术），却值得我们作或要作语文教师的去好好学习，因为它具有着极高的说服力。老实不客气地说，这也是我这次来讲佛典文学的主题之一，先此声明。

如今且说，佛是那样地善说故事：假如我们把所有佛经里面的故事，或大或小，或长或短，搜集在一起，那壮彩，那奇丽，我想从古代传流下来的故事书，就只有《天方夜谈》（《一千零一夜》）可以超过了它——然而《天方夜谈》决非一时、一地、一人之作，而所有佛经里面的故事可都是这位“释迦老子”一个人创造出来的。在这一点上，佛是真正值得我们的“合掌赞叹”的。

小泉八云说：研究《圣经》（即《旧约》与《新约》）而专从宗教的观点去看，则对于其中“文学美”的认识，反而成为障碍。我想小泉氏这说法，我们拿来去看佛经，恐怕更为确切而适合一些。

佛经中这些故事与六朝的小说是有其密切的关系的。

胡适在他的《白话文学史》里说：“《普曜经》《佛所行赞》《佛本行经》都是伟大的长篇故事，不用说了。《须赖经》一类便是小说体的作品。《维摩诘经》《思益梵天所问经》……都是半小说体，半戏剧体的作品。这种悬空结构的文学体裁都是古中国没有的。他们的输入，与后代弹词、平话、小说、戏剧的发达都有直接或间接的关系。佛经的散文与偈体夹杂并用，这也与后来的文学体裁有关系。”

胡氏这一段议论，大体上是正确的；我们倒未可以人废言。

我们很难断说六朝初期小说完全是模袭佛典中的说故事，可是也不能断说不受它的影响。《搜神记》和《续搜神记》中不独其故事之结构类似乎《旧杂譬喻经》，便是其文体，也十分相近。自然，这后一种情形也许是两《记》作者和翻经师行文都采用了当时口语的原故。到了六朝末期，有些小说简直是在那里宣传佛教——特别是轮回报应，其为受了佛典故事的影响，就不用提了。（详见鲁迅先生《中国小说史略》第六篇）。后来的传奇、平话、章回小说以及笔记小说老是爱说某人是什么玩意儿脱生，某人是什么人转世，某人作了什么事，得了什么结果：那可完全是佛典中的那一套。但这又成了“后话”了。

谁也不能否认中国从古以来就有许多不朽的诗篇，《诗经》《楚辞》就是确证。但是我们只要略一研究我国诗的历史，便会感觉得纪事的长诗在我国实在不怎么发达。其原因颇不易于说明，而且在此也没有说明之必要。现在要说的是：佛典中是多么富于类似乎纪事诗的作品；而且它们是怎样地影响了中国文学。（在此，必须分说一下：这绝对不是说佛典未来中国以前，中国就没有纪事诗。）

我们必须承认佛之富有诗才，长于韵语。他于说法时，在说完一大段道理之后，往往撮其纲要，再来一段韵文，为的是使听的人便于记诵。（这类韵文便是所谓“偈颂”，本来是有韵的，翻经时，完全不叶韵，而只采用了中国诗的四言、五言、六言或七言的形式，成了无韵诗。）说理的偈在中国文学上的影响不太大，只有后来禅宗大师的“颂古”以及相传寒山、拾得和王梵志等人的诗是由此出，但已俱都是叶韵之作了。佛典中还有着许多纪事的偈语，怕就是唐代“变文”的起源；而“变文”则又是后来诸宫调、以及戏文、杂剧的前身。其影响倒是“非同小可”。不过这也是后话。

引言，意尽于此；以下是凡例和赘语：

所选出的这些篇，分为上、中、下三卷。上卷是说理之部；中卷是叙事之部；下卷是偈颂之部。重点放在中部，所以选得也比较多一些。所惜的是手头掌握的材料太少，病中又不能外出到大一些的图书馆里去查书。至于所选之未必精当，尤其引以为歉。

上卷　说理之部

《四十二章经》选

后汉·迦叶摩腾、竺法兰译

佛言：人有众过而不自悔，顿息其心，罪来赴身，如水归海，渐成深广。若人有过，自解知非，改恶行善，罪自消灭，如病得汗，渐有痊损耳。（第五章）

佛言：恶人害贤者，犹仰天而唾，唾不污天，还从己堕；逆风扬尘，尘不至彼，还坌己身。贤不可毁；祸必灭己。（第八章）

案：金刻大藏经，此章为韵文（偈），文曰：

佛言：恶人害贤者，犹如仰天唾，唾不至天公，还从己身堕；逆风扬恶（尘），不能污上人。贤者不可毁、祸必降凶身。

佛言：睹人行道，助之欢喜，得福甚大。沙门[1]问曰：此福尽乎？佛言：譬如一炬之火，数千百人各以炬来，分取火去，熟食、

---

① 沙门：即桑门，即僧。

去冥①，此炬如故：福亦如之。（第十章）

佛言：夫为道者、譬如一人与万人战，挂铠出门，意或怯弱，或半路而退，或格斗而死；意若无惧，或得胜而还。沙门学道，应当坚持其心，精进勇锐，不畏前境，破灭众魔而得道果。（第卅三章）

案：胡适白话文学史说："《四十二章经》是一部编纂的书，不是翻译的书，故最古的经录不收此书"。梁启超疑此经为伪书，因为文体不似东汉。这一论断怕有错误。译经的文体是不能拿文人的文体来衡量的。汤用彤的《汉魏两晋南北朝佛教史》则根据汉末人文字中已采用此经，断说："后汉时已有此经，实无可疑"。摩腾、法兰两人生平亦无可考。（一说：《四十二章经》之译出在汉明帝永平十年、公元六十七年）。

《八大人觉经》选

后汉·安清译

第四觉知懈怠坠落；常行精进，破烦恼恶，摧伏四魔②，出阴界③狱。

---

① 冥：黑暗

② 四魔：一、烦恼魔；二、五阴（色、受、想、行、识）之魔；三、死魔；四、"自在天"魔，即害人差事之魔。

③ 阴界：阴即五阴。界有十八：眼、耳、鼻、舌、身、意为六根内界；色、声、香、昧、触、法为六尘外界：眼识，耳识、鼻识，舌识、身识、意识为六识中界。

第五觉悟愚痴生死。菩萨[①]常念：广学多闻；增长智慧；成就辩才；教化一切悉以大乐。

第八觉知生死炽然，苦恼无量。发大乘[②]心，普济一切：愿代众生受无量苦，令诸众生毕竟大乐。

案《八大人觉经》乃是杂采诸经、综合教理而成，类如现在所谓纲要、大纲一类之书。安清字世高，安息（古波斯帝国）国人，故以安为姓，于汉桓帝（公元一四七至一六七）时来中国，曾译经三十余部。

《维摩诘经》 节选

姚秦·鸠摩罗什译

（文殊答维摩问“如来种”）

……于是维摩诘[③]问文殊师利[④]：“何等为如来[⑤]种？”

文殊师利言：“有身为种；无明[⑥]、有爱[⑦]为种；贪、恚、痴

---

① 菩萨：全译为菩提萨埵，义译为觉有情，或曰大士，故观世音菩萨亦称观音大士。

② 大乘：佛家最高之教义。

③ 维摩诘：中印度毗耶离国之居士（在家修佛法的人），简称维摩。

④ 文殊师利：佛弟子，菩萨，简称文殊。

⑤ 如来：佛号之一，常住而不变不改为如。乘真如之道，由因来果，而成正览，即是如来。

⑥ 无明：痴暗之心，一切烦恼皆属之。

⑦ 爱：谓世俗之爱。

为种；四颠倒①为种；五盖②为种……一切烦恼皆是佛种。”

曰：“何谓也？”

答曰：“若见无为③入正位④者，不能复发阿耨多罗三藐三菩提心⑤。譬如高原陆地不生莲华；卑湿污泥乃生此华。如是，见无为法人正位者，终不复能生于佛法；烦恼泥中，乃有众生起佛法耳。又如植种于空，终不得生；粪壤之地，乃能滋茂。如是，入无为正位者，不生佛法，起于我见如须弥山⑥，犹能发于阿耨多罗三藐三菩提心生佛法矣。是故，一切烦恼为如来种。譬如不下巨海，不能得无价宝珠。如是，不入烦恼大海，则不能得一切智宝。”

尔时，大迦叶⑦叹言：“善哉！善哉！文殊师利快说⑧此语！诚如所言，尘劳⑨之俦为如来种。……”

案：经多是佛说。或有非佛所说而经过佛之“印可”者。维摩诘经乃维摩诘居士说，故名《维摩诘所说经》。缘起是：维摩诘抱病，佛令其弟子文殊师利同其他弟子往问。相见之后，维摩与

---

① 四颠倒：常、乐、我、静为佛家之四德；而“凡夫”每以无常为常，以苦为乐，以非我为我，以不净为净；是为四颠倒。

② 五盖：一、贪欲盖：二、瞋恚盖；三、睡眠盖；四、掉悔盖；五、疑法盖。“盖”是遮蔽之意，谓其能遮蔽本性，不生善法。

③ 无为：正法。

④ 正位：小乘之涅槃（不生不灭之境）。

⑤ 阿耨多罗三藐三菩提：义译为无上正遍知。

⑥ 须弥山：或说即今地理学上所谓喜马拉雅山。

⑦ 大迦叶：佛弟子。

⑧ 快说：说得好。

⑨ 尘劳：即烦恼。

文殊关于佛理往覆问答，乃有此经。

鸠摩罗什（三四三？至四一三）龟兹国（今新疆库车县地）人。三八四（五）年间至凉州（今甘肃武威县），于四〇一年至长安。其时姚兴称帝，国号曰秦，故什师为姚秦人。什师居长安十余年，在此时期，国内国外、南方北方的大师多从之受法。同时，他译出的佛经共有三百余卷之多，其中流传最广的是《妙法莲华经》（法华经）《阿陀经》和《维摩诘经》。

《佛遗教经》选

姚秦·鸠摩罗什译

汝等比丘①，谄曲之心与道相违，是故宜应质直其心。当知谄曲但为期诳；入道之人则无是处。是故汝等宜当端心，以质直为本。

汝等比丘，若勤精进，则事无难者。是故汝等当勤精进。譬如小水长流，则能穿石。若行者之心数数懈废，譬如钻火未热而息，虽欲得火，火难可得。是名精进。

汝等比丘，若有智慧，则无贪著。常自省察，不令有失。是则于我法中能得解脱。若不尔者，既非道人②，又非白衣③，无所名也。实智慧者，则是度老、病、死海坚牢船也；亦是无明，黑

---

① 比丘：或译苾刍，即僧徒。

② 道人：出家修行佛法之人。

③ 白衣：在家俗人。

暗大明灯也；一切病者之良药也；伐烦恼树之利斧也。是故汝等当以闻、思、修慧①而自增益。若人有智慧之照，虽是肉眼，而是明见人也。是名智慧。

案：《佛遗教经》是佛临灭度（死）时最末所说的一部经、最为平实。

《大明咒经》选

姚秦·鸠摩罗什译

观世音菩萨行深般若②波罗蜜多③时，照见五阴④空，度一切苦厄。舍利弗，色空故，无恼坏相；受空故，无受相；想空故，无知相；行空故，无作相；识空故，无觉相。何以故？舍利弗，非色异空，非空异色；色即是空，空即是色；受、想、行、识，亦复如是。舍利弗，是诸法空相：不生不灭，不垢不净，不增不减。是故空法非过去，非未来，非现在。是故空中无色，无受、想、行、识，无眼、耳、鼻、舌、身、意⑤，无色、声、香、味、触、

---

① 闻、思、修慧：即闻慧、思慧、修慧之省文。

② 般若：义译智慧

③ 波罗蜜多：义译到彼岸。

④ 五阴（一名五蕴、五荫）：即色、受、想、行、识。细分说之，凡一切有形有作之事物叫作色。凡身心所感叫做受。凡身、口、意之所造作叫做行。凡所思想叫做想。能了解、分析事物之心叫作识。

⑤ 眼、耳、鼻、舌、身、意：统名六根。

法[①]，无眼界[②]，乃至无意识界、无无明、亦无无明尽，乃至无老死，亦无老死尽，无苦、集、灭、道[③]、无智亦无得。以无所得故，菩萨依般若波罗蜜故，心无挂碍。无挂碍故，无有恐怖，远离一切颠倒梦想苦恼，究竟涅槃。三世诸佛、依般若波罗蜜故，得阿耨多罗三藐三菩提。故知般若波罗蜜是大明咒，是无上明咒，是无等等明咒，能除一切苦，真实不虚。故说般若波罗蜜咒。即说咒曰：

竭帝竭帝。波罗竭帝。波罗僧竭帝。菩提僧波诃。[④]

《心经》（附录）

唐·法成译

如是我闻：

一时薄伽梵[⑤]住五舍城[⑥]鹫峰山[⑦]中，与大苾刍众及诸菩萨摩诃萨[⑧]俱。尔时，世尊等入甚深明了三摩地[⑨]法之异门。复于尔时，

---

① 色、声、香、味、触、法：由六根出，统名六尘。

② 界：差别之义，又有体性主义。譬如眼界，即是说眼的本体与其自性。余五类推。

③ 苦、集、灭、道：统名四谛。细分说之，沉沦于“生死海”中叫作苦。诸苦俱集，叫作集。灭是涅槃。道是正道，即佛法。

④ 咒语能生善法，去邪恶。佛经于咒，皆译音而不译义。

⑤ 薄伽梵：佛之另一尊号

⑥ 五舍城：在中印度、摩迦陀国。

⑦ 鹫峰山：即耆阇崛山，或译灵鹫山、鹫头山。其峰形如鹫鹰，故名。

⑧ 摩诃萨：义为大。菩萨摩诃萨、犹言大菩萨、大士。

⑨ 三摩地：或译三昧，义为禅定（静坐调息，澄心念法）。

观自在[1]菩萨摩诃萨，行深般若波罗蜜多时，观察照见五蕴体性悉皆是空。时具寿舍利子[2]承佛威力，白圣者观自在菩萨摩诃萨曰：“若善男子欲修行甚深般若波罗蜜多者，复当云何修学?”作是语已，观自在菩萨摩诃萨答具寿舍利子言：“若善男子及善女人欲修行甚深般若波罗蜜多者，彼应如是观察，五蕴体性皆空。色即是空，空即是色，色不异空，空不异色，如是，受、想、行、识亦复皆空。是故，舍利子，一切法空性，无相，无生，无灭，无垢，离垢，无减，无增。舍利子，是故尔时空性之中，无色，无受，无想，无行，亦无有识；无眼，无耳，无鼻，无舌，无身，无意；无色，无声，无香，无味，无触，无法，无眼界乃至无意识界；无无明亦无无明尽；乃至无老死亦无老死尽；无苦、集、灭、道，无智，无得，亦无不得。是故，舍利子，以无所得故，诸菩萨众依止般若波罗蜜多，心无障碍，无有恐怖，超过颠倒，究竟涅槃。三世一切诸佛亦皆依般若波罗蜜多故，证得无上正等菩提。舍利子是故当知：般若波罗蜜多大蜜咒者，是大明咒，是无上咒，是无等等咒，能除一切诸苦之咒，真实无倒。故知般若波罗蜜多是秘蜜咒。即说般若波罗蜜多咒曰：

峨帝峨帝，波罗峨帝。波罗僧峨帝。菩提莎诃。

舍利子，菩萨摩诃萨应如是修学甚深般若波罗蜜多。尔时，世尊从彼定起，告圣者观自在菩萨摩诃萨曰：“善哉，善哉！善男子如是，如是。如汝所说，彼当如是修学般若波罗蜜多，一切如来亦当随喜。”时薄伽梵说是语已，具寿舍利子，圣者观自在菩萨

---

① 观自在：即观世音。

② 具寿舍利子：即舍利佛。

摩诃萨一切世间天人[1]、阿苏罗[2]、乾达婆[3]等，闻佛所说，皆大欢喜，信受奉行。

案：什师所译《大明咒经》，于原文多有删节。至唐代，玄奘重译，文字与什译大同小异，亦非全本，而改名《心经》，流传最广，很少有人知道什译本了。现代附录唐代法成法师所译的全文，以资比较。《心经》虽然很短，且是观世音所说而不是佛所说，然而佛家理论体系差不多已尽具于此经。所以后人相传，有"《心经》是诸经之胆"这么一句话。尽管经中所说那种"不生不灭……"的"诸法空相"没有半点马列主义哲学的影儿，可是"般若波罗蜜多"由智慧到彼岸，即由智慧觉悟，以及"心无挂碍"、"无有恐怖"，仍不失为相当的真理。其次佛在世日，虽然说了许多经，却没有写过一部书。佛灭度后，其大弟子等集体记录（由阿难主其事）。所有一切佛经统是这么作成的。几乎所有的经在一开头，必有"如是我闻"一句，接着便是"一时佛在"什么地方，"与"什么人"俱"（在一处）；底下方是经文；而结尾必是说听法的人（或鬼神）"皆大欢喜，信受奉行"。为了使学人知道佛经的共同体制，这一附录似乎并非多余。

---

① 天人：神鬼，天上之人。
② 阿苏罗：或译阿修罗，修罗，义为恶神。
③ 乾达婆：音乐之神。

中卷　序事之部

◤《旧杂譬喻经》选吴·康僧会译

一、萨薄与孔雀王

昔无数世，有一商人，号曰萨薄，时适他国卖赍货；所止近在佛弟子家。佛弟子家时作大福，安施高座，众僧说法，讲论罪福、善恶由心，心、身、口所行，及四谛非常苦空之法。远道贾人时来寄听，心解信乐，便受五戒①，白优婆塞②。上座③以法劝乐之，言："善男子护身、口、心十善④具者，戒有五神，五戒有二十五神现世卫护，令无枉横；后世自致无为大道。"贾人闻法，重喜无量。后还本国，国中都无佛法，便欲宣化，恐无受者；以所受法教化父母、兄弟、妻子、及诸中外，皆便奉法。去贾人士千里有国，民多丰乐，宝物饶好。二国圮塞，绝不复通，百余年

---

① 五戒：一、不杀生；二、不偷盗；三、不邪淫；四、不妄语；五、不饮酒。

② 优婆塞：犹言居士，信士，在家信佛之男子。

③ 上座：首座说法之僧人。

④ 十善：一、不杀生；二、不偷盗；三、不邪淫；四、不妄语；五、不两舌；六、不恶口；七、不绮语；八、不贪欲；九、不瞋恚；十、不邪见。

中。所以故，有阅叉[1]居其道中，得人便啖，前后无数，是故断绝无往来者。贾人自念："吾奉佛戒，如经所道，及有二十五神见助，不疑听。彼鬼唯一人耳，吾往伏之，必获也。"时有同贾五百余人，便语众人："吾有异力，能降伏鬼。汝等能行诣彼者不？及有大利。"众人自共议："二国不通，从来大久，若得达者，所得不訾。"便相可适，进道而去。来至中路，见鬼食处，人骸骨发狼籍满地。萨薄自念："鬼神前后所可食人，今证验。现我死职当，恐此众人。"便语众辈："汝等住此，吾欲独进。得胜鬼者，当还相迎。不得来者，知为遇害，便各还退，勿复进也。"于是独前。方行数里，逢见鬼来，正心念佛，志定不惧。鬼到，问曰："卿是何人？"答曰："吾是通道导师也。"鬼大笑曰："汝闻我名不而欲通道？"萨薄曰："知汝在此，故来相求，当与卿斗。若卿胜者，便可食我，若我得胜，通万姓道，益天下利矣。"鬼言："谁应先下手乎"？贾人言："吾来相求，故应先下手。"鬼听可之。以右手扠之，手入鬼腹，坚不可出。左手复扠，亦入。如是，两脚及头都入鬼中，不能复动。于是阅叉即以颂而问曰：

"手足及与头，五事虽绊羁，但当前就死，跳踉复何为？"

贾客偈答：

"手足及与头，五事虽被系，执心如金刚，终不为汝擘。"

鬼复说偈：

"吾为神中王，作鬼多力旋。前后啖汝辈，不可复称数。今汝死在近，何为复调语？"

---

① 阅叉：即药叉，即夜叉。

贾客偈答：

“是身为无常，吾早欲弃离。魔今适我愿，便持相布施。缘是得正觉，当成无上智。”

鬼说偈归依：

“志妙摩诃萨、三界[①]中希有；毕为度人师，德备将不久。愿以身自归，头面礼稽首。”

于是阅叉前受五戒，慈心众生，即为作礼，退入深山。萨薄还呼众人前进彼土。于是二国并知五戒、十善。降鬼，通道，乃识佛法至真无量，皆共奉戒，近然三尊，国致太平。后升天得道，乃五戒贤者直信之恩力也。

佛告诸比丘。时萨薄者，我身是，菩萨行尸波罗蜜[②]所度。如是过去无数劫[③]，尔时有孔雀王，从五百妇孔雀相随，经历诸山，见青雀色大好，便舍五百妇追青雀。青雀但食甘露、好果。时国王夫人有疾，夜梦见孔雀王。寤则白王：“王当重募求之。”王命射师有能得孔雀王来者，赐金百斤，妇以汝小女。诸射师分布诸山，见孔雀从一青雀，便以蜜麨[④]处处涂树。孔雀日日为青雀取食，如是玩习，人便以蜜麨涂己身。孔雀便取蜜麨，人则得之。语人：“我以一山金相与，可舍我。”人言：“王与我金并妇、足可

---

① 三界：一、欲界，此界之众生皆喜乐饮食、邪淫、睡眠诸欲，故名；二、色界，此界所有物质生活皆极其美好、精妙，故名；三，无色界，居此界者但有受、想、行、识而无色，故名。

② 尸波罗蜜：即尸罗波罗蜜，由戒行到彼岸之意；六波罗蜜之一。

③ 劫：全音译为劫波，极长之时。一千六百八十万年为一小劫。合二十小劫为一中劫。合四中劫为一大劫。

④ 麨：食物，略如今之炒面。

自毕，”已便持白王。孔雀白大王：“王重爱夫人，故相取。愿乞水来咒之，与夫人饮、澡浴。若不瘥者，相煞不晚。”王则与水令咒，授与夫人饮，病则除。宫中内外诸有百病，皆因此水悉得除愈。国王人民来取水者无央数①。孔雀白大王：“宁可木系我足，自在往来湖水中方咒，令民远近自恣取水。”王言：“大佳!”则引木入湖水中自极制方咒之。人民饮水，聋盲视听，跛伛皆伸。孔雀白大王：“国中诸恶病悉得除愈。人民供养我如天神无异。终无去心。大王可解我足，使得飞，往来去入湖水中。瞑②上此梁上宿。”王则令解之。如是数月，于梁上大笑。王问曰：“汝何等笑?”答曰：“我笑天下有三痴。一曰我痴；二曰猎师痴；三曰王痴。我与五百妇相随，舍追青雀，贪欲之意，为射猎者所得，是为我痴。射猎人，我与一山金不取，言王当与己妇并金，是射猎者痴。王得神医，王夫人、太子、国中人民诸有病者，悉得除愈，皆更端正。王既得神医而不牢持，反纵放之，是为王痴。”孔雀便飞去。

佛告舍利弗：时孔雀王者，我身是也。时国王，汝身是。时夫人者，今调达③妇是。时猎师者，调达是也。

二、 五道人

昔有五道人④俱行道，逢雨雪，过一神寺中宿。舍中有鬼神形

---

① 无央数：无穷数，多不可数。
② 瞑：即“晚”字。
③ 调达：人名，最恨佛法，曾拟致佛于死地。
④ 道人：学法人之通称。佛教初来中国，僧徒亦称道人。

像，国人吏民所奉事者。四人言："今夕大寒，可取是木人烧之用炊。"一人言："此是人所事，不可取。"便置不破。此室中鬼常啖人，自相与语言："正当啖彼一人，是一人畏我。余四人恶，不可犯。"其呵上不敢破像者夜闻鬼语，起呼伴："何不取破此像用炊乎？"便取烧之。啖人鬼便奔走。

夫人学道，常当坚心意，不可怯弱，令鬼神得人便①也。

三、 伊利沙

昔有四姓②名伊利沙，富无央数，悭贪不肯好衣食。时有贫老公与相近居，日日饮食鱼肉自恣，宾客不绝。四姓自念："我财无数，反不如此老公！"便煞一鸡，炊一升白米，著车上，到无人处下车。适欲饭，天帝释③化作犬来，上下视之。请谓狗言："汝若不能倒悬空中，我当与汝不？"狗便倒悬空中。四姓意大恐：何由有此！曰："汝眼脱著地，我当与汝不！"狗两眼则脱落地。四姓便徙去。天帝化作四姓身体语言，乘车来还，敕：外人有诈称四姓，驱逐捶之。四姓晚还，门人骂詈令去。天帝尽取财物大布施。四姓亦不得归财物，为之发狂。天帝化作一人问："汝何以愁？"曰："我财物了尽。"天帝言："夫有宝令人多忧，五家卒至无期，积财不食，不施，死为饿鬼，恒乏衣食；若脱为人，常堕下贱。

---

① 得人便：犹言占了人的便宜。

② 四姓：印度旧分四大姓，一、婆罗门，求法之人；二、刹帝利，王族；三、吠舍，商人；四、戍陀罗，农民及奴隶。此云四姓，殆人之泛称。"昔有四姓"犹言"昔有一人"。

③ 天帝释：忉利天（三十三天之一）之主，管领三十三天。

汝不觉无常，富且悭贪不食，欲何望乎?”天帝为说四谛苦空非身。四姓意解欢喜。天帝则去。四姓得归，自悔前意，施给尽心，得道迹也。

四、象迹

昔有二人从师学道，俱去到他国，于道路见象迹。一人言：“此母象，怀雌子。象一目盲。象上有一妇人，怀女儿。”一人言：“尔何知?”曰：“以意思知也。汝不信者，前到当见之。”二人俱及象，悉如所言。至后，象与人俱生如是。一自念：“我与俱从师学，我独不见要。”后还白师：“我二人俱行，此人见一象迹，别若干要，而我不解。愿师重开讲，我不偏颇也。”师乃呼一人问：“何因知此?”答言：“是师所长道者也。我见象小便地，知是雌象。见其右足践地深，知怀雌也。见道边右面草不动，知右目盲。见象所止有小便，知是女人。见右足蹈地深，知怀女。我以纤密意思惟之耳。”师曰：“夫学当以意思惟，一密乃达之也。夫简略者不至，非师之过也。”

五、祸母

昔有一国，五谷熟成，人民安宁，无有疾病，昼夜妓乐无忧也。王问群臣：“我闻天下有祸，何类?”答曰：“臣亦不见也。”王便使一臣至邻国求买之。天神则化作一人，于市中卖之，状类如猪，持铁锁系缚。臣问：“此名何等?”答曰：“祸母。”曰：“卖几钱?”曰：“千万。”臣便顾之，问曰：“此何等食?”曰“日食一升针。”臣便家家发求针。如是，人民两两三三相逢求针。使至诸郡县扰乱，在所患毒无憀。臣白王：“此祸母致使民乱，男女失业，欲煞弃之。”王言：“大善!”便于城外，刺不入，斫不伤，棓不死，积薪烧之，身体赤如火，便走出。过里烧里，过市烧市，入城烧城。如是过国遂扰乱，人民饥饿。坐餍乐买祸所致也。

六、 鹦鹉

昔有鹦鹉飞集他山中，山中百鸟畜兽转相□□不相残害。鹦鹉自念：“虽尔不可久也，当归尔。”便去。却后数月，大山失火，四面皆燃。鹦鹉逢见，便入水以羽翅取水。飞上空中，以衣毛润水洒之，欲灭大火，如是往来，往来。天神言：“咄！鹦鹉！汝何以痴？千里之火，宁为汝两翅水灭乎?”鹦鹉曰：“我由不知而灭也。我曾客是山中，山中百鸟畜兽皆仁善，要为兄弟。我不忍见之耳。”天神感其至意，则雨灭火也。

七、 梵志与四兽

昔有梵志年百二十，少小不妻娶，无淫泆之情；处深山无人之处，以茅为庐，蓬蒿为席，以水果蓏为食饮；不积财宝。国王聘之，不往。竟静处无为于山中数十余岁，日与禽兽相娱乐。有四兽：一名狐，二者弥猴，三者獭，四者兔。此四兽日于道人所听经说戒。如是积久食诸果蓏皆悉讫尽。后道人意欲使徙去。此四兽大愁忧不乐，共议言：“我曹各行求索，供养道人。”弥猴去至他山中，取甘果来，以上道人，愿止莫去。狐亦复行化作人求食，得一囊饭麨来以上道人，可给一月粮，愿止留。獭亦复入水，取大鱼来以上道人，给一月粮，愿莫去也。兔自思念：“我当用何等供养道人耶？”自念：“当持身供养耳。”便行取樵，以然火作炭，往白道人言：“今我为兔，最小薄能，请入火中作炙，以身上道人，可给一月粮。”兔便自投火中，火为不然。道人见兔，感其仁义，伤哀之，则自止留。佛言：时梵志者，提和竭佛是。是兔者，我身是。猕猴者，舍利弗是。狐者，阿难是。獭者，目犍连是也。

案：《旧杂譬喻经》乃选辑诸佛经里面的譬喻（故事）而成；正如《四十二章经》之杂采“佛言”《八大人觉经》之总括教义，并非梵文即有此经。据《高僧传》，康僧会自天竺（印度）来中国，吴、赤乌十年（二二六年）抵建业（当时吴之京城，今之南京），译经当然在此后。他所译的经有十余部之多，在当时，要算一位大师。现在选了七章，分量未免过重。但在选时，也颇有斟酌。《譬喻经》的文体和故事，显而易见的和六朝志怪的小说有其血统上的关系，便是以后的传奇、话本和章回小说，在迷信方面，也受其影响。为了这，选了《萨薄与孔雀王》《伊利沙》《祸母》《梵志与四兽》。选了《象迹》是为了其思想方法之富有逻辑性，选了《鹦鹉》，是为了让学人知道佛教中一部分积极、牺牲的精神。《五道人》本可以不选，但这怕是中国“鬼怕恶人”一句谚语的来源，所以也选进去了。当然，再引申说之，这一譬喻远含有

“不畏强暴（恶势力）”的斗争的、反抗的精神。

《修行道地经》选

西晋·竺法护译

劝意品第九（节钞）

昔有一国王，选择一国明智主人以为辅臣。尔时国王设权方使无量之慧，选得一人，聪明博达，其志弘雅，威而不暴，名德具足。王欲试之，故以重罪加于此人，敕告臣吏盛满钵油而使擎之，从北门来，至于南门，去城二十里，园名调戏，令将到彼。设所持油堕一滴者，便级其头，不须启问。

尔时群臣受王重教，盛满钵油以与其人。其人两手擎之，甚大忧愁，则自念言：其油满器，城里人多，行路车马观者填道；……是器之油擎至七步尚不可诣，况有里数邪？

此人忧愦，心自怀惧。

其人心念：吾今定死，无复有疑也。设能擎钵使油不堕，到彼园所，尔乃活耳，当作专计：若见是非而不转移，唯念油钵，志不在余，然后度耳。

于是其人安步徐行。时诸臣兵及观众人无数百千，随而视之，如云兴起，围绕太山。……众人皆言，观此人衣形体举动定是死囚。斯之消息乃至其家；父母宗族皆共闻之，悉奔走来，到彼子所，号哭悲哀。其人专心，不顾二亲兄弟妻子及诸亲属，心在油钵，无他之念。

时一国人普来集会，观者扰攘，唤呼震动，驰至相逐，躄地复起，转相登蹑，间不相容。其人心端，不见众庶。

观者复言，有女人来，端正姝好，威仪光颜一国无双；如月盛满，星中独明；色如莲华，行于御道。……尔时其人一心擎钵，志不动转，亦不察观。

观者皆言，宁使今日见此女颜，终身不恨，胜于久存而不睹者也。彼时其人虽闻此语，专精擎钵，不听其言。

当尔之时，有大醉象，放逸奔走，入于御道……舌赤如血，其腹委地，口唇如垂；行步纵横，无所省录，人血涂体，独游无难，进退自在犹若国王，遥视如山；暴鸣哮吼，譬如雷声；而擎其鼻，瞋恚忿怒……恐怖观者，令其驰散，破坏兵众，诸众奔逝。……

尔时街道市里坐肆诸买卖者，皆慷，收物，盖藏闭门，畏坏屋舍，人悉避走。

又杀象师；无有制御，瞋或转甚，踏杀道中象马，牛羊，猪犊之属；碎诸车乘，星散狼籍。

或有人见，怀振恐怖，不敢动摇。或有称怨，呼嗟泪下。或有迷惑，不能觉知：有未着衣，曳之而走；复有迷误，不识东西。或有驰走，如风吹云，不知所至也。……

彼时有人晓化象咒，……即举大声而诵神咒。……尔时彼象闻此正教，即捐自大，降伏其人，便顺本道，还至象厩，不犯众人，无所娆害。

其擎钵人不省象来，亦不觉还。所以者何？专心惧死，无他观念。

尔时观者扰攘驰散，东西走故，城中失火，烧诸宫殿，及诸宝舍，楼阁高台现妙巍巍，展转连及。譬如大山，无不见者。烟皆周遍，火尚尽彻。

火烧城时，诸蜂皆出，放毒啮人。观者得痛，惊怪驰走。男女大小面色变恶，乱头衣解，宝饰脱落；为烟所薰，眼肿泪出，遥见火光，心怀怖懅，不知所凑，展转相呼。父子兄弟妻息奴婢，更相教言，“避火！离水！莫堕泥坑！

尔时官兵悉来灭火. 其人专精，一心擎钵，一滴不堕，不觉失火及与灭时。所以者何？秉心专意，无他念故。……

尔时其人擎满钵油，至彼园观，一滴不堕。诸臣兵吏悉还王宫，具为王说所更众难，而其人专心擎钵不动，不弃一滴，得至园观。

王闻其言，叹曰:。此人难及，人中之雄！……虽遇众难，其心不移。如是人者，无所不办。……”其王欢喜，立为大臣。……

心坚强者，志能如是，则以指爪坏雪山，以莲华根钻穿金山，以锯断须弥宝山。……有信精进，质直智慧，其心坚强，亦能吹山而使动摇，何况除淫怒痴也！……

案：《修行道地经》是一部演说佛教徒如何用工夫的佛典，然而也并不是”佛所说”经。通行本在卷首有一篇不知何人所作的序，开头便说：“造立《修行道地经》者，天竺沙门，厥名众护，出于‘中国’圣兴之域，幼学大业洪要之典。”那么，这部经乃是印度一位名叫众护的和尚所造（作）的了。序中所谓”

中国”即是天竺（印度）。佛书中常称天竺（佛降生地）为中国，而称其他的国土为“边地”。译经的竺法护原是月支（即月氏，古国名，月支族原居在甘肃西部）人，世居敦煌郡。何时来中国，不详，但据传记，在西晋武帝太始二年（二六六）他已在长安的白马寺译经了。在通行本《修行道地经》卷末，有一段题记，说他于太康五年（二八四）译出此经，当时“笔受”者（记录的人）有法乘、法宝以及李应荣等三十余人。于此可以推出凡是佛典而署名为外国大师译者，其实皆是口译，执笔的往往是中国人。

复次，劝意品原文太长了，不便于全选进来。现在所录，完全根据胡适《白话文学史》的“节抄”，内中文字多所节删。原文于每一小段之后，便再总结一下，来一个颂（即偈）。即如于叙述国王立意要他所选中的那个人擎油从北门、出南门至调戏园一段之下，颂曰：

假使其人到戏园，承吾主教不弃油，当敬其人如我身，中道弃油便级头。

而那个人得知这个命令之后，“心自怀惧”，于是也颂曰：

睹人象马及车乘，大风吹水心如此。志怀怖懅惧不达；安能究竟了此事？

如此等等，便已删掉了。佛典叙述故事于“长行”（即散文）之中，夹用偈颂（即韵真）：便是后来话本及章回小说的“诗曰”“有诗为证”“有一首词儿道得好”的来源。

《阿弥陀[1]经》选

姚秦·鸠摩罗什译

宝树池莲分第三

舍利弗，彼土何故名为极乐？其国众生无有众苦，但受诸乐，故名极乐。又，舍利弗，极乐国土[2]七重栏楯、七重罗网，七重行树，皆是四宝[3]周匝围绕。是故彼国名为极乐。又，舍利弗，极乐国土有七宝[4]池，八功德[5]水充满其中。池底纯以金沙布地。四边阶道，金、银、琉璃、玻璃合成。上有楼阁，亦以金、银、琉璃、玻璃、砗磲、赤珠、玛瑙而严饰之。池中莲华大如车轮，青色、青光，黄色、黄光，赤色、赤光，白色、白光，微妙香洁。舍利弗，极乐国土成就如是功德庄严。

案：《阿弥陀经》《修持正行分》说：

“若有善男子、善女人，闻说《阿弥陀佛》，执持名号，若一日，若二日，若三日，若四日，若五日，若六日，若七日，一心不乱，其人临命终时，阿弥陀佛现在其前。是人终时，心不颠倒，

---

① 阿弥陀，义译为无量寿。

② 极乐国土：即净土。

③ 四宝：即七宝中之前四宝

④ 七宝：即经文中所谓金、银……等。

⑤ 八功德：一、甘，二、冷，三、软，四、轻，五、清净，六、不臭，七、饮时不损喉．八、饮已不伤肠。

即得往生阿弥陀佛极乐国土。”

佛教中有一派“净土宗”，即是专门如此修行：诵《阿弥陀经》，念“南无阿弥陀佛”。甚或经也不诵而只去念佛。因为它简便易行，而又可以消灾获福，所以很容易取得人民大众的信仰。旧日，人们往往于称心如愿的时候，情不自禁地喊一声“阿弥陀佛”（或再简称“弥陀佛”），就是这么一个来源。然而历代还有不少的文人信仰净土，如东晋的谢灵运，唐代的白居易都是这一“宗”。谢氏曾参加过慧远和尚的白莲社，而这社即是以念佛为其主旨的。白氏在他的《重玄寺石壁经碑文》里，开头便说：“应念顺愿，愿生极乐土，莫疾于《阿弥陀经》。”后面又说：

“……白居易……乃舍俸钱三万，命工人杜宗敬按《阿弥陀》《无量寿》二经画西方世界（案即极乐世界）一部，……阿弥陀佛坐中央，观音、势至二大士侍左右，天人瞻仰，眷属围绕，楼台、伎乐、水、树、花、鸟、七宝严饰，五彩彰施，烂烂，煌煌，功德成就。弟子居易焚香稽首、跪于佛前，起慈悲心，发弘誓愿：愿此功德回施一切众生……。”又如他的《念佛偈》说：

“……看经费眼力；作福畏奔波。何以度心、眼？一声‘阿弥陀’。行也‘阿弥陀’，坐也‘阿弥陀’。纵饶忙似箭，不废‘阿弥陀’。……”

其信奉之笃，可以想见。此外，这样的文人尚所在多有，不胜枚举。若说佛典中信（愚民政策！）的部份，影响之大，收效之宏，恐怕无过于《阿弥陀经》了。

《百喻经》选

萧齐·求那毗地译

人谓故屋有恶鬼喻

昔有故屋，人谓此室常有恶鬼，皆悉怖畏，不敢寝息。时有一人，自谓大胆，而作是言："我欲入此室中寄卧一宿。"即入宿止。后有一人，自谓胆勇胜于前人，复闻傍人言此室中恒有恶鬼，即欲入中。排门将前，时先人者谓其是鬼，即复推门遮不听前；在后来者复谓有鬼，二人斗争，遂至天明。既相睹已，方知非鬼。一切世人亦复如是。因缘暂会，无有宰主，一一推析，谁是我者。然诸众生横计是非，发生争讼。如彼二人等无差别。

效其祖先急速食喻

昔有一人，从北天竺至南天竺。住止既久，即聘其女共为夫妇。时妇为夫造设饮食，夫得急吞，不避其热。妇时怪之，语其夫言："此中无贼劫夺人者，有何急事，匆匆乃尔，不安徐食？"夫答妇言："有好密事，不得语汝。"妇闻其言，谓有异法，殷勤问之。良久乃答："我祖父已来，法常速食，我今效之，是故疾耳。"世间凡夫亦复如是。不达正理，不知善恶，作诸邪行不以为耻，而云我祖父已来作如是法，至死受行，终不舍离。如彼愚人习其速食以为好法。

案：今金陵刻经处刻本《百喻经》，其卷首引《出三藏记》曰：“永明十年（四九二）九月十日，中天竺法师求那毗地出修多罗藏（即“三藏”中之经藏）十二部经中钞出譬喻，聚为一部：凡一百事，天竺僧伽斯法师集行大乘，为新学者撰说此经。”按着上句的意义来讲，此经是求那毗地从十二部经中辑译。按着下句，则此经是伽斯那所作——今本正如此署名。总之，这部经的性质正如同《旧杂譬喻经》，是借了故事，宣传教义，以引起。初学”的信心的。每段故事之末尾，必点出主题：这又大似乎《伊索寓言》了。

下卷　偈颂之部

《法句经》选

吴·维祇难、竺将炎合译

教学品（节钞）

若人寿百岁，邪学志不善，不如生一日，精进受正法。
觉能舍三恶，以药消众毒。健夫度生死，如蛇脱故皮。

多闻品（节钞）

事日为明故，事父为恩故，事君以力故，闻故事道人。
斫疮无过忧，射箭无过患，是壮莫能拔，唯从多闻除。
盲从是得眼，暗者从得烛，示导世间人，如目将无目。

言语品（节钞）

夫士之生，斧在口中。所以斩身，由其恶言。

明哲品（节钞）

弓工调角，水人调船，巧匠调木，智者调身

譬如厚石，风不能移，智者意重，毁誉不倾。
譬如深渊，澄静清明，慧人闻道，心净欢然

利养品（节钞）

宁啖烧石，吞饮熔铜；不以无戒，食人信施。

案：维祇难和竺将炎与译《旧杂譬喻经》的康僧会为同时人。《法句经》的卷首，有一篇不知谁作的序，说维祇难出自天竺，于黄武三年（二二四）来到武昌，并有“同道”名竺将炎。其译经当即在此时。如果说《四十二章经》《八大人觉经》选辑佛言，总括教义，《旧杂譬喻经》《百喻经》钞出故事，那么，《法句经》便是从各经中抽出了偈颂而集译成书的。于此可以看出：这种“纲要”“入门”一类的佛典，在佛教初来中国时，确实曾起过作用，收过效果，所以一直也就流传下来了。

《佛本行经》选

刘宋·宝云译

大灭品第廿九（节钞）

佛适舍寿行，地六返震动①。空中有大炬，如劫尽②烧火。四

① 地六返震动：即大地之六种震动：动、起、涌三者为形变；震、吼、击三者为声变。返、当是反覆之意。

② 劫尽：犹今言世界末日。

方有大火，犹如阿修罗。烧天林树泽，名曰爱尽乐。暴雨震其尘，电光如吐焰，普世如大火，雷震甚可畏。卒暴尘、雾、风，折树、崩山岩；犹如劫尽风，所摧伤无限。白日无精光，星月暗不明，日月俱失光，譬如泥所涂。日月虽俱照，黤黮不精明：莫能识东西，昼夜不可知；世间冥所覆，江河皆逆流。佛坐侧双林①，忧感华零落。江河水皆热，犹如沸釜汤。双林为之萎，屈覆世尊身。五头大龙王，悲痛身放缓，或闷热视佛，啼哭眼皆赤。……爱重诸天神，悲感塞虚空，普为忧所扰，周憧大哀动。杂类之大声，遍满于世间。魔已得其愿；及恶兵属喜，舞调雷震鼓，种种放洪声，大叫传令言："吾主强敌亡；自今谁复能，越其境界者?"佛德树崩堕，如大象牙折，如高山岩摧，如大牛角脱。佛今舍身寿，世间诸大人，无所复归仰，失恃怙如是；如虚空无日；如国无仓藏，如华池被霜，众华皆摧伤。世尊舍躯命，寂潜于泥洹②，一切有形类，莫不失精荣。

案：《佛本行经》不知何人所作，乃是序述释迦牟尼一生事迹的一部叙事诗；较之马鸣菩萨所作的《佛所行赞经》更为壮丽。原文本是韵文，译本成了无韵诗，仅只采用了四言、五言、或七言句的形式，但仍然可以看出原作的诗的美。宝云（？——四六九）是刘宋时中国的一位大师，曾到过于阗和印度。《高僧传》上说他"华梵兼通，音训允正"。

现在所选的《大灭品》是五言体。此外还有好多地方用了四

① 双林：释迦牟尼临"灭度"时，坐于两株婆罗树间。
② 泥洹：即涅槃，即灭度。

言，如《与众婇女游居品》：“……六万婇女，围绕其侧。太子手中，如天帝释，于天浴池，与天女俱。于是皆乘，金银宝船，游戏池中，如天乘云。太子复乘，七宝之船，妃在其侧，俱共入池。色身金照，光各一丈，如日乘船。莫不惊愕，谓是日出；众华开张，明重光照，逾日天子。”

全经用七言的地方最少，只在《降魔品》里有一段。现在节抄几句作为示例：“菩萨推尽生死源，察其起灭悉晓了。心更生念、重思维，老由何来、何从死？复生正念：缘生故，因老有病，从病、死。其有头者有头患，犹树已生必当堕。重思：本种所由有，觉：种种行受缘对。”

最后，佛典中之偈颂，一如其“长行”，可分为说理及叙事两类。因为这一种无韵诗的形式在中国文学上不曾发生什么影响（虽然到了赵宋也有人作偈模仿此体），所以并没有多选，只节抄了《法句经》和《佛本行经》：前者属于说理，而后者则为叙事。

结 语

说是“结语”倒也不必如现代语中所谓“总结”。

“引言”写出之后，因为课期迫促，仓猝付印。嗣后发现其中颇多遗漏，即是说，应该写进去的却不曾写进去。现在，这“结语”就是来打打补丁：如此而已。

下面所写的各段，有的是韩刚羽、高荫甫两位先生提出的意见，供给的材料；有的是我随时所想及。就只随手写去不再加以区分。

佛典旧分三藏，即一、经藏，音译修多罗藏；二、律藏，音译毗奈耶藏；三、论藏，音译阿毗昙藏。经说“定”学；律说“戒”学；论说“慧”学。

所谓“戒”，即戒律戒行，说得通俗一点，即发下誓愿不作坏事，如“五戒”之类；若再推而广之，便成了佛教徒所说的“三千威仪，八百细行”，一举一动都有个规矩。所谓“定”，即是“无挂碍，无恐怖，远离颠倒梦想，究竟涅槃”；简言之，即是“一心不乱”。所谓“慧”即是智慧；细说之，晓达无为之空理（佛理）叫作慧，所以佛智叫作“慧日”，而释迦牟尼又有慧日大圣尊之称号。

佛教徒的作工夫是由戒生定，由定生慧。求“道”之次第如此之合理，在宗教中，真可说是难能而可贵了。

现在所选的教材，可以说俱出于经藏。戒律于我们非佛教徒没关系，所以不曾选律藏。论藏，本来打算在《大智度论》和《大乘起信论》里选两节。斟酌了半天，觉得那种唯理论的教义太玄妙了，讲起来怕费事，而我的学力又太浅，恐怕越说越不得明白：所以终于也不曾选。

一种宗教，当其创教之始，其创教主对于当时的社会制度、生活习惯以及传统信仰一定有所不满，而思有所改革。这所谓改革，倒不必定说它是改良，因为真正的宗教的教义往往具有着极端性，所以对于其所不满的（否定的）事物的改革也是彻底的，甚至于可说是革命的。这在佛教，尤其如此。

在古印度人民间氏族的阶级划分得十分严。我们只看“四姓”这一名词，便可以知道。释迦牟尼这位大慈大悲的教主之所以提倡平等观和普亲观，也就是要消灭这阶级。然而纵使其动机和目标都是好的，而其忍辱、戒杀的“教行”在当时却仍然是使不得。(不管他是怎样地“众生无边、誓愿度”。)

列宁说：“托尔斯泰的学说无疑是空想的。”（《列·尼·托尔斯泰和他的时代》《列宁全集》第十七卷）释迦牟尼也正是如此。

不管释迦牟尼是怎样的一位天才，他可是不懂得只有通过了阶级斗争才可以促成阶级的消灭；而在阶级矛盾尖锐对立的时候，去提倡普亲、平等，不但太天真、太理想、太“一厢情愿”，（羊与狼怎能谈普亲、平等!）而且其结果反使统治阶级更容易发挥其统治的威力，巩固其统治的地位。

又是列宁批评托尔斯泰的话：其学说“是反动的（这里“反

动的”一词，是就这个词的最确切虽深刻的含义用的）。”释迦牟尼的教义也正是如此。

这也不能十分怪罪释迦牟尼，因为他是两千五百年以前的人物。

佛典中文学的价值是二重的：佛书本身往往自有其文学的价值，此其一；译出之后，则又成为翻译文学，此其二。

翻译文学之影响倒不在于所谓“文人”的著作。它直接影响到小说；间接则到戏剧。这是我们研究我国文学史所不能忽略的。

我国在早无所谓“反切”（拼音）和“四声”（平、上、去、入）。一直到六朝末期才有。这与译经也有关系。因为梵文是拼音的，而翻经有时要用音译，又因为要忠实于翻译工作的缘故，必须作到音译之正确：以此，四声和反切便生出来了。发展下去，到了唐朝，就成了有着卅六字母的“等韵”。

“引言”中曾说佛教给与中国的影响是迷信、哲理和文学。如此说实在不完备。我国古代的绘画、雕塑、建筑以及音乐（几乎是整个的艺术的全体）也受过佛教很大的影响。这也是我们应该晓得的，虽然这已经逸出佛典文学这一主题之外了。

综上所说，佛教来到中国，其影响倒也真正“非同小可”。治古代文学史、艺术史和哲学史的决不可以轻轻放过佛典。

索性跑到题外去，再说几句。

佛教不独在中国发生过很大的影响。在东南亚、东亚，如越南、高棉、寮国、缅甸、蒙古、朝鲜和日本，亦然。

爱伦堡在他的一篇文章《欧洲的命运》里面说：“古希腊以它

的遗产、伟大的艺术和人道主义的萌芽使它（欧洲各民族共同的命运）丰富起来。基督教是欧洲的共同的冲动和病症。”我打算把这位大作家的话应用到古印度佛教之在东南亚、东亚诸国。因为在这里，佛教是具有着类似乎古希腊与基督教之在欧洲的情形的，说的是它的智慧和它的宗教（在这一方面，佛教之在亚洲，是“病症”多于“冲动”的）。这也就是佛典在今日的价值。

在开头，我很高兴（于此不敢滥用“荣幸”）讲授佛典翻译文学。我不是佛教的信仰者；也不是佛学的研究者。而佛书却是爱读的，特别是在抗战后，解放前。而且我越读佛书，就越震惊于释迦牟尼的天才与其伟大的人格。自然，一直到现在，对于教义大部分还是搞不通。我不是说的佛典中“名相”之学。那个，我不会搞得通，而且也不想去搞通。

我所最不满意于释迦牟尼的是：他对于妇女那么深恶而痛绝。佛典中，那一套“不净观”的教义，老实不客气地说，我是最怕读。我说怕，这怕字是如字解。每一读，我就怕起来，怕得我“毛发植立”。也许就为了这，我就不能成为一个佛教徒。

话说远了。我只是说有一时期，我爱读过佛书（读得虽然不多）；我钦佩过释迦牟尼；而现在呢？我很高兴来讲佛典翻译文学。这高兴殆不下于“小孩子过新年，穿新鞋”。

大半生教书，在各地各校曾担任过种种不同的教科，我还不曾讲过佛典文学，虽然在堂上有时也曾征引个一句半句的。

这一次，用了古语来说，正是破题儿第一遭。这也是我稚气地高兴的原因之一。

然而天下事，作起来往往不像想起来那么简单。此刻还不曾上课，我已写出引言，选定教材，略加注解，而且结语也临近结束。在备课上说，差不多已是“功行圆满”。我的高兴可也差不多烟消云散，剩下的只有惶恐了。

不拘写稿、选材、加注，我越写下去，越感觉到自己对于佛学之无知。新的理论呢，我又那么有限：使我不能很好地掌握着去批判地接受佛典。

总而言之，讲授佛典翻译文学，我还不能胜任而愉快。即以自家的讲稿的文字而论，说理既不能深入，又不能浅出；行文既不能简练，又不能流畅；这已经够泄气了。

不过环境条件俱已具备（这就是佛所谓因缘）。我不能也不便于开小差，只好准备着硬着头皮去上课。

这就算是责任感吧，然而绝不是在开头时的高兴了。

一九五四年，国际劳动节日，初稿

不觉欢喜　乃真欢喜

外编

诗法与禅

王维诗品论

佛说："（心）制之一处，无事不办。"（《遗教经》）诚则灵。

近来授书时举禅家公案俾助参悟，从学诸君亦或以此相问，因成小诗一章：

一片诗心散不收，袈裟仍是两重裘。
凭君莫问西来意，门外清溪日夜流。

次句用尹默先生诗"两重袍子当袈裟"[①]，"西来"，作"新来"，亦得。

王维，字摩诘，有《辋川诗集》。（释迦法舍下有维摩诘[②]，乃印度得道居士，曾闻如来说法，说有《维摩诘经》[③]，又名《净名经》，甚好。）

---

① 沈尹默（1883—1971），原名君默，斋名秋明，现代著名学者、教育家、书法家，曾执教于北京大学，顾随先生之师。有《秋明集》。"两重袍子当袈裟"，为沈尹默和周作人《五十自寿诗》中句。

② 维摩诘，古印度著名佛教居士，其名为梵文音译之略称，意译为"净名"、"无垢称"，意即以洁净无染而著称的人。

③ 《维摩诘经》，全称《维摩诘所说经》。有三种汉文译本。

一 摩诘诗之调和

王维有诗云：

一生几许伤心事，不向空门何处销。
（《叹白发》）

唐人尚有诗句“投老欲依僧”。（宋人举此句，或对以“急则抱佛脚”。人以为不“对”，曰：“去头去脚则对矣。”①）别人弄禅、佛，多落于“知解”；王维弄禅，是对佛境界之感悟。别人的诗是讲道理，其表现于诗是说明，尤其是苏东坡。如苏之“溪声便是广长舌②，山色岂非清净身③”（《赠东林总长老》），讲死了，因为确有此“舌”、此“身”可用“溪声”、“山色”说明者，绝非佛之广长舌、清净身。佛之广长舌、清净身虽不可说，然可领会。世上许多事情不许说，许懂。（某僧见一大师来，不下禅床，一抖袈裟曰：“会否？”曰：“不会。”曰：“自小出家身已懒，见人

---

① 刘攽《中山诗话》：“王丞相嗜谐谑。一日，论沙门道，因曰：‘投老欲依僧。’客遽对曰：‘急则抱佛脚。’王曰：‘“投老欲依僧”，是古诗一句。’客亦曰：‘“急则抱佛脚”，是俗谚全语。上去“投”，下去“脚”，岂对也?’王大笑。”

② 广长舌，佛教术语，《大智度论》卷八：“是时佛出广长舌，覆面上至发际，语婆罗门言：‘汝见经书，颇有如此舌人而作妄语不?’”

③ 清净身，佛教术语。《华严经·探玄记》卷八：“净德内充，名清净身。”

无力下禅床。”①)

清姚鼐《今体诗钞》② 曰：右丞具有三十二相。③ 三十二相即一相，即无相。

在表现一点上，李、杜不及王之高超。杜太沉着，非高超；李太飘逸，亦非高超，过犹不及。杜是排山倒海，李是驾凤乘鸾，是广大神通，佛目此为邪魔外道，虽不是世法，而是外道。佛在中间。自佛视之，圣即凡，凡即圣，其分别唯在迷、悟耳，悟了即圣，迷了即凡。此二相即是一相，即是无相。

太白是龙，如其“问余何意栖碧山，笑而不答心自闲。桃花流水窅然去，别有天地非人间”（《山中问答》）、“李白乘舟将欲行，忽闻岸上踏歌声。桃花潭水深千尺，不及汪伦送我情”（《赠汪伦》）等绝句，虽日常生活，太白写来皆有仙气。杜甫诗如“两个黄鹂鸣翠柳，一行白鹭上青天”（《绝句》），笨，笨得好，笨得出奇，笨得出奇的好。老杜真要强，酸甜苦辣，亲口尝遍；困苦艰难，一力承当。“两个黄鹂鸣翠柳”是洁，“一行白鹭上青天”是力（真上去了）；“窗含西岭千秋雪”是洁，“门泊东吴万里船”

---

① 《五灯会元》卷四载赵州从谂禅师事：“真定帅王公携诸子入院，师坐而问曰：‘大王会么？’王曰：‘不会。’师曰：‘自小持斋身已老，见人无力下禅床。’王尤加礼重。翌日令客将传语，师下禅床受之。侍者曰：‘和尚见大王来，不下禅床。今日军将来，为什么却下禅床？’师曰：‘非汝所知。第一等人来，禅床上接。中等人来，下禅床接。末等人来，三门外接。’”

② 姚鼐（1732—1815），清代著名散文家，与方苞、刘大櫆并称“桐城三祖”，提倡文章要“义理”、“考证”、“辞章”三者相互为用，著有《惜抱轩全集》，编选《古文辞类纂》。

③ 高步瀛《唐宋诗举要》引姚鼐语：“右丞七律，能备三十二相而意兴超远，有‘虽对荣观，燕处超然’之意，宜独冠盛唐诸公。”

是力，而后面两句之“洁”、之“力”与前面两句有深浅层次之分。王右丞则是“蚊子上铁牛，全无下嘴处”（药山惟俨禅师语）①。

王摩诘诗法在表现一点上，实在高于李、杜。说明、描写皆不及表现，诗法之表现是人格之表现，人格之活跃，要在字句中表现出作者人格。如王无功“树树皆秋色，山山唯落晖。牧童驱犊返，猎马带禽归”（《野望》）数语，不要以为所表现是心外之物，是心内。“树树皆秋色，山山唯落晖”表现王无功之孤单、寂寞，故曰“相顾无相识，长歌怀采薇”，令人起共鸣。于此，可悟“心外无物，物外无心”。即白居易“转轴拨弦三两声，未成曲调先有情”、“东船西舫悄无言，唯见江心秋月白”（《琵琶行》），亦是即心即物，即物即心，是一。

王摩诘《出塞作》：

居延城外猎天骄，白草连天野火烧。
暮云空碛时驱马，秋日平原好射雕。
护羌校尉朝乘障，破虏将军夜渡辽。
玉靶角弓珠勒马，汉家将赐霍嫖姚。
（天骄：匈奴。见《史记》）

---

① 惟俨（751—834），唐代禅宗南宗青原系高僧，曹洞宗始祖之一。《五灯会元》卷五：“师禀命恭礼马祖，仍伸前问。祖曰：‘我有时教伊扬眉瞬目，有时不教伊扬眉瞬目，有时扬眉瞬目者是，有时扬眉瞬目者不是。子作么生？’师于言下契悟，便礼拜。祖曰：‘你见什么道理便礼拜？’师曰：‘某甲在石头处，如蚊子上铁牛。’祖曰：‘汝既如是，善自护持。’侍奉三年。”

"出塞行"，乃唐人特色。王右丞出塞诗，特色中又有特色。

无人相，无我相，无众生相，无寿者相。

（《金刚经》）

佛是出世法，无彼、此、是、非，说伤心皆不伤心，说欢喜皆不欢喜。王诗亦然，故曰"三十二相即一相，即无相"。老杜诗"黄昏胡骑尘满城，欲往城南望城北"（《哀江头》），"铁马长鸣不知数，胡人高鼻动成群"（《黄河二首》其一），笑话也是严肃的，是"抵触"。王摩诘是调和，无憎恨，亦无赞美。

唐人诗不但题前有文章，题后有文章，正面文章，背面文章，尤能在咽喉上下刀。读诗应注意正面之描写表现。王维《出塞行》之诗句非不知其为敌人，忘其为敌人。王维即在生死关头仍有诗的欣赏：

万户伤心生野烟，百僚何日更朝天。

秋槐叶落空宫里，凝碧池头奏管弦。

诗有长题："菩提寺禁裴迪来相看，说逆贼等凝碧池上作音乐，供奉人等举声便一时泪下，和成口号诵示裴迪。"在此情此景中应见其悲哀、伤感，而王维写来仍不失诗的欣赏。如法国蒙德（法文：

Mendès）《纺轮的故事》①，写一王后临死时在刀光中看见自己的美。

再看放翁绝句二首：

志士山栖恨不深，人知已是负初心。
不须先说严光辈，直自巢由错到今。
（《杂感》其一）

故旧书来访死生，时闻剥啄叩柴荆。
自嗟不及东家老，至死无人识姓名。
（《杂感》其九）

人在真生气、真悲哀时不愿人劝慰。Let it alone！青年人应当负气，放翁至老负气，又有是非——此乃诗中是非——有作者偏见，未必即真是非，然绝非“戏论”，有一部分真理。有许多好笑的事情无足道、无足取而可爱。问别人家事皆知，问自己屋里事，十个有五双不知。谁个背后无人说，谁个人前不说人？文人诗人爱表现自己，而不愿人批评，是矛盾。是与非不并立，人与我是冲突。

上述放翁二绝句中，此种等死心情颇似西洋犬儒学派

① 蒙德（1841—1909），今译为孟代，法国著名作家，《纺轮的故事》为其所著童话集。

(Cynic)[1]。放翁年老后，在需要休息时，内心得不到休息，有爱，有愤怒。鲁迅先生说：憎与爱是人之两面，不能憎也就不能爱。[2]憎与爱不但是孪生，简直是一个。放翁涛看来是憎，而同时表现放翁心中是有爱的，是热烈的。如其《书愤》：

早岁那知世事艰，中原北望气如山。
楼船夜雪瓜洲渡，铁马秋风大散关。
塞上长城空自许，镜中衰鬓已先斑。
出师一表真名世，千载谁堪伯仲间。

（大散关，在今汉中，长安附近；瓜洲，在长江以南。）其他诗人多不注意事功，放翁颇注意事功，至其老年仍有诗云“当时那信老耕桑”（《雪夜感旧》）！诗没有什么了不得，而其态度、心情很难在其他人诗中发现。其“偏见”虽有时可笑，而可爱，文学批评不是说文学中的真理、真是非，只是文人在此发表“偏见”。

放翁诗与王右丞大不同，如右丞《送别》：

山中相送罢，日暮掩柴扉。
春草明年绿，王孙归不归。

---

① 犬儒学派，亦译“昔尼克学派”。古希腊小苏格拉底学派之一。继承与发展了苏格拉底关于“美德即知识”的学说，号召人们克己自制，独居其身而无所求，宣称这就是人生唯一的目的。该派的这种主张后被称为犬儒主义。

② 鲁迅《且介亭杂文二集·七论“文人相轻”——两伤》：“能杀才能生，能憎才能爱，能生与爱，才能文。”

右丞诗之后二句出自楚辞“王孙游兮不归，春草生兮萋萋”（《招隐士》），楚辞中春草是今年生，王孙至少是去年已出门，至少已是一年，楚辞二句是事后写——草生以后所写；王氏二句乃事前写——草未生之前所写。王诗味长如饮中国茶，清淡而优美，唯不解气；放翁诗带刺激性，如咖啡。王维写的无人我是非、喜怒哀乐。

人说右丞诗三十二相，即一相。对，是佛相，是无相。佛说：

若以色见我，以声音求我，是人行邪道，不能见如来。

（《金刚经》）

“色”是色相外表，佛是广长舌，发海潮音，如何非色、非相？然不可以此求之。读右丞诗应作如是观。右丞高处到佛，而坏在无黑白、无痛痒。送别是悲哀的，而右丞“送别”仍不失其度。放翁诗虽偏见，究是识黑白、识痛痒，一鞭一条痕：放翁诗魔力大，痛快亦其一因。右丞诗如《竹里馆》：

独坐幽篁里，弹琴复长啸。
深林人不知，明月来相照。

真是无黑白、无痛痒，自觉不错，算什么诗？无黑白、无痛痒，结果必至不知惭愧。佛说：

惭耻之服，于诸庄严最为第一。

（《遗教经》）

（心）制之一处，无事不办。

（《遗教经》）

右丞学佛只注意寂灭、涅槃、法喜、禅悦，而不知“惭耻之服，于诸庄严最为第一”。

右丞七古《桃源行》：

渔舟逐水爱山春，两岸桃花夹古津。
坐看红树不知远，行尽青溪不见人。
山口潜行始隈隩，山开旷望旋平陆。
遥看一处攒云树，近入千家散花竹。
樵客初传汉姓名，居人未改秦衣服。
居人共住武陵源，还从物外起田园。
月明松下房栊静，日出云中鸡犬喧。
惊闻俗客争来集，竞引还家问都邑。
平明闾巷扫花开，薄暮渔樵乘水入。
初因避地去人间，及至成仙遂不还。
峡里谁知有人事，世中遥望空云山。
不疑灵境难闻见，尘心未尽思乡县。
出洞无论隔山水，辞家终拟长游衍。
自谓经过旧不迷，安知峰壑今来变。

当时只记入山深，青溪几度到云林。
春来遍是桃花水，不辨仙源何处寻。

中国诗人唯陶渊明既高且好，即其散文《桃花源记》一篇，亦真高、真好。右丞写之于诗，为冷饭化粥，不易见好。如右丞之结句——“春来遍是桃花水，不辨仙源何处寻”，搔首弄姿，常人以此为有诗味，非也。此无黑白、无痛痒。老杜、放翁对桃源不游，必有悲哀；而右丞写来不知悲喜。不着色相与不动声色不同，不动声色是“雄”（英雄、奸雄），不着色相是“佛”。而世人说话有时预备好了，一滑即出，右丞此诗即未免滑口而出。

唐代王、孟、韦、柳①皆学陶，写大自然，其高处后人真不可及。如右丞《奉寄韦太守陟》：

荒城自萧索，万里山河空。
天高秋日迥，嘹唳闻归鸿。
寒塘映衰草，高馆落疏桐。
临此岁方晏，顾景咏悲翁。
故人不可见，寂寞平陵东。

右丞诗以五古最能表现其高，非右丞善于五言古，盖五言古宜于此境界。七言宜于老杜、放翁一派。王维此诗高，而亦无人我欢悲，乃最高最空境界。

---

① 王，王维；孟，孟浩然；韦，韦应物；柳，柳宗元。

以上所举放翁、右丞二人之诗，可代表中国诗之两面。若论品高、韵长，放翁诗是真，而韵不长。如花红是红，而止于此红；白是白，而止于此白，既有限，韵便非长。右丞诗，红，不仅是红；白，不仅是白，在红、白之外另有东西，韵长，其诗格、诗境（境界）高。而高与好恐怕并非是一个东西，这是另一问题。古书中所谓“高人”，未必是好人，也未必于人有益。高是可以的，高尽管高，而不可以即认此为好，不可止于高，中国诗最高境界莫过这一种。放翁写巢、由应是“高”，而其诗不高。放翁所表现不是高，不是韵长，而是情真、意足（“意足”二字见静安《人间词话》），一掴一掌血，一鞭一条痕。（今山东、河南方言，掴读乖。）

放翁诗无拼凑，真是咬着牙说。此派可以老杜为代表。杜诗其实并不“高”。杜甫，人推之为“诗圣”，而老杜诗实非传统境界，老杜乃诗之革命者。诗之传统者实在右丞一派，“春草明年绿，王孙归不归”，皆此派。中国若无此派诗人，中国诗之玄妙之处则表现不出，简单而神秘之处则表现不出；若无此种诗，不能发表中国民族性之长处。此是中国诗特点，而不是中国诗好点。“名士十年无赖贼”（清舒铁云《金谷园》），人谓中国人乃橡皮国民，即此派之下者，如阿Q即然。

放翁一派好诗情真、意足，坏在毛躁、叫嚣。右丞写诗是法喜、禅悦，故品高、韵长。右丞一派顶高境界与佛之寂灭、涅槃相通，亦即法喜、禅悦，非世俗之喜悦。写快乐是法喜，写悲哀亦是法喜。如送别是寂寞、悲惨，而右丞写来亦超于寂寞、悲惨之上，使人可以忍受。人谓看山谷字如食蝤蛑，使人发“风”（不是“疯”)；[①] 放翁诗读久，亦可使人发风。（人不能只有躯干四肢，要有神气——“风”。没有神气，便没有灵魂。灵是看不见的，神是表现于外的。）读右丞诗则无此病。

右丞不但写大自然是法喜、禅悦，写出塞诗亦然。如其《陇西行》：

十里一走马，五里一扬鞭。
都护军书至，匈奴围酒泉。
关山正飞雪，烽火断无烟。

右丞虽写起火事，然心中绝不起火（若叫老杜、放翁写，必定要发风)，此点颇似法国写实派作家。此种小说当读一读。然其中莫泊桑（Maupassant）还不成，莫泊桑、佛罗贝尔（Flaubert）有点飘，不如读都德（Daubet）的小说，如其所作《水灾》（见《译文》杂志)。右丞诗与西洋小说写实派相近者在不动感情，不动声色。声、色须是活着的、有生命的。其“明月松间照”岂非色？其“清泉石上流”岂非声？而右丞是不动声色，是“诗”所谓“不大声以色”(《大雅·皇矣》)。

有——非有无——无，三个阶段。右丞诗不是无，而是“非有无”。老杜写诗绝不如此，乃立体描写，字中出棱，“字向纸上皆轩昂”(韩愈《卢郎中云夫寄示送盘谷子诗两章歌以和之》)，此

① 胡仔《苕溪渔隐丛话》前集卷四十九：“元祐文章世称苏黄，然二公当时争名，互相讥诮。东坡尝云：‘黄鲁直诗文如蝤蛑、江珧柱，格韵高绝，盘飧尽废。然不可多食，多食则发风动气。’”

须是感觉。若问王右丞之“居延城外猎天骄，白草连天野火烧”一首是否“字向纸上皆轩昂”？曰：否，仍是不动声色，不大声以色。老杜与此不同，如其《古柏行》：“大厦如倾要梁栋，万牛回首丘山重。”

余赞成诗要能表现感情、思想，而又须表现得好。言中之物，物外之言，要调和，都要好。右丞诗是物外之言够了，而言中之物令人不满。姑不论其思想，即其感情亦难找到。如“秋槐叶落空宫里，凝碧池头奏管弦”，亦不过是伤感而非悲哀，浮浅而不深刻。伤感是暂时的刺激，悲哀是长期的积蓄，故一轻一重。诗里表现悲哀，是伟大的；诗里表现伤感，是浮浅的。屈原、老杜诗中所表现的悲哀，右丞是没有的。

法国写实派作家与右丞又有不同，同是不动感情，而其所以不动者不同。日本芥川龙之介（英文：Akutagawa）① 小说写母爱之伟大，其不动声色是强制感情；都德写《水灾》亦是强制感情。右丞诗不是制，而是化。制，还是有；化，便是无了。制，是不发；化，便欲发也无。西洋写实派之制是“入”，右丞之化是“出”。都德冷静而描写深刻，然究竟是“入”，是外国；与右丞之冷静而是“出”不同。王无功之《野望》一首五律，亦是“字向纸上皆轩昂”，而制的力量不小，真是克己，不容易。如马师六辔在手，纵非指挥如意，亦是驾驭有方。无功不老实，“树树皆秋色，山山唯落晖。牧童驱犊返，猎马带禽归”四句，本是外物与之不调和，而写出是调和。诗中写丑，然须化丑为

① 芥川龙之介（1892—1927），日本近代文学新思潮派代表作家，代表作有《罗生门》《手绢》《鼻子》等。

美，写不调和可化为调和，此艺术家与事实不同之处。王无功写与世人之抵触、矛盾，而笔下写出来是调和。这样作风，其结果最能表现“力”。心里是不调和，而将其用极调和的笔调写出，即是力。

中国所谓“诛心”①，即西洋所谓心的分析，其实不可靠，而必须有此功夫。心理分析（psycho－analysis）大师佛罗伊德（Freud）② 曾对莎士比亚（Shakespeare）③ 加以分析，如其分析莎士比亚创作《哈梦雷特》（*Hamlet*）④、《马克卑斯》（*Macbeth*）⑤所抱之心理。心的分析顶玄，然非如此不可。王右丞心中极多无所谓，写出的是调和，心中也是调和，故韵长而力少。从心理分析说，右丞五律《辋川闲居赠裴秀才迪》与王无功《野望》二者可比较读之。右丞其诗云：

寒山转苍翠，秋水日潺湲。
倚杖柴门外，临风听暮蝉。

---

① 诛心，原指不问罪行的发生状况，而直接根据其用心、动机以认定罪状。后亦指在批驳对方时不针对对方行为、语言来讨论，而直接作出揭穿对方行为、语言的目的、动机的评价。

② 佛罗伊德（1856—1939），今多译为弗洛伊德，奥地利精神科医生及精神分析学家，精神分析学派创始人。其精神分析的主要观点包括心理结构观点、人格结构观点、动力观点、心理性欲发展学说、防御机制学说等方面。

③ 莎士比亚（1564—1616），英国剧作家、诗人，欧洲文艺复兴时期人文主义文学集大成者。

④ 《哈梦雷特》，今多译为《哈姆莱特》或《哈姆雷特》，叙丹麦王子哈姆莱特为父复仇的故事，为莎士比亚最负盛名的代表作。

⑤ 《马克卑斯》。今多译为《麦克白》，叙屡建奇勋的英雄麦克白，因受女巫的蛊惑和夫人的影响，逐渐转变为一个残忍暴君的故事。

渡头余落日，墟里上孤烟。
复值接舆醉，狂歌五柳前。

王无功的《野望》亦是写秋天，亦是写寂寞，而一调和，一不调和。无功有所谓，摩诘无所谓，不动声色，不动感情，且是“化”。

二　摩诘诗与“心的探讨”

隐士（hermit）：（一）消极；（二）为我（克己）、充实。

富而可求也，虽执鞭之士，吾亦为之。
（《论语·述而》，而、如古通）

士志于道，而耻恶衣恶食者，未足与议也。
（《论语·里仁》）

君子谋道不谋食。
（《论语·卫灵公》）

“谋”者，求得也。于道，则求得其最完美者；不谋食，非不食。常人所最追求的，多为不属于自己的事物。

读书是自己充实，参学自得亦是自己充实。精神之充实之外更要体力充实。充实则饱满，饱满则充溢，然后结果自然流露。

鲁迅先生说作文如“挤牛奶”。过分的谦虚是作伪，与骄傲同病，皆不可要。鲁迅先生不会作伪，然此若是实话则真悲哀。盖鲁迅先生创作中曾停顿一个时期，甚至要把自己活埋。东坡有言“万人如海一身藏”（《病中闻子由得告不赴商州三首》其一），此所谓“市隐”，不入山林，然此亦逃兵，“直不百步耳，是亦走也。”（《孟子·梁惠王上》）东坡句不如陶诗“结庐在人境，而无车马喧”（《饮酒二十首》其五），渊明并非不叫人来，而是人自不来，是自然；东坡是自己要“藏”。鲁迅先生不是自己要藏，鲁迅先生原是要得人了解，《呐喊》自序上说，人能得人帮忙是好，能得人反对亦可增加勇气，最苦是叫喊半天无人理，如在沙漠。反不如被反对。鲁迅先生名此曰“寂寞”，此寂寞如大毒蛇。[①] 故欲活埋自己。鲁迅先生执笔写作时已过中年，才华茂盛之期已过。

人要自己充实精神、体力，然后自然流露好，不要叫嚣，不要做作。禅宗所追求者吾人可不必管，而吾人不可无其追求之精神。读书若埋怨环境不好，都是借口。不能读书可以思想，再不能思想还可以观察。易卜生（lbsen）及巴尔扎克（Balzac）[②] 皆有此等功夫。“习矣而不察焉”（《孟子·尽心上》）乃用功最大障碍。不动心不成，不动心没同情；只动心亦不成，不能仔细观察。

---

① 鲁迅《呐喊》自序：“凡有一人的主张，得了赞和，是促其前进的，得了反对，是促其奋斗的，独有叫喊于生人中，而生人并无反应，既非赞同，也无反对，如置身毫无边际的荒原，无可措手的了，这是怎样的悲哀呵，我于是以我所感到者为寂寞。这寂寞又一天一天地长大起来。如大毒蛇，缠住了我的灵魂了。”

② 巴尔扎克（1799—1850），19 世纪法国批判现实主义作家，欧洲批判现实主义文学奠基人和杰出代表，代表作有《人间喜剧》《欧也妮·葛朗台》《高老头》《贝姨》等。

动心——观察，这就是文学艺术修养，要在动心与观察中间得一番道理。

以上所讲是王摩诘诗的反面。

一切文学的创作皆当是“心的探讨”。中国多只注意事情的演进，而不注意对办事人之心的探讨，故无心的表现，前曾说对文学的批评是偏见，不是定理，但非一无可取。因偏见乃是心的探讨、表现。

除缺少心的探讨而外，中国文学缺少“生的色彩”。生可分为生命和生活二者：

生 { life 生命（因） 一生一世
live 生活（缘）

缺少生的色彩，或因中国太温柔敦厚、太保险、太中庸（简直不中而庸了），缺少活的表现、力的表现。

如何才能有心的探讨、生的色彩？则须有“物的认识”。然既曰“心的探讨”，岂非自心？“力的表现”，岂非自力？既为自心、自力，如何是物？此处最好利用佛家语——“即心即物”。科学注意分析，即为得到更清楚的认识。自己分析自己、探讨自己的心时，则心便成为物，即今所谓“对象”（与自己的心成对立）。物不能离心，若人不见某物时，照唯心派的说法，则此物不在；若能想起，则仍是心了。

I think therefore I am.（我思故我在。）

天下没有不知道自己怎样生活而知道别人怎样活着的人。不知自心，如何能知人心？名士十年“窝囊废”，窝囊废，连无赖贼都算不上。孔子、释迦、耶稣皆是能认识自己的，故能了解人生。首须“返观”——认识自己，后是“外照”——了解人生。不能返观就不能外照，亦可说不能外照就不能返观，二者互为因果。物即心，心即物，内外一如，然后才能有真正受用，真正力量。诗人的同情、憎恨皆从此一点出发，皆是内外一如。若是漠然则根本不能跟外物发生联系，便不能一如，连憎恨也无有了。

王维诗缺少心的探讨，此中国诗之通病。散文中《左传》《史记》《世说》，小说中《红楼》《水浒》，尚有心的过程的探讨。中国君子明于礼义，而暗于知人心。至于生的色彩，王维不是没有，可也不浓厚。王无功“树树皆秋色，山山唯落晖。牧童驱犊返，猎马带禽归”四句内外一如，写物即写其心——寂寞、悲哀、凄凉、跳动的心，后二句“牧童驱犊返，猎马带禽归”真是生的色彩。摩诘诗中少此色彩，即其《出塞作》一首，亦立自己于旁观地位，“暮云空碛时驱马”，便只是旁观，未能将物与心融成一片，也未能将心放在物的中间。“暮云空碛时驱马”，旁观，如照相机然；王无功则是画。一为机械的，一为艺术的。即其《观猎》之“风劲角弓鸣，将军猎渭城。草枯鹰眼疾，雪尽马蹄轻”四句，亦只是“观”，不能将心物融合，故生的色彩表现不浓厚。王维此四句不如王无功“猎马带禽归”一句。若以此论，王维则不是调和，是漠然（没心），纵不然，至少其表现不够——画是自己人格的表现，照相只是技术的表现。

余所谓“物的认识”，是广义的，连心与力皆在内。王摩诘诗中有“物的认识”，但只是世法的物，其诗减去世法的物的认识便没有东西了。东坡《书摩诘蓝田烟雨图》评王摩诘：

味摩诘之诗，诗中有画；观摩诘之画，画中有诗。

此二语不能骤然便肯，半肯半不肯。“诗中有画”，而其诗绝非画可表现，仍是诗而非画；“画中有诗”，而其画绝非诗可能写，仍是画而非诗。东坡二语，似是似，是则非是。然摩诘诗自有其了不起处，如其：

日落江湖白，潮来天地青。
（《送邢桂州》）

此是“物的认识”。若无此等功夫，何能写出此等句子？二句似画而绝非画可表现，日、潮能画，其“落”、其“来”如何画？画中诗亦然，仍是画而非诗，王右丞一切“高”的诗，皆作如是观。

普通所谓美多是颜色，是静的美；另一种美是姿态，是动的美。王维诗“暮云空碛时驱马，秋日平原好射雕”二句是动的美。其“日落江湖白，潮来天地青”二句亦不仅是颜色美，而且是姿态美，动的美，曰“落”、曰“来”，岂非动？《左传》用虚字传神，摇曳生姿，而《左传》仍不如《论语》。“见贤思齐焉，见不贤而内自省也”（《论语·里仁》），结得住，把得稳。《左传》尚可以摇曳生姿赞之，《论语》则不敢置一词矣，禅宗“丈夫自有冲天志，不向如来行处行”（真净克文禅师语）不是摇曳生姿，是气焰万丈，遇佛杀佛，遇祖杀祖，遇罗汉杀罗汉，不但不跟脚后跟，简直从头顶上迈过。气焰万丈，长人志气，而未免有点暴烈、火炽。孔子之“见贤思齐焉”精神，积极与禅宗同，而真平和，只言“齐”，“过之”之义在其中。（不可死于句下，然余此解厌故喜新。）

孔子是有力量的。然“学如逆水行舟，不进则退”（《增广贤文》）——不仅学，一切事皆然，不进则退——日光下没新鲜事，人不能在天地间毁灭一点什么，也不能在天地间创造（增加）一点什么。后来儒家没劲，故不行。陶渊明在儒家是了不起的，实在是儒家精神。后世儒家思想不差，但同样的话总说就没劲了。

王荆公一日问张文定公（张方平）曰：“孔子去世百年，生孟子亚圣，后绝无人，何也？”文定公曰：“岂无人？亦有过孔孟者。”公曰：“谁？”文定曰：“江西马大师①、坦然禅师②、汾阳无业禅师③、雪峰④、岩头⑤、丹霞⑥、云门⑦。”荆公闻举意，不甚解，乃问曰：“何谓也？”文定曰：“儒门淡薄，收拾不住，皆归释

---

① 马大师，生卒年不详，名道一，唐代著名禅师，开创南岳怀让洪州宗。俗姓马，世称马大师、马祖。

② 坦然禅师，唐代禅师，为嵩岳慧安禅师弟子，南岳怀让禅师同学，灯录、史传无载，生平事迹不详。

③ 无业禅师（？—824），唐代禅师，马祖道一弟子。

④ 雪峰（822—908），名义存，雪峰为其号，唐末禅宗青原系著名高僧。

⑤ 岩头（828—887），名全奯，唐代禅师，与雪峰禅师、钦山禅师为友。

⑥ 丹霞（739—824），法号天然，唐代著名禅师，因曾卓锡南阳丹霞山，故称丹霞天然，或丹霞禅师。

⑦ 云门（864—949），名文偃，唐代著名禅师，开创禅宗云门宗。

氏焉。”公欣然叹服。后举似[①]张无尽，无尽抚几叹赏曰：“达人之论也。”

（宗杲禅师《宗门武库》[②]）

自佛教入中国后，影响有二：其一，是因果报应之说影响下层社会；同时，今之俗语亦尚有出自佛经者，如“异口同声”出《观普贤经》，“皆大欢喜”见《金刚经》，“五体投地”（《楞严经》）亦然。又其一，是佛家对士大夫阶层之影响。中国庄、列[③]之说主虚无，任自然，其影响是六朝文人之超脱。唐代王、孟、韦、柳所表现的超脱精神，乃六朝而后多数文人精神。（后来文人成为无赖文人者，不是真超脱了。）超脱是游于物外，王维的“明月松间照，清泉石上流”（《山居秋暝》），若只向“明月”、“松间”、“清泉”、“石上”去找就不对了，“明月”、“清泉”之外，尚有东西。即如“暮云空碛时驱马，秋日平原好射雕”在王诗中算是“着迹”，然若与老杜比，仍是超脱。王维凡心未退，孟浩然可说是炉火纯青，功夫更深。此功夫不但指写实，乃指实生活而言。如孟浩然之诗句“微云淡河汉，疏雨滴梧桐”，此类句子是王

---

① 举似，谓以言语举示他人或以物与人。似，犹言与。

② 宗杲禅师（1089—1163），字昙海，号妙喜，孝宗赐号“大慧”。宋代禅宗临济宗著名禅师，看话禅代表人物。《宗门武库》系由大慧宗杲言说、弟子道谦纂辑的禅宗古德言行录。

③ 庄、列，即庄子、列子。庄子，即庄周（约前369—前286），战国时期道家思想主要代表人物，与道家始祖老子并称为“老庄”，著有《庄子》。列子，即列御寇，与郑缪公同时，道家思想又一代表人物，其学本于黄帝、老子，主张清静无为，著有《列子》。

维诗中找不到的，比王维的“日落江湖白，潮来天地青”更超脱，真是“不大声以色”。王、孟相比，孟浩然真是超脱，王维有时尚不免着迹。

抚今追昔乃人类最动感慨的，然孟浩然之《与诸子登岘山》抚今追昔，感慨而仍与旁人不同：

人事有代谢，往来成古今。
江山留胜迹，我辈复登临。
水落鱼梁浅，天寒梦泽深。
羊公碑尚在，读罢泪沾襟。
（岘山，有羊祜垂泪碑。）

孟襄阳布衣终身，虽超脱而人总是人。他的“不才明主弃，多病故人疏”（《归故园作》），这两句真悲哀。知识要用到实生活上，实际诗便是实生活的反映。知识要与实生活打成一片，如此方是真懂。俗说“百日床前无孝子”，孟氏多病，“故人”之“疏”尚不止于孟氏之病，故人皆贵，谁肯来往？“多病故人疏”五个字，多少感慨，多少悲哀，以孟之超脱而有此句子，亦人情之不免。“羊公碑尚在，读罢泪沾襟”二句，亦悲哀；而前四句“人事有代谢，往来成古今。江山留胜迹，我辈复登临”，真自然，如水流花开，流乎其所不得不流，开乎其所不得不开，此真佛教精神加以庄、列思想而成。在六朝以前，如“三百篇”、“十九首”绝不如此，“三百篇”、“十九首”老实、结实，佛教精神与庄、列思想相合是学术上的“结婚”，产生此一种作品。

余希望同学看佛学禅宗书，不是希望同学明心见性，是希望同学取其勇猛精进的精神。细中之细是佛境界，故曰精进；儒为淡薄（如上所举王荆公与张文定公的对话所言），没有勇猛精进，故较禅宗淡薄。

“生的色彩”，要在诗中表现出生的色彩。王、孟、韦、柳四人中，柳有生的色彩，其他三人此种色彩皆缺少。唐诗人中，老杜、商隐皆生活色彩甚浓厚。人的生活写进诗作，如何能使生的色彩浓厚起来？中国六朝以后诗人生的色彩多淡薄，近人写诗只是文辞、技巧功夫，不能打动人心。在此大时代，写出东西后有生的色彩，方能动人。如何能使生的色彩浓厚？于此老僧①不惜以口说之。

欲使生的色彩浓厚，第一，须有“生的享乐”。此非世人所谓享乐，乃施为，生的力量的活跃。人做事要有小儿游戏的精神，生命力最活跃，心最专一。第二，须有“生的憎恨”。憎恨是不满，没有一个文学艺术家是满意于眼前的现实的，唯其不满，故有创造；创造乃生于不满，生于理想。憎恨与享乐不是两回事，最能有生的享乐，憎恨也愈大，生的色彩也愈强。有憎就有爱，没有憎的人也没有爱。“世界微尘里，吾宁爱与憎”（李商隐《北青萝》），不然。今所讲乃爱憎分明，憎得愈强，爱得愈强，爱得有劲，憎也愈深。此外第三，还要有“生的欣赏”。前二种是真实生活中的实行者，仅只此二种未必能成文人、诗人，前二者外更要有生的欣赏，然后能成大诗人。在纸篇②外更要有真生活的功

---

① 老僧，顾随先生自谓。

② 纸篇，指写出的作品。

夫，然后还要能欣赏。因为太实了，便不能写出，写不出来，不得不从生活中撤出去欣赏。不能钻入不行，能钻入不能撤出也不行。在人生战场上要七进七出。

中国自上古至两汉是生与力的表现，六朝是文采风流。古人写诗是不得已，后人写作是得已而不已，结果不着边际，不着痛痒，吆喝什么不是卖什么的。往好说是司空表圣①《诗品》所说“超以象外，得其圜中”，self-center，自我中心。文人是自我中心，然自己须位在中心才成：“得其圜中”是“入”，西洋人只做到此，中国人则更加以“超以象外”。“超以象外”并非拿事不当事做、拿东西不当东西看，而有拿事不当事、拿东西不当东西的神气，并非不注意，而是熟巧之极。“胜固欣然，败亦可喜”（苏轼《观棋》），即“超以象外，得其圜中”，绝非拿事情不当事情：不是不认真，而是自在。西洋人认真而不能得自在，中国真能如此的人亦少。

欲持一瓢酒，远慰风雨夕。
落叶满空山，何处寻行迹。
（韦应物《寄全椒山中道士》）

秋气集南涧，独游亭午时。
回风一萧瑟，林影久参差。
（柳宗元《南涧中题》）

---

① 司空图（837—908），字表圣，晚唐诗人、诗论家，著有《二十四诗品》。

韦、柳此等诗句，“超以象外，得其圜中”，由认真而得自在。韦之“落叶满空山，何处寻行迹”二句，始写相思，而超相思之外。柳子厚诗写愁苦，而结果所写不但美化了，而且诗化了，（常人写愁苦不着痛痒，写杀头都不疼。）说愁苦是愁苦，而又能美化、诗化，此乃中国诗最高境界，即王渔洋所谓“神韵”。写什么是什么，而又能超之，如此高则高矣，而生的色彩便不浓厚了，力的表现便不充分了，优美则有余，壮美则不足。壮美必有生与力始能表现，如项王之《垓下歌》①，真壮。欲追求生的色彩、力的表现，必须有“事”，即力即生。

三　摩诘诗之静穆

王维诗中禅意、佛理甚深，与初唐诸人不同。唐初陈子昂、张九龄、四杰②，尚气，好使气，此气非孟子所谓“浩然之气”（《孟子·公孙丑上》），此气乃感情的激动。初唐诸诗人之如此，第一因其身经乱离，心多感慨；第二则是朝气，因初唐经南北朝后大一统，是真正太平的，人有朝气（欢喜），蓬勃之气。故人自隋入唐，经乱离入太平，一方面有感情之冲动，一方面有朝气之蓬勃。但不能以此看王维诗。王维乃诗人、画家，且深于佛理，深于佛理则不许感情之冲动，亦无朝气之蓬勃，其作风者，乃静穆。

---

① 《垓下歌》，全诗如下：力拔山兮气盖世，时不利兮骓不逝：骓不逝兮可奈何，虞兮虞兮奈若何。

② 四杰，即初唐四杰，王勃、杨炯、卢照邻、骆宾王的合称，简称“王杨卢骆”。

王维受禅家影响甚深，自《终南别业》一首可看出：

中岁颇好道，晚家南山陲。
兴来每独往，胜事空自知。
行到水穷处，坐看云起时。
偶然值林叟，谈笑无还期。

放翁“山重水复疑无路，柳暗花明又一村”（《游山西村》）与王维《终南别业》之“行到水穷处，坐看云起时”颇相似，而那十四字真笨。王之二句是调和，随遇而安，自然而然，生活与大自然合而为一。

生——道
人——自然

生即道，人与大自然合而为一。陶诗“采菊东篱下，悠然见南山”（《饮酒二十首》其五）亦然，偶然行至“东篱下”，偶然“采菊”，偶然“见南山”，自然而然，无所用心。王维之“行”并非意在“到水穷处”，而“到水穷处”亦非“悲哀”；“坐看”亦非为看“云起”，看到“云起时”亦非快乐。只是自然而然，人与自然合而为一。

天下值得欢喜的事甚多，而常忽略过去。禅宗故事讲一弟子闻饭熟而拍掌大笑，师问之，曰：“肚饥得饭吃，故大喜。”师以为得道。[①] 晚上一觉好睡亦舒服事，而有谁拍掌大笑？人生常感到愤慨、不满足，于是羡慕、嫉妒，此真如大毒蛇来咬人心。每节佛经末后皆有“诸弟子皆大欢喜。信受奉行”等字，真好！“信受奉行”之前必为“皆大欢喜”，欢喜则无“隔”心。有时理智上令人做事，而心中不欢喜，勉强之事不能持久。不必拍掌大笑，只要自己心中觉得受用、舒服即可。令人大笑之事只是刺激，佛不要刺激，甘于平淡而欢喜。慈母爱子相处，不觉欢喜，真是欢喜，然后知“采菊东篱下，悠然见南山”是多大欢喜，而不是哈哈大笑。“行到水穷处，坐看云起时”二句亦然。“山重水复”十四字太用力，心中不平和。诗教温柔敦厚，便是教人平和。王此二句或即从陶诗二句来。

宋人诗中有两句似王氏二句，而很少被人注意，即陈简斋《题小室》：

炉烟忽散无踪迹，屋上寒云自黯然。

才说炉烟散尽，即接上“寒云”，意境好，唯“黯然”二字太冷，境象亦稍狭小、枯寂耳。（庄子“薪尽火传”[②]，意似“炉烟接云”。）

王摩诘诗是蕴藉含蓄，什么也没说，可什么都说了。

---

① 《五灯会元》卷三载大珠慧海禅师事：“源律师问：‘和尚修道，还用功否？’师曰：‘用功。’曰：‘如何用功？’师曰：‘饥来吃饭，困来即眠。’曰：‘一切人总如是，同师用功否？’师曰：‘不同’曰：‘何故不同？’师曰：‘他吃饭时不肯吃饭，百种须索；睡时不肯睡，千般计较。所以不同也。’律师杜口。”

② 《庄子·养生主》：“指穷于为薪，火传也，不知其尽也。”

雨中山果落，灯下草虫鸣。
（《秋夜独坐》）

二句是静，不是死静，是佛的境界，佛讲“寂灭”而非“断灭”。王维盖深于佛理，“灭”乃四谛之一（谛，真理之意）。“断”是止，是死，佛非如此。佛讲寂灭，既非世俗盲动，又非外教断灭，“雨中山果落”二句即然。又孟浩然《与诸子登岘山》：

人事有代谢，往来成古今。
江山留胜迹，我辈复登临。

二十个字，道尽人生世界，而读之如不着力，此点亦可说为是寂灭，不是断灭。但王、孟所用酝酿蕴藉功夫，我们不能用了。“长安居，大不易”（张固《幽闲鼓吹》[①]），自古而然，于今为然。这真苦而又有趣，凡不劳而获的皆没趣。现在时代不能用蕴藉之功夫而还要用。

此外还须注意，王维其描写多为客观的。陈子昂、张九龄二人之好乃主观之抒写，非客观的描写。（抒写——主观，描写——客观。）此非绝对的，不是说初唐便无客观描写，王维便无主观抒写；唯陈、张之抒写、王之描写较显著耳。

① 张固，生卒年不详，唐懿、僖间（860—888）人，著有《幽闲鼓吹》一卷。《幽闲鼓吹》载：“白尚书应举，初至京，以诗谒著作顾况，顾睹姓名，熟视白公曰：‘米价方贵，居亦弗易。’”

印象是死的，外物须活在心中再写。有的诗人所写景物不曾活于心中。人或说文学是重现re－appeme①，余以为文学当为重生。无论情、物、事，皆为 re－naissancn，复活，重生。看时是物，写时非物，活于心中；或见物未立即写，可保留心中，写时再重生。故但为客观，虽描写好，而尔为尔，我为我，不相干。人以陶（渊明）、谢（灵运）并称，余对陶不敢置一词，而谢不见得好，乃客观的描写。若说陶为诗人，则谢为诗匠。王维以山水诗名，多客观的描写，而余不喜欢。如《蓝田山石门精舍》（精舍，学佛处）：

安知清流转，偶与前山通。

算是诗，也是二三流诗，不能算高。描写曲折，而诗人的诗心本不是曲折的。

王维、孟浩然、储光羲等写田园，是写实的、客观的：

开轩面场圃，把酒话桑麻。
待到重阳日，还来就菊花。
（孟浩然《过故人庄》）

说田园只是田园，场圃只是场圃。陶渊明写“种豆南山”一事，象征整个人生所有的事。

王维是写实的，陶渊明是象征的；工维是狭隘的，陶渊明是

① 此与下文“re－naissancn”同为法语。

普遍的。

王维之《渭川田家》，余最不喜欢：

斜光照墟落，穷巷牛羊归。
野老念牧童，倚杖候荆扉。
雉雊麦苗秀，蚕眠桑叶稀。
田夫荷锄立，相见语依依。
即此羡闲逸，怅然吟式微。

不喜欢其沾沾自喜。人应能发现自己之短处，在自己内心发现悲哀，才能有力量。世俗所谓欢喜是轻浮，悲哀是实在，佛所谓欢喜是真实。必发现自己之短处，才能有长进、有生活的力量。沾沾自喜者故步自封。余是人世精神，受近代思想影响，读古人诗希望从其中得一种力量，亲切地感到人生的意义，大谢及王维太飘飘然。山水诗作此必此诗，诗外无诗，五余味。孟诰然“微云淡河汉，疏雨滴梧桐”亦无人生，而余喜欢，即因孟写得深，王浅。

王摩诘有时露才气，如《观猎》：

风劲角弓鸣，将军猎渭城。
草枯鹰眼疾，雪尽马蹄轻。
忽过新丰市，还归细柳营。
回看射雕处，千里暮云平。

伟大雄壮。然写此必有此才（才气是天生），否则不能有此句。“月黑杀人地，风高放火天”，月不黑、风不高，也能杀人放火；而月黑风高更有劲。若天日晴和打猎也没劲，看花游山倒好。鹰、马、弓、箭、风劲、草枯，打猎更好。

右丞诗以五言古最能表现其高，并非右丞善于五言古，盖五言古宜于表现右丞之境界；七言宜于老杜、放翁一派。

王维送别诗《送元二使安西》：

渭城朝雨浥轻尘，客舍青青柳色新。
劝君更尽一杯酒，西出阳关无故人。

末二句够味儿。沈归愚以为乃王劝其友人语，余以为乃其友人语，二者相较，此意为恰。送别诗中《送綦毋校书弃官还江东》[①] 亦好，因其亦旁人事。

姚鼐谓王摩诘有三十二相（《今体诗钞》）。（佛有三十二相，乃凡心凡眼所不能看出的。）摩诘不使力，老杜使力；王即使力，出之亦为易；杜即不使力，出之亦艰难。

欲了解唐诗、盛唐诗，当参考王维、老杜二人。几时参出二人异同，则于中国之旧诗懂过半矣。

---

① 王维《送綦毋校书弃官还江东》，全诗如下：明时久不达，弃置与君同。天命无怨色，人生有素风。念君拂衣去。四海将安穷。秋天万里净，日暮澄江空。清夜何悠悠，扣舷明月中。和光鱼鸟际，澹尔蒹葭丛。无庸客昭世，衰鬓日如蓬。顽疏暗人事，僻陋远天聪。微物纵可采，其谁为至公。余亦从此去，归耕为老农。

论王静安之“境界”说我见

一　“境界”说我见

诗之体裁有二重性格：一为文字表现，不限写在纸上者，口语、歌谣并算文字；一为音声表现。上古两者相合，汉以后有“徒诗”。徒，但也，但为“诗言志”而不能“歌永言”（《尚书·尧典》）。“徒诗”之外，尚有乐府，不在吾人讨论之列。今所谓诗未尝不包括乐府，而究以徒诗为主。李太白《远别离》等篇皆乐府题，而实亦徒诗。唐以后诗分二种：一为古体诗，五七言或杂言；一为近体诗（成立于唐），只限于五七言，又分律、绝。一本万殊，六朝、唐宋之诗体各不同。近人作旧诗多受唐宋影响，前不能及六朝、汉魏，近不能以新诗人旧体裁。诗以唐为盛。

于诗，论之者约可分为三种：

（一）兴趣；（二）神韵；（三）境界

兴趣：严羽[1]《沧浪诗话》；神韵：王士禛《渔洋诗话》；境界：王国维（静安）《人间词话》。静安先生论词可包括一切文学创作，余谓“境界”二字高于“兴趣”、“神韵”二名。

（一）认识“境界”

严羽所谓“兴趣”：（一）“无迹可求”；（二）“言有尽而意无穷”。

天下事莫过于“日用而不知”（《易传·系辞传》）。孔子曰：

> 民可使由之，不可使知之。
> （《论语·泰伯》）

或谓孔子为愚民政策。不然，不然。孔子意盖亦“日用而不知”之意。如中国之用“箸”取食，紧、狠、稳、准，正对夹菜之难——碎、硬、滑。诗虽要讲，而妙在“日用而不知”。讲是低能，而不得不尔。

诗本身即带有一点“玄”，微妙，神秘。死人什么都不缺，只是无生命、灵魂。而什么是生命？什么是灵魂？六朝人以为“玄”乃刀之刃，然而尚病其非天然而有，仍为具体而非“玄”。“玄”乃先天聪明、后天智慧达不到的，文字、语言说不出的，然而的确是有。老子曰“恍兮惚兮，其中有物”（《道德经》廿一章），释迦曰“有”（不无）、曰“一”（无二）、曰“如”（般若波罗

---

① 严羽，生卒年不详，字仪卿，一字丹丘，号沧浪逋客，世称严沧浪，南宋后期著名诗论家，著有《沧浪诗话》。

蜜），不可译。“一”、“有”，日用为“常”，此“常”与“玄”并无二意。

诗原是“常”，唯吾人不体耳。“日用而不知”里有体认即——“玄”，如车夫休息时将“尘劳”一旦放下即诗。然如此，则诗为享乐；而彼吟弄风月者绝非诗人，不合乎人生的意义。古圣贤教训，没有许人白吃饭的，然工作完了之后亦须有一种休息享乐的心情，这样生活才算完成，更丰富，更有意义、有力量。诗之存在，即以此故。

有“玄”而无“常”，是精灵、鬼怪；有“常”而无“玄”，是苦人、罪人。此乃以诗法与世法混合言之，然就“无迹可求”及“言有尽而意无穷”言之，非兴趣。如：

古人端未远，一笑会吾心。

（陆游《秋阴》）

此虽无甚了不得，而是诗。“端”，端的，到底。“一笑会吾心”，是顿悟气象，与古人混合而并存，即水乳交融，即严羽所谓“无迹可求”、“言有尽而意无穷”。

然余以为兴趣乃诗之动机，但有兴趣尚不能使诗成为“无迹可求”或“言有尽而意无穷”。兴趣（动机）在诗本体之前，而非诗。若兴趣为米，诗则为饭，是二非一，不过有关系。

王渔洋所谓神韵与严同意，亦玄。兴趣、神韵，名异而实同。宋人诗皆是有迹可求，言尽意穷，意止于言。其无迹可求者犹推唐人，如孟浩然之“微云淡河汉，疏雨滴梧桐”，可懂不可讲，而是好，此即“无迹可求”、“言有尽而意无穷”。兴趣、神韵，是“无迹可求”、“言有尽而意无穷”，然非虚无境界，而是真实。神韵虽是，而不便以之为口号，功到自然成。然神韵亦非诗，神韵由诗生。饭有饭香而饭香非饭。

“兴趣”、“神韵”、“境界”，三者总名之为“诗心”。严之兴趣，乃诗之成因，在诗前；王渔洋之神韵，乃诗之结果，在诗后，皆非诗之本体。王静安之境界非前非后，是诗的本体。诗之本体当以静安所说为是。且沧浪之所谓兴趣，渔洋之所谓神韵，皆重在“言有尽而意无穷”、在“无迹可求”，故还是在有诗之后，二者所说一也。吾辈学人欲求入门，还当以境界为先。

静安所谓境界者，边境、界限也。（境者，如言竟也、止也；界者，疆也、限也。）过则非是，然不可说。“境界”二字最恰当，而等于没说。诗有境界，即有范围。其范围所有之“含”（content，包藏、含蓄）谓之境界，如山东境界内有山、有水、有人……合言之为山东。平常所谓境界有迹，而诗之境界无迹，大无不包，细无不举。静安先生说：

境非独谓景物也。

凡身所涉者皆景物，花之开、云之变皆是，且景物亦即诗。大诗人所写亦不过景物，不能离物。静安先生又说：

喜怒哀乐亦人心中之一境界。

内心之喜怒哀乐等情感（此与感情不同，情感应有思想感觉）亦谓之境界。大诗人所写亦不过此二境界。如此言之，则人人皆可成诗人。静安先生又说：

有有我之境，有无我之境。……有我之境，以我观物，……无我之境，以物观物。

境界是“常”，即“常”即“玄”。只要有境界，则所谓兴趣及神韵皆被包在内。且兴趣、神韵二字，“玄”而不“常”，境界二字则“常”而且“玄”，浅言之则“常”，深言之则“玄”，能令人抓住，可作为学诗之阶石、入门。

体，体认。读文学作品或创作应先心有戥秤，然此仍为第一步功夫。体认是感觉上的问题，第二步为体会，会是以心会。会，除“了解”及“能”二义之外，尚作“会合”解。第三步要体验，必须亲自经验，非人云亦云。体认是识，体会是学，体验是行。所谓学问、道理、生活皆须用此三功夫始不空虚。三者实在是一个（壹）。常之转为玄，玄之转为常，即看吾人用体之三者如何矣，须能掌其权。以体认、体会、体验为工具，以境界为对象（先不必管兴趣、神韵），以工具治对象，功行圆满，兴趣、神韵自来。

认识一个人必须熟悉后认识其性格，非表面认识。认识诗亦然。因取二王及严氏之说，而抓住静安“境界”二字，以其能同于兴趣，通于神韵，而又较兴趣、神韵为具体；且于静安先生所说不完满处加以补充。

（二）说“因”与“缘”

境界是诗的内容，境界以外的不是诗。虽如此说，而诗并非孤立的，与境界以外的不能脱离关系。

西洋有所谓自我（唯我）主义，egoism（ego，我），“摆脱万缘”，绝非可能。我们可以吸收外界的知识，接受他人的教训，而形成吾人自己的思想与精神，但绝不能脱离“万缘”，否则便没有诗存在，人便不能生存。

人言“欲穷千里目，更上一层楼”（王之涣《登鹳雀楼》），然欲至楼顶必先求楼门。王静安所谓境界即方便之门，余可以“因”、“缘”二字来说。

因：是种子（谷粒是米的种子），是内心；

缘：是扶助（下谷粒于土未必长稻，必假之雨露、人的耕种、土地的滋养，方能发生滋长。凡此土地、人力、雨露皆“缘”也），是外物。

“因”是内在的，“缘”是外在的。只有外在的“缘”，是不能发生的；只有内在的“因”而无外在的“缘”，也不能发生滋长。诗人之自命风雅者，其“因”既不深，“缘”亦甚狭，故其发生滋长亦不会茂盛。往古来今之大诗人，盖其“因”甚深，其“缘”甚广，其根基深，故能成就大。试观老杜，凡世界万物万事无不可入诗。一般诗人既轻且单，轻则贱，单则弱，其何能成为诗？古称“骨重神寒”，人要凝重、博大，诗亦如此。一般所谓风雅，大都是单弱，犹之盆景，甚雅致而单弱，不如山中枫林、松林之伟大也。

诗之境界不但不能摆脱外缘，恐怕一切有缘。然而有缘无因则不可。“因”是什么？就是“诗心”。

人人有诗心，在智不增，在愚不减。凡身心健康，除白痴、疯癫之外，俱有诗心。吾人日常喝不为解渴的茶，吃不为充饥的糖果，凡此多余的、不必需的东西便是诗心。人生到只有必需没有多余，则距禽兽不远矣，其可怜已极矣。禽兽日谋食而归栖，人亦如此，其不为禽兽也几希？其为万物之灵者安在？人要在必需之外有“敷余”、“富裕”，才有诗；到了无“敷余”、“富裕”的地步，吾辈凡人恐怕百分之百是没有诗了。否则除非圣人或非人。孔子说：

行有余力，则以学文。

（《论语·学而》）

吾人衣食除保护饥寒之外，尚求色味之美，美便是诗。吾辈俱是凡夫，生活中皆有诗，在必需条件之外的便是诗心。所谓“在智不增，在愚不减”，并非夸大之词。便是此诗心（种子），尚要雨露、土地之缘使之发生滋长；若平常洒落土地，摧残之，闭锢之，则不能滋长。

因是本有，不能再说。诗心是本有，本有不借缘，不能发生。如眼是因，能见而无象（缘），则不能显。无缘则不显因，诗心本有而要假之万缘。如此，则境界之由来：

因（种子）—— 内 —— 心 ＞ 境界
缘（扶助）—— 外 —— 物

因，本，种子；缘，扶助。若没有“因”、“缘”，境界根本不能成立。

静安先生自己解释：“境非独谓景物也。喜怒哀乐亦人心中之一境界。”所谓境界，包括外物、内心二者。静安先生语是，而少一“转语”。王先生似以外物、内心二者对举（如甜苦、长短），既曰对举，则非一而二。今下二转语：其一，心为主而物为辅，不是对举。《论语·为政》云：

譬如北辰，居其所而众星共之。

北辰为主（内心），是“因”；众星为辅（外物），是“缘”。所谓内心即诗心，简称曰心。若此心健全、洁净且旺盛之时，则“譬如北辰”，众星自来“共之”。俗语说：“太平天子当中坐，清慎官员四海分。”既曰“主”、曰“辅”，自有轻重之分，而非对举。本因愈强，则外缘愈富（盛）。老杜诗“缘”富即以其“因”强。天地间万物加以本心哀乐，无一非诗。别人诗比老杜总显贫弱，即以其对外物有“是诗”、“非诗”之主见，故范围狭；老杜则无不可入诗，即以其本因（心）强。

余先由因说到缘。曰“本”、曰“本有”，根本、为主之意；一则本来之意，人人可有。《大乘起信论》曰：

是心从本以来，自性清净而有无明，为无明所染，有其染心。

《大乘起信论》乃马鸣菩萨[①]所作，今借其言以论诗。佛经真见得明白，故说得透彻。小儿诗心多，即因性清净，兴趣多；年岁长为物质牵扯则有染心，不是自性清净之心。小儿心常在活动（activity），是由兴趣所发，不是由计较、打算而发。由计较生出之活动是染心。计较之对象即无明（不智慧），而人人自性清净即有无明，为无明所染，有其染心，则本心、清净之心丧。

无明及染心由物来，如此岂非应抹杀外物、专要内心？岂非但有因即可，何必缘？然而不然，吾人既承认心与物为主及辅，则内心与外物不能隔离。诗与外物有密切关系，仅有诗心尚不是诗；正如米之非饭，而稻之非米。欲使米成饭，使诗心成诗，即须借外缘。不有外缘，何显心？借外物表现内心。盖须本心有主，必为“北辰”，然后“众星共”。只要内心旺盛，外物不但不能减损之，且能增加之。

《道德经》第一章云：“名可名，非常名。”诗心本有，盖非言大而夸。不懂诗但听讲，亦不能明白；能明白，则诗心本有。天地间非心即物，“法尔如然”（《阿弥陀经》），并非诡辩。若曰物，则何者非物？喜、怒、哀、乐亦物。物亦假名，含义甚广。若有心，除非不是诗；若是诗，则凡物皆心。心若不能转物，物绝不会入诗。心的喜、怒、哀、乐是本分上事，心若不能转物，不但物不能入诗，喜、怒、哀、乐亦不能入诗。

---

① 马鸣菩萨，名阿湿缚窭沙，约生于公元1—2世纪，中天竺国古佛教理论家、佛教诗人，禅宗尊为天竺第十二祖。相传阿湿缚窭沙说法时，马都能解其音，垂泪听法，故称马鸣菩萨。

（三）诗之“体”与“真”

“在智不增，在愚不减”，诗本身每人皆有，唯在表现如何耳。理学家所谓“道”，禅家所谓“法”，皆如此，讲诗亦然。禅门白槌①言：

法筵龙象众，当观第一义。

“龙象”指学法者，龙能变化，象能负担，如龙始能思想，如象始能读书。“第一义”是无上，没对。下座时说：

谛观法王法，法王法如是。

“谛观”，细观；“法王”，指佛。佛所说甚深之稀有之法，乃别人看不到、懂不到之法。诗“如中原之有菽”②（陆机《文赋》），此四句即诗。

字句乃集合而成，集字成句，集句成篇，是世俗所谓诗法。今超过此一层研究之。无字无句，照样有诗，月自圆，花自开，

① 白槌，又称白椎，一种佛教仪式，办佛事时由长老持白杖以宣示始终。禅宗仅于开堂称为白槌。《祖庭事苑》八曰：“白槌，世尊律仪，欲辨佛事，必先秉白，为穆众之法也。今宗门白槌，必命知法尊宿以当其任。长老才据座已，而秉白云：‘法筵龙象众，当观第一义。’长老观机法会酬唱既终，复秉白曰：‘谛观法王法，法王法如是。’此盖先德之真规皆不失佛意。且见丛林多举‘世尊升座，文殊白槌’。”

② 陆机《文赋》：“彼琼敷与玉藻，若中原之有菽。”

可见字句乃假诗，非诗法第一义。抓住此义，始可读古人诗，始可写自己诗；否则读时无深的体认、体会，写时无真的体验。我们不要找世俗，要找稀有。

沧浪所谓“兴趣”，渔洋所谓“神韵”，静安所谓“境界”，皆余所谓“体”，名异而实一。沧浪以为可自兴趣得诗法（兴趣即诗之本体），二王亦然，而三说有深浅高下之分，然仍为三而一、一而三者也。所谓“一”即诗法，即“体”。

追诗之本体即追其“一”。所谓本体，即严、二王所谓兴趣、神韵、境界。诗教、诗学、诗法皆非诗本体。

一切法皆是佛法。

（《金刚经》）

所言一切法者即非一切法。

（《金刚经》）

一切法皆是佛法，一切法皆是诗法。吾根据若干年之体会、体验，可如此肯定。（吾所说若对，是佛说；若非，是波旬[①]说。波旬者，魔也。）

诗法可以一字包之——即“体”。此“体”非体认、体会、体验之体，彼为动词，此为名词；然又非形体之体，盖形体以肉眼看，此体则须以诗眼体认，以诗心体会。此所谓“体”乃本体之

① 波旬，古印度佛教中的魔，居于欲界第六天“他化自在天”，常采取各种方式诱惑、阻碍佛教徒修行。

体，非形体之体，形体是外观的，本体是内在的；又可谓为体性之体，甚似宋理学家所谓道、佛所谓法。各物形不同而有相同处——即“一”，所谓“一”即佛说之“无常”。“无常”者，有坏也，所谓有坏即和合。盖物皆为物质之集合——即和合，凡天地间集合而成之物皆有坏，都不是一。科学所谓原子、电子，都是“一”，是不能分的，无坏。

人世间是一个矛盾，吾人欲将此矛盾转为调和；人世间是一个虚伪，吾人欲将此虚伪转成真实；人世间是一个无常，吾人欲将此无常转成不灭，天地间一切学问皆是此三意，总言之即求真。既曰真，无不调和，无不真实，无不不灭，诗所求亦真。一切法皆佛法，一切法皆诗法。若心有不快必有抵触，不是调和。所谓调和是“无入而不自得”（《中庸》十四章），是最大调和，如家人父子之间毫无成见，是无入而不自得。

调和一切皆是，矛盾一切皆非。苦即从矛盾、虚伪、无常而出，而把苦写成诗时，则不是矛盾、虚伪、无常了。至少心里是调和，才能写出诗；心里矛盾时，不能写。心，方寸之间，顷刻万变。写矛盾时内心亦须调和，心能调和写矛盾也得，不写矛盾也得。内心调和，则字句自然调和，转虚伪为真实。

境由心造，万法唯心。

（《华严经》）

既曰“境由心造，万法唯心”，就不是真实。尤其诗人笔下之景物，更是“由心造”，读诗时很受感动，真看来未必受感动，故俗曰“看景不如听景”。看牡丹花不如读李太白《清平调》①，诗中其实才是真正真实，花之实物若不入诗不能为真正真实。真实有二义：一为世俗之真实，一为诗上之真实。且平常所谓真实，多为由“见”而来，见亦由肉眼，所见非真正真实，是浮浅的见，如黑板上字，一擦即去。只有诗人所见，是真正真实，如“月黑杀人夜，风高放火天”，在诗法上、文学上是真的真实，转无常成不灭。世上都是无常，都是灭，而诗是不灭，能与天地造化争一日之短长。万物皆有坏，而诗是不坏，俗曰“真花暂落，画树长春”②。然画仍有坏，诗写在上面不坏。太白已死，其诗亦非手写，集亦非唐本，而诗仍在，即是不灭，是常。纵无文字而其诗意仍在人心，“在智不增，在愚不减”。

释家主“直指本心，不立文字”、“即心即佛”③（《坛经》），然尚有心。

矛盾——调和

丑恶——美丽

虚伪——真实

无常——不灭

---

① 李白《清平调》三首咏牡丹，全诗如下：云想衣裳花想容，春风拂槛露华浓。若非群玉山头见，会向瑶台月下逢。（其一）一枝红艳露凝香，云雨巫山枉断肠。借问汉宫谁得似，可怜飞燕倚新妆。（其二）名花倾国两相欢，长得君王带笑看。解释春风无限恨，沉香亭北倚阑干。（其三）

② 庾信《至仁山铭》：“真花暂落，画树长春。”

③ “不立文字，教外别传；直指人心，见性成佛”，为禅宗之宗旨。“不立文字，教外别传”表现禅宗对于经教的态度，“直指人心，见性成佛”“即心即佛”则表现出禅宗对实践的主张。

佛家之《金刚经》可等于儒家之《论语》（可代表孔子整个思想）。（佛经只对“阿耨多罗三藐三菩提”一名词未说，译为中文乃“无上正遍知”。）“所言一切法者即非一切法”（《金刚经》），我可说什么不是什么，而绝不能说诗不是诗。不要以为矛盾外另有调和，丑恶外另有美丽，虚伪外另有真实，无常外另有不灭。所谓矛盾即调和，丑恶即美丽，虚伪即真实，无常即不灭，一而二，二而一。在人世间何处可求调和、美丽、真实、不灭？而调和、美丽、真实、不灭即在矛盾、丑恶、虚伪、无常之中。唐以后诗人常以为诗有不可言。此非“无上正遍知”。所谓风花雪月、才子佳人的诗人，所写太狭窄，不是真的诗。彼亦知调和、美丽、真实、不灭之好，而不知调和、美丽、真实、不灭即出于矛盾、丑恶、虚伪、无常。“诗三百”、“十九首”、魏武帝、陶渊明、杜工部，古往今来只此数人为真诗人。陶有《乞食》[①] 诗，而吾人读之只觉其美不觉其丑。

凡天地间所有景物皆可融入诗之境界。鲁迅先生说，读阿尔志跋绥夫（Artsybashev）[②] 作品《幸福》，“这一篇，写雪地上沦落的妓女和色情狂的仆人，几乎美丑泯绝，如看罗丹（Rodin）的雕刻”（《现代小说译丛·幸福》译者附记）。此乃最大的调和、最

① 陶渊明《乞食》诗，全诗如下：饥来驱我去，不知竟何之。行行至斯里，叩门拙言辞。主人解余意，遗赠岂虚来。谈谐终日夕，觞至辄倾杯。情欣新知欢，言咏遂赋诗。感子漂母惠，愧我非韩才。衔戢知何谢，冥报以相贻。

② 阿尔志跋绥夫（1878—1927），俄国白银时代颓废派著名作家。著有小说《沙宁》《狂人》《血痕》《幸福》《绝境》等，鲁迅称其作品为“被绝望包围的书”。

上的美丽、最真的真实、永久的不灭。

（四）“有我之境”与“无我之境”

静安先生说：

有有我之境，有无我之境。“泪眼问花花不语，乱红飞过秋千去”，“可堪孤馆闭春寒，杜鹃声里斜阳暮”，有我之境也。“采菊东篱下，悠然见南山”，“寒波澹澹起，白鸟悠悠下”，无我之境也。有我之境，以我观物，故物皆著我之色彩。无我之境，以物观物，故不知何者为我，何者为物。

静安先生云“有我之境”、“无我之境”，此语余不赞成。若认为“假名”尚无不可，若执为“实有”则大错。心是自我而非外在，自为有我之境，而无我之境如何能成立？盖必心转物始成诗，心转物则有我矣。

王先生讲无我之境，举陶诗“采菊东篱下，悠然见南山”（《饮酒二十首》其五）。不然。采谁采？见谁见？曰“采”、曰“见”，则有我矣。又举元遗山“寒波澹澹起，白鸟悠悠下”（《颍亭留别》），此二句似较前二句无我，然尚不能谓无我，“寒波”、“白鸟”，谁写？诗人写，诗人写则经心转矣，不然何以他人不写成诗？既曰无我，而谁见？既见则有我，无我则无诗。而若为“假名”则允许。

王先生之立此二名义者，以其觉得境界确分为心、物二者，故其所谓有我乃主观，无我即客观，故王先生讲无我，说：

以物观物，故不知何者为我，何者为物。

然此语矛盾。禅宗好说“败阙”，静安先生此处是大大的败阙。既曰“不知何者为我”，可见仍有我，唯不“知”而已。有而不知，非无也。自己矛盾。充其量言之不过客观而已，而纯粹客观绝不成立，亦“假名”，盖“无我”何来“客”？王先生好学深思，法尔如然，是学者，唯此语不圆满。以物观物，绝非客观。盖客观虽非个体，而根本不在全体中。客观但观察，而诗人应观察后还须下场进入其中，不可立于其外。客观亦非无我，无我何观？王先生所说“无我”绝非客观之意，乃庄子“忘我”、“丧我”之意。

《庄子·齐物论》有几句比《逍遥游》好得多：

枢始得其环中，以应无穷。

天下莫大于秋毫之末，而太山为小；莫寿乎殇子，而彭祖为夭。天地与我并生，而万物与我为一。

《庄子·逍遥游》是一篇序论，不能知，不能行。佛、孔、耶、老，皆尚有得其一点的，而吾人能得庄，知尚可，绝不能行。夫子其“不知而不以为知”①，道不可离，可离非道，故道必不难知。庄子之道则难知。道必求真、一，“余二则非真”（《法华

① 《论语·为政》：“子曰：由，诲女知之乎？知之为知之，不知为不知，是知也。”

经》)。庄子亦抓真、一，而庄子之道难知，难言玄言，善名理者亦不能通。

“枢”、“始”，或谓始亦枢。枢，中也，不偏。始，是一，先天，故始亦可为名词。“枢始得其环中”是心，“无穷”是物，得中执一，以应无穷，“譬如北辰，居其所而众星共之”(《论语·为政》)之意。“应”是呼应、应合，是“固然”，绝不矛盾。如此，则无我可通，乃物我混一，与其说不知，不如说不分。“以应无穷”者，即“天地与我并生，而万物与我为一”。“秋毫”、“太山”二句，即众相、非相之意，凡一切相皆是虚妄。所谓诗心，即“枢始得其环中”以为吾心，即“天地与我并生，而万物与我为一”。如：

> 落叶满空山，何处寻行迹。
> (韦应物《寄全椒山中道士》)

不说心，心在其中；无哀乐，而哀乐在其中。何者为我，何者为物？有我无我，皆不能成立，只可以万物与我为一解之。又如“有我”者：

> 秋气集南涧，独游亭午时。
> 回风一萧瑟，林影久参差。
> (柳宗元《南涧中题》)

韦应物“落叶满空山，何处寻行迹”二句可以“无我”为假名，此则有我。柳乃聪明且热中的人，凡此种人必多抵触，即今所谓矛盾，即佛法所谓“我执”。此种人我执最深。既曰我执，则必有对人、有对物，而与人、物又多有抵触。少年时碰钉子，我执的人最受不了，而其诗文以贬官后所作为佳，有点见道。柳子厚之游山水非闲情逸致，乃穷极无聊，如此则有我，而写得真好，只美不足以尽之，真是微妙。此时则我执化去。“独游”时尚有我执，至“回风”则将我执化去，此有我的诗而无我了。

王静安先生“有我之境”、“无我之境”不能成立，故不能自圆其说。盖王先生总以为心是心，物是物，故有“有我”，有“无我”。余则以为是心即物，是物即心，即心即物，即物即心，亦即非心非物，非物非心，必将心与物混合为一，非单一之物与心。余颇不以其无我之境为然，亦犹余之对新文学反对所谓“客观”者。文学上客观的描写是不可能的，终有“我”在。无我之境不能成立，无我，谁写出的作品？

然“无我”二字亦可用，唯很难。

im – personality　非我的

non – personality　无我的

诗人所写必与自己思想感情有关，何能无我？唯所写时，“非我”耳，不是我而非“无我”。老子“吾所以有大患者为吾有身”（《老子》十三章）——此为反面。庄子“吾丧我”（《庄子·齐物论》）——此为正面。如此讲，则“采菊东篱下，悠然见南山”虽是有我，而真是无我境界，是“非我”，我与大自然合而为一，我成为大自然的一分子，如中国山水画中之人，是“非我”，不画眉目，画人物确须与画山画水同，将人物自然化了。“无个性”，即是“无我”。孟浩然诗即“非我”，李白对孟真佩服，李白不成，一写“我”便出来了。“李白乘舟将欲行”，“我”的意识甚强。王维亦有“我”，而此“我”与自然同化。

《醉菩提》①，传奇②名，即《济公传》，讲道济和尚借色身而度世、仗痴癫而说法。诗人应不畏困苦艰难，非必花朝月夕始有诗，故曰“心转物则圣”。物，things，含义甚广，“物物而不物于物”（《庄子·山木》），支配物而不为物所支配。故济公拿华山龙说，上淋下□③比在床上躺着有意思。后之小诗人境界狭小，即因其为物所限，故不免狭小空虚。吟风弄月是诗，而诗不仅是吟风弄月。

零件之对全体，皆是相反而又相成。余之不赞成静安先生“无我”之说，非反对之，乃加补充、注解，恐学人不明白、有误会也。实则诗中似乎真有无我之境，如陶诗即近无我，老杜则“我执”太强，心与物摩擦愈甚，我执愈强。

18 世纪后期文人多写变态心理，人谓之“世纪末”，可译为“日暮途穷”、“倒行逆施”，世纪末乃法文 fin siècle。自文艺复兴而后至 18 世纪末成世纪末现象，人谓为文人之病态，曾有人作

---

① 传奇《醉菩提》，张大复著，敷演释道济故事。张大复（约 1554—1630），名彝宣，字心期，号寒山子，又号病居士，清初戏曲家。明末清初又有通俗小说《醉菩提》，由天花藏主人据宋元话本及戏曲、民间传说编次而成。

② 传奇，文体之名，原用以指称唐代文言小说，后又以指称明代戏曲。此处不明其所指，或指情节离奇之小说。

③ 原笔记此处缺一字。

《近代文人之病态》；又有人以为乃健康，作《近代文人之健康》。此病态之发生，即因物心摩擦过甚。若十指皆全无所谓，若忽然丢一个必留意之，因受伤而有指头之观念愈盛，丢失后然后知物之存在。庄子谓鱼在陆地“相濡以沫”，此时期之互助精神固可佩服，而实在太苦；“不如相忘于江湖”（《庄子·大宗师》），江湖中无所缺，自无须帮助。

西洋似乎不太留意无我，自我中心。中国曰心转物亦自我中心，而与西洋世纪末之自我中心不同。彼为矛盾，此为调和；彼为分离的，此为浑融的。“采菊东篱下，悠然见南山”（陶渊明《饮酒二十首》其五》）二句，曰“采”曰“见”，而物我混一。“若见诸相非相，即见如来”（《金刚经》），对。可讲之名词，不可认定其相，应看作“诸相非相”，不可死于句下。

（五）境界之由来

静安先生解释“无我”、“有我”二境界之何由来：

无我之境，人唯于静中得之；有我之境，于由动之静时得之。故一优美，一宏壮也。

（《人间词话》）

王氏确为学人，善体会，善思想，以除此之外更无别法，故曰“唯”！

所谓静，静始能“会”，静绝非死。说为佛法，绝非佛法。文学所谓静与佛所谓“如”、“真如”、“如如”、“如不动”同。而

“如不动”，非死，极静之中有个动在。王先生见得明、说得切，而学者不可死守“静”字。所有一切名词皆是比较言之，凡对的名词皆如此。不可抓住“静”字不撒手。

王先生讲“有我之境”，讲得真好。一个诗人必写真的喜怒哀乐，而所写已非真的喜怒哀乐。盖常人皆为喜怒所支配，一成诗则经心转，一“观”、一“会”便非真的感情了。喜怒时“有我”，写诗时“无我”，乃“由动之静”。如柳宗元游南涧诗《南涧中题》，诗即“由动之静时得之”，游时偶感是动，而写时已趋于静。

“有我”曰“由动之静”，难道“无我”便不可说“静中之动”吗？静中有东西。如王摩诘诗云：

高馆落疏桐。
（《奉寄韦太守陟》）

此可谓为无我之境，高馆是高馆，疏桐是疏桐，而用一“落”字连得好。此是静的境界而非死；若死，则根本无此五字诗矣，此静即静中之动。据说某人咏月自初一至三十，每日一首，共三十首，末二句：“却于无处分明有，恰似先天太极图。”① 诗并不好，而可断章取义即——“却于静中分明动，却于动中分明静”。

渔洋之“神韵”，沧浪之“兴趣”，有义而不具条目。静安先生所谓“境界”，则细目甚多：

---

① 清钱德苍《解人颐·超群集》：“潮阳苏福，年八岁，赋《新月》诗云：‘气朔盈虚又一初，姮娥底事半毫无。却于无处分明有，恰似先天太极图。’”

（一）内心（喜怒哀乐……）；

（二）外物（花月风雪……）；

（三）有我（以我观物）；

（四）无我（以物观物）。

“有我”不是无物，“无我”亦非纯物无我，故曰“观”。“无我之境，人唯于静中得之”，唯此一法别无他途。无我之“以物观物”，解释不通，非王先生观察、见解不透彻，即解释不切。王先生说无我之境于静中得之，所谓“静”，由静生“无我”。若于静中得静固然，而做学问不可如此。何以静？如日光七色一归于白，白是单纯，而有七色则非单纯。若但认为单纯的静不对，乃诸事物（连我亦在其中）之总合成为静。静是总名，境物中之一切事物为个体。欣赏静之我是否亦静中之个体？用世谛讲，以肉眼看，我亦为静之个体，但在诗学上或本着哲学来看则非。一切花鸟、建筑是静的个体，而我非静的个体。

佛说：

若有情若无情，若有生若无生。

佛以有情、无情对举，有意。人若亦为静之个体，则人与花草土木何异？人之为人者何在？何得有诗？人可以写“高馆落疏桐”，而“高馆”、“疏桐”绝不会说出此诗句。孟浩然之“微云淡河汉”亦然，乃“我”写出来的。盖我为有情，“高馆”、“疏桐”、“微云”、“河汉”为静之个体，可助成静，其能仅止助成而已，是无情。人则不然，人是有情，与高馆疏桐不同，不能列为静的个体之一。耳目五官助成脸面，而但认个体则无总合。人是静的总合，而非个体，故人列为“三才”之一，与天地并列；分，助成天地之个体，故说人是小天地；人与天地是合的，并非人之外另有天地，天地之外另有人，三者合一。

近代哲学树立下二名词（名义），一为宇宙观，一为人生观。宇宙观偏于静，人生观偏于动。实则中国之宇宙观即人生观，人生观即宇宙观，二者打成一片。故孟子曰：

> 万物皆备于我。
> （《孟子·尽心上》）

曰“皆备”，岂非万物与我合成一片？庄子之“万物与我为一”（《齐物论》），亦然。人处此万物之中，若不能领略欣赏，则根本无诗，此即庄子所谓“蓬心”（《逍遥游》）。有“蓬心”之人处世中，但觉麻乱，根本无诗，更不会写“高馆落疏桐”之句。

人有时损坏天地，有时亦帮助天地。庭院中有花始有生气。人之与宇宙即如家庭中之有儿童，园中之有花。无建筑花草，在野外星垂平野亦可成“静”，而无人则不成“静”。静中有生机，故不是死，死是无生机的。静中有动，非静中不得见高馆疏桐、微云河汉，然必须静中有动，始能写成诗。（而动与世俗之乱动不同。）如此释静始可补足王先生的话，如此则“无我”可成立。唯“无我”之“无”字易引起人误会，反是庄子之“丧我”较恰，丧非无。“楚人遗弓，楚人得之”（《说苑·至公》），我虽失弓，而弓自在。然“丧我”之“丧”字仍太重，太着痕迹，不如庄子又说之“忘我”较圆满，忘亦非无。(事做过忘了，而的确做过。)与其用“无我”，不如说“忘我”。我与万物为一，与天地一体，故“采菊东篱下，悠然见南山”，曰“采”曰“见”而归入无我，实为忘我。必须恬静宽裕始能成为大诗人，小诗人是真诗人而绝不能大。小器非不成器，如《论语》曰：“管仲之器小哉！”(《八佾》)大诗人上下与天地同体，而万物皆备于我，诗人之心无不覆、无不载，岂非宇宙观与人生观混而为一？故人是静的全部，而非助成静的个体。

(六)“动”与“静”

诗法虽非出世法（佛法），然亦非世法。佛于肉眼外有慧眼、佛眼、天眼、法眼，共五眼。吾人读诗亦须有诗眼、具诗心。

静安先生言：“无我之境，人唯于静中得之；有我之境，于由动之静时得之。”王先生建立此二名义必有含义。其实，名义之定立甚难，多为比较的，而非绝对的。

佛说：

于法不说断灭相。

(《金刚经》)

佛教自称为正教、大教，称婆罗门为外道，婆罗门中亦出过圣贤，而说法有时有断灭相。佛所谓空乃实有，静乃真如，真如是生而非死。王先生所谓“无我之境于静中得之”，近于禅家所谓空。禅家所谓空非顽空，王先生所谓静非死静，即静中有动之静。以图示则：

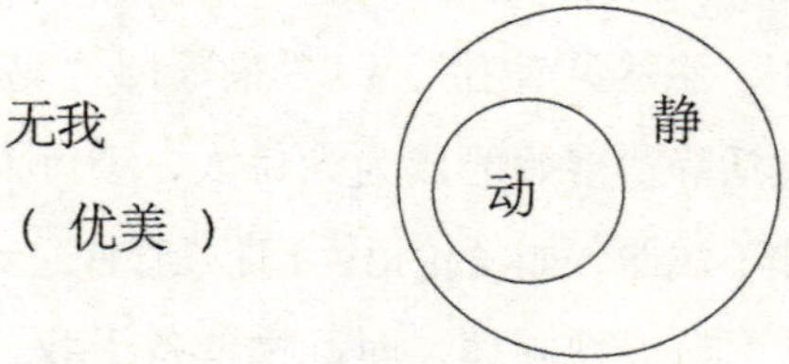

魏文帝《与吴质书》“乐往哀来，怆然伤怀”即静中之动，鲁迅先生说“听到静的声音”亦静中之动。非静不能写出“微云河汉”、“高馆梧桐”之句，然静中无动亦不能写成诗。如“熏风自南来，殿阁生微凉”（柳公权《夏日联句》），亦此境界。

所谓动、静，非世俗之动、静，动中有静，静中有动，非绝对的动、静。静：酝酿，长养。长使其生，养使其大。酝酿是发酵之意。如发面，亦酝酿，静中之动。本动、静归到王静安先生有我、无我境界。如杜工部之“暗飞萤自照”（《倦夜》），即静中之动，曰“飞”曰“照”，不言寂寞而寂寞自见，因动益见其静。如冬夜之闻梆声自远而近，自近而远，是动，而愈显其静。鲁迅先生小说《示众》（收入《彷徨》）写夏天之正午，简直是诗的描写：

火焰焰的太阳虽然还未直照，但路上的沙土仿佛已是闪烁地生光；酷热满和在空气里面，到处发挥着盛夏的威力。……但是，自然也有例外的。远处隐隐有两个铜盏相击的声音，使人忆起酸梅汤，依稀感到凉意，可是那懒懒的单调的金属音的间作，却使那寂静更其深远了。

其写夏午阳光能转烦恼成菩提，与“熏风自南来，殿阁生微凉”不同，此诗虽好，然非就夏写热，乃写凉；鲁迅先生《示众》乃就夏写热，热中有凉。铜盏声响是诗。城市中是动，鲁迅先生把它写成静，静中又有动，因动益显其静。

王先生谓“有我之境，于由动之静时得之”，动趋于静时而成诗，静中益显其动。以图示则：

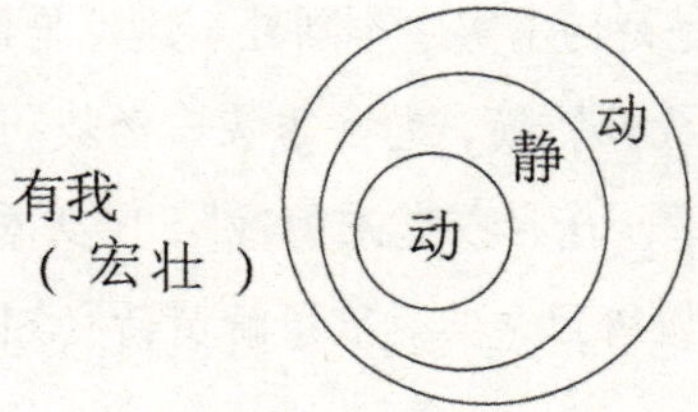

心若慌乱，绝不能作诗，即作亦绝不深厚，绝不动人。如黄仲则其《两当轩集》有诗云：

寒甚更无修竹倚，愁多思买白杨栽。
全家都在风声里，九月衣裳未剪裁。
（《都门秋思》）

结束铅华归少作，屏除丝竹入中年。
茫茫来日愁如海，寄语羲和快着鞭。
（《绮怀十六首》其十六）

此二诗前首“寒甚更无修竹倚”句，用杜诗“天寒翠袖薄，日暮倚修竹”（《佳人》）；“愁多思买白杨栽”句，用《宋书·萧惠开传》[①]；后二句用《诗经·豳风·七月》“无衣无褐，何以卒岁”。用典应如此，虽不知典而亦知其好。黄之处境甚可怜，而写出如此之诗。单就这四句与放翁“箧有吴笺三百个，拟将细字写春愁”（《无题》）二句比，黄比陆高。“因”是一个，都是愁；而“缘”不同，陆之缘小、狭，黄则缘比陆广。事实上“无修竹”，而诗中明明“有”；“白杨”亦“无”，而“思买白杨”白杨就“来”了，这就是诗与事实之不同处。这点是诗人与上帝争权的地方。而“寒甚更无修竹倚，愁多思买白杨栽”与放翁二句都寒酸；“全家都在风声里，九月衣裳未剪裁”，更寒酸。次首末句用古代神话羲和驾六龙以御日之典。欲了解黄诗必知此[②]，此静安先生所谓“隔”。

二诗前两句是象征。诗归于一本，此本即孔子所谓“兴”，近世所谓“象征”，即此物非此物。如“十”有神圣之意，“卍”有佛之意（善、德、全）。此即为象征，其意甚深且多，包罗万有，一言难尽。看诗应如此看。黄非大诗人，而有诗之天才，其“修竹”、“白杨”皆象征，此即非以世眼看，非世法；次首之“铅华”、“丝竹”亦象征，乃去兴奋而入平静。初读诗之人易受此种诗传染、感动，即因其静的功夫不够。不必举王、孟之“高馆”、

---

① 《宋书·萧惠开传》：“惠开素刚，至是益不得志，寺内所住宅前，有向种花草甚美，惠开悉划除，列种白杨树。每谓人曰：‘人生不得行胸怀，虽寿百岁，犹为夭也。’”

② 此，即指使事用典。

“微云”，即老杜之：

竹凉侵卧内，野月满庭隅。
重露成涓滴，稀星乍有无。
暗飞萤自照，水宿鸟相呼。
万事干戈里，空悲清夜徂。
（《倦夜》）

较之如何？稍具眼者，高下立分。此诗不隔，令人一读如见老杜之生活，每每颠沛而此夜暂停，寂寞恨更长，字句上稳且厚。味固重鲜，而鲜味最不持久，如梨与苹果。梨，到口痛快，而苹果味长。老杜最偏于动，而此首极稳，即静中之动达于极点。吾人从此看出老杜功夫，非以毛躁心情写出。黄则以伤感心情写出。勉强并论，可见其静、动功夫。老杜乃静中之静，细中之细；黄则细中之粗。曰“细”、曰“静”，而此中有酝酿、发酵，非绝对静。诗之所以推盛唐，亦因太平时代人容易用静的功夫，故质量俱优。英国则维多利亚朝（Victorian Age），诗人最多，且各有各的好处，即因此朝乃英国政治最昌明、最太平时期。而老杜身经天宝之乱，非静，而乱后写出的诗仍是静。如前诗《倦夜》虽在乱中写，而有“暗飞萤自照，水宿鸟相呼”二句，其静乃是动中之静。老杜之生活在乱中能保持静，在静中又能生动而成诗。（人说老杜没情操，即因其有时有情操，而不能保持。）在“万事干戈里，空悲清夜徂”的境遇里不能写出诗来。“暗飞萤自照，水宿鸟相呼”，真好，眼之所见即耳之所闻，好像天地之间只有“萤”和

“鸟”，但一切痛苦皆在其中。

动中之静，是诗的功夫；静中有动，是诗的成因。陶诗如：

> 饥来驱我去，不知竟何之。
> （《乞食》）

此既动中有静而静之中又有动。虽乞食中心不乱，所谓动中静也；写出诗，可为静中动也。如大将出征，心不可乱，然后攻守始能得法，始可言战。人之生活是苦，而我们要能担荷，或者解脱。

静安先生又谓：无我之境优美，有我之境宏壮。有我之境既曰宏壮，故其气象海立云垂。李、杜之异于上古，即因其宏壮（动），海立云垂，龙跳虎卧。李、杜皆如此，故老杜能了解太白之诗，曾赠以诗曰：“痛饮狂歌空度日，飞扬跋扈为谁雄。”（《赠李白》）。曰“飞扬跋扈”岂非动？然此动的诗亦须有静的观察，静中功夫。

理学家所谓静中功夫，学诗亦为必需。向外为观察，向内为体会，然后再发挥，至发挥则非静矣。因此：

> 静，不是动，而静中有动
> 动，不是静，而动中有静

狂喜极悲时无诗，情感灭绝时无诗，写诗必在心潮渐落时。盖心潮最高时则淹没诗心，无诗；必在心潮降落时，对此悲喜加以观察、体会，然后才能写出诗。

动、静是一而二、二而一，如白乐天之《琵琶行》，自“转轴拨弦三两声”至“四弦一声如裂帛”一段，写弹琵琶声，弹是动，故其所写，亦有宏壮处，如“银瓶乍破水浆迸，铁骑突出刀枪鸣”二句。中国画画印象（写生画画实物），出而观，归而画，静中有动，动中有静。

故有我、无我不能分；然则动、静根本不能成立。

知·觉·情·思

冯文炳（废名）有《谈新诗》[①] 一文，文中主张新诗与旧诗不应只是形式的不同，乃内容的不同，谓旧诗中往往有诗的散文，如黄山谷“俯仰之间已陈迹，暮窗归了读残书”（《池口风雨留三日》），又如义山“历览前贤国与家，成由勤俭败由奢”（《咏史》）、牧之“江东子弟多才俊，卷土重来未可知”（《题乌江亭》）。[②] 如上所举，实则皆非纯诗。牧之二句较义山二句富于音乐性，故似诗。山谷则以文为诗之祖，苏、辛以文为词。

废名主张新诗要有新诗的境界，而又无确切界说。余以为，诗可以禅宗语解之：

---

① 《谈新诗》，为冯文炳20世纪30年代于北京大学国文系开设现代文艺课之讲义，共12章，后由其学生黄雨君编订，1944年列为艺文社“艺文丛书五”，由北平新民印书馆发行。

② 《谈新诗》第一章讨论胡适《尝试集》，冯文炳指出：“我以为新诗与旧诗的分别尚不在乎白话与不白话，虽然新诗所用的文字应该标明是白话的。旧诗有近乎白话的，然而不能因此就把这些旧诗引为新诗的同调。”《谈新诗》第三章《新诗应该是自由诗》一文中，冯文炳指出：“如果要做新诗，一定要这个诗是诗的内容，而写这个诗的文字要用散文的文字。已往的诗文学，无论旧诗也好，词也好，乃是散文的内容，而其所用的文字是诗的文字。我们只要有了这个诗的内容，我们就可以大胆地写我们的新诗，不受一切的束缚，‘不拘格律，不拘平仄，不拘长短；有什么题目，做什么诗；诗该怎样做，就怎样做’。我们写的是诗，我们用的文字是散文的文字，就是所谓自由诗。”

若也会得，便甜瓜彻蒂甜；若也不会，便苦瓠连根苦。

（天衣义怀禅师语）①

直饶有倾湫之辩、倒岳之机，衲僧门下一点用不着。

（尼妙道禅师语）②

“会”，天下无一事一物非诗；“不会”，看天下无一事一物是诗。在城市中看不出诗；在风月场中也依然是门外汉，看不出诗。“微云淡河汉”（孟浩然语）、“悠然见南山”（陶渊明《饮酒二十首》其五），究竟说什么？真是“蚊子上铁牛，全无下嘴处”（药山惟俨禅师语）。

诗，本不可说。“父母所生口，终不为子说”、“我若说似汝，汝已后骂我去”、“莫道无语，其声如雷”（沩山禅师语）③。一切

① 《五灯会元》卷十六记载天衣义怀上堂说法：“表萝夤缘，直上寒松之顶。白云淡泞，出没太虚之中。何以南山起云，北山下雨。若也会得，甜瓜彻蒂甜；若也不会，苦瓠连根苦。”

② 妙道禅师，黄裳之女，大慧宗杲之弟子，宋代著名女禅师。《五灯会元》卷二十载：“（妙道）开堂日。乃曰：‘问话且止。直饶有倾湫之辩、倒岳之机，衲僧门下一点用不着。’”

③ 沩山禅师（771—853），名灵祐，唐代著名禅师，沩仰宗创始人。《五灯会元》卷九记载：香严智闲参沩山“父母未生时，试道一句看”，竟不能得，乃自叹曰：“画饼不可充饥。”屡乞沩山说破，山曰：“我若说似汝，汝已后骂我去。我说底是我底，终不干汝事。”卷十三记载洞山良价与沩山事：“（洞山）师曰：‘某甲未明，乞师指示。’沩竖起拂子曰：‘会么？’师曰：‘不会，请和尚说。’沩曰：‘父母所生口，终不为子说。’”卷三记载：“少间，沩山问侍者：‘师叔在否？’曰：‘已去。’沩曰：‘去时有什么语？’曰：‘无语。’沩曰：‘莫道无语，其声如雷。’”

现成，更教谁“会”？如人饥时吃饭，吃下受用便得。

虽说什么“卓拄杖下座，一时打散”[1]，然山僧[2]事不获已，不免再起一番葛藤[3]。(然自救不了，遑论救人?)

诗要有：(一）知；(二）觉；(三）情。

有人以为宋诗说理，唐诗不说理，故宋不及唐。此语不然。如陶诗亦说理而好，是诗。南泉说禅“不属知，不属不知”（《景德传灯录》卷八)。小孩子拿诗念，然写不出诗。可见不知不成，仅知亦不成。宋有诗学（知)，而不见得有诗。花本身是诗，然无知写不出诗。人有知故能写花，然但有知不成，须有知且有觉。

知是理智的，觉是感官。如李义山：

历览前贤国与家，成由勤俭败由奢。
(《咏史》)

二句但是知，故不能成为好诗。必须有感，始能成诗。如：

风里杨花虽未定，雨中荷叶终不湿。
(苏东坡《别子由兼别迟》)

---

① 《古尊宿语录》卷二载黄檗禅师事：“师上堂，大众才集，师拈拄杖一时打散。”

② 山僧，此为顾随先生自称。

③ 葛藤，佛禅用语，禅宗多以执着于言语解说而不能直捷见性者为葛藤。禅宗以“顿悟”为上，故有“打葛藤”之说。

虽不好而是诗。二句写自己环境及立身，出发点亦理智。又如：

荷尽已无擎雨盖，菊残犹有傲霜枝。
一年好景君须记，最是橙黄橘绿时。
（苏东坡《赠刘景文》）

“荷尽已无擎雨盖”与上所举“雨中荷叶终不湿”同义，比义山之“历览前贤”二句佳，在知外有觉。东坡本领即在“雨中荷叶终不湿”等句，有感觉。“一年好景君须记，最是橙黄橘绿时”二句，比“荷尽已无擎雨盖，菊残犹有傲霜枝”更似诗，盖前二句尚有知，而后二句只是觉。可见只有知，不能成诗；能成诗，亦须觉动之。但有觉倒能成好诗，如韩偓《香奁集》中“手香江橘嫩，齿软越梅酸”（《幽窗》）二句，没意义，可是好。

理智是冷静的，感觉是纤细的，情是温馨或热烈的。

老杜“浮云连阵没，秋草遍山长”（《秦州杂诗二十首》其五）中有感觉；“风吹草低见牛羊”（北朝乐府《敕勒歌》）亦妙在感觉。觉的结果常易流于欣赏。欣赏原是置身物外，而又与物为缘。矛盾中得到调和即是欣赏，其根在觉。“浮云连阵没，秋草遍山长”，无马，不是马，然就是马。而但注意纤细的感觉又常流入浮而不实，出而不入。老杜也能欣赏，然另有东西，长于入，短于出，然非不能出。如写无寐：

暗飞萤自照，水宿鸟相呼。
（《倦夜》）

然老杜之与众不同，仍不在此而在情：

浮云连阵没，秋草遍山长。
闻说真龙种，仍残老辅骊。
哀鸣思战斗，迥立向苍苍。

情如火燃烧、江澎湃，回肠荡气。而后人之诗都不成，是否冷静的头脑及锐敏的感觉破坏了热烈的情？后人诗学、诗才都有，而往往没有诗情。普通把回肠荡气看成喊、豪气，而老杜不是豪气是真情。老杜此首五律非无“知”，因此乃其人生观。人只要有一口气在，便当努力去生活。对自己不要太骄（娇）纵，太骄（娇）纵必无成就。而老杜人生观甚严肃，此在中国诗人、思想家中不多见。老杜此首五律亦非无感，“迥立向苍苍”，形色、音色皆好。若感觉不锐敏，何能如此？长吉之“洞庭明月一千里，凉风雁啼天在水”（《帝子歌》），此诗句有感而无情；“露压烟啼千万枝”（《昌谷北园新笋四首》其二），有姿态而无情。

情莫切于自己，然而一大诗人最能说别人，说别人即说自己，说自己即说别人。老杜写马即把马的情写出，写马亦即写自己。

惆怅东栏一株雪，人生看得几清明。
（苏东坡《东栏梨花》）

有人以此为东坡好诗，其实，此情感诗人写者太多了，太成熟。东坡“风里杨花虽未定，雨中荷叶终不湿”二句较此生硬。

诗自然是成熟好，而与其那样成熟，反不如生硬。要在普遍中找出特别。

以上所说是诗前之功夫、诗的来源，如此方能开始写诗。（如不写诗，学道亦成功——闲时置下忙时用。）

成诗前——诗的来源：知、觉、情。

成诗后——诗的成分：觉、情、思。

觉⟶情⟵思

诗中最要紧的是情，直觉直感的情，无委曲相。无论何情，皆然。学禅的人要想多情少，理智胜过情感。佛讲慈悲，基督讲爱，孔子讲仁，若谓无情，何有慈悲仁爱？是学道亦由情而发，菩萨，觉有情。可见学道亦以情为本，何况学文、学诗？

采菊东篱下，悠然见南山。

（陶渊明《饮酒二十首》其五）

树树皆秋色，山山唯落晖。

（王绩《野望》）

微云淡河汉，疏雨滴梧桐。

（孟浩然句）

如何得与凉风约，不共尘沙一并来。

（陈简斋《中年道中二首》其二）

……

一切有情，若无情便无诗了。河无水曰干河、枯河，实不成其为河。有水始可行船润物；然若泛滥而无归，则不但不能行船润物，且可翻船害物。诗中之情亦犹河中之水，旧诗“泛滥”不起来，新诗易“泛滥”，词比旧诗易“泛滥”。

天地间无不可成诗的，只看你怎么写。如一新诗写遇雨，友人曰：

好雨！好雨！哈……哈……哈……

这也是诗，只是写得不好，嚷起来了。旧诗格律严，嚷不起来，南宋刘后村有词曰：

叹年光过尽，功名未立，书生老去，机会方来。使李将军，遇高皇帝，万户侯何足道哉。

（《沁园春》）

后村诗不够调，这样的词简直不是诗。禅宗语曰：

郁郁黄花，无非般若（智慧）；青青翠竹，皆是菩提

（觉有情）。

对是对的，而在禅宗中已失去效力，在诗中则新鲜有力。一切皆可成诗，就怕写不出来；写不出来嚷出来也不成。

思，思想。思想不是构成文学的唯一要素，而是要素之一。若义山“成由勤俭败由奢”句，不是思想，是格言。思想是生活经验的反响（回声），生适经验是向内的，反响是向外的。义山二句是化石的、凝固的、死的，没有生活经验的回响。思想要经过一番发酵，生出一种东西，否则只是因袭传统。诗的思想不是格言，格言只是格言，是凝固的，是化石，不是诗。如：

传家有道唯存厚，处世无奇但率真。

原是好话，有诗味，而化石了，不生反响。化石了，打一下顶多痛一下，痛过了便忘。经过感情的发酵，有反响，如此思想方为诗中思想，方可成为文学内容，而发酵一半在人，一半在已。

而生活经验的发酵与凝固的化石，究竟有何区别？思想要经过感情的渗透、过滤，其渣滓是化石，故思想皆要有感情的色彩，否则只是化石的传统格言而已。陶渊明“种豆南山下”（《归园田居五首》其三）一诗的思想，真是经过感情的渗透。陈后山《丞相温公挽词》（其二）云：

时方随日化，身已要人扶。

这是思想，但不可为诗之内容，以其未经过感情之渗透，是凝固的化石。陈简斋的诗句：

归鸦落日天机熟，老雁长云行路难。

（《十月》）

这样的诗是有思想的，而简斋写得并不好，不是十分好诗。以“天机熟”解“归鸦落日”，以“行路难”解“老雁长云”，是心到物边，物上心来，只可惜心物没有“一如”，上句太硬，下句太熟滑。又有诗云：

天机衮衮山新瘦，世事悠悠日自斜。

（《次韵周教授秋怀》）

这种诗皆是表现思想，后一联“天机衮衮山新瘦”句较前一联“归鸦落日天机熟”句好。简斋对山谷、后山有变化之意，虽经感情，渗而未透，滤而未过。

若但凭感觉、无思想，易写得浮浅，流于鄙俗，故“觉”亦要经过感情的渗透、过滤。

以情为主，以觉、思为辅，皆要经过情的渗透、过滤。否则，虽格律形式是诗，而不承认其为诗。人有感觉、思想，必加以感情的催动，又有成熟的技术，然后写为诗。

诗中觉、情、思之外，又有景、致。景、致决定于情、思。

景——物，除非无心，非心，否则非“情”即“致”、即

“思”。

“池花对影落，沙鸟带声飞”（陈恭尹诗句）①，此纯为景；放翁诗句“古砚微凹聚墨多”（《书室明暖终日婆娑其间倦则扶杖至小园戏作长句》），此乃“致”语。

纯景语难作，普通所写多景中有人，景中有情。曹子建有句“明月照高楼”（《七哀》），大谢有句“明月照积雪”（《岁暮》）。大谢句之好恐仍在下句之“朔风劲且哀”；犹小谢之“大江流日夜”（《暂使下都夜发新林至京邑赠西府同僚》），纯景语而好，盖仍好在下句之“客心悲未央”，以“大江流日夜”写“客心悲未央”。《诗经》“杨柳依依”（《小雅·采薇》）好，还在上句“昔我往矣”。

王维诗：

漠漠水田飞白鹭，阴阴夏木啭黄鹂。

（《积雨辋川庄作》）

或曰此原用六朝诗②：

---

① 陈恭尹（1631—1700），字元孝，初号半峰，晚号独漉子，清初著名诗人，与屈大均、梁佩兰并称“岭南三大家”，有《独漉堂集》。

② 唐李肇《唐国史补》卷上：“维有诗名，然好取人文章嘉句。‘行到水穷处，坐看云起时’，《英华集》中诗也；‘漠漠水田飞白鹭，阴阴夏木啭黄鹂’，李嘉祐诗也。”宋魏庆之《诗人玉屑》卷六：“唐人记‘水田飞白鹭，夏木啭黄鹂’为李嘉祐诗，摩诘窃取之，非也，此两句好处正在添‘漠漠’、‘阴阴’四字。此乃摩诘为嘉祐点化，以自见其妙，如李光弼将郭子仪军，一号令之，精彩数倍，不然嘉祐本句但是咏景耳，人皆可到。”自李肇以“水田飞白鹭，夏木啭黄鹂”归之李嘉祐，后世多从之，然李嘉祐集中并无此诗句，或为六朝诗句。

水田飞白鹭，夏木啭黄鹂。

而试问，此十字多死，“水田飞白鹭”必加“漠漠”，“夏木啭黄鹂”必加“阴阴”。“漠漠水田飞白鹭”是一片，“阴阴夏木啭黄鹂”是一团；上句是大，下句是深；上句明明看见白鹭，下句可绝没看见黄鹂。景语如此，已不多得。杜甫诗句：

无边落木萧萧下，不尽长江滚滚来。
（《登高》）

说“落木”心不在落木，说“长江”心不在长江，如此说只是“催眠”，使读者动情。“漠漠”、“阴阴”二句，近于纯写景；“萧萧”、“滚滚”二句，纵使不是写情，也是见景生情。“漠漠”、“阴阴”是感，“萧萧”、“滚滚”是引起情来。何以前面说“漠漠”句是大、“明明”句是深，便因是感。

“池花对影落，沙鸟带声飞”，老实而不好。有本事的“坏人”比没本事的“好人”可爱得多。能叫人想的，未必是好的。《聊斋志异》里有一段写杀头，一刀砍下，人头落地，犹旋转而大叫曰：“好快刀！”① 就是引起人的感，无情思可言。吃冰激凌、喝汽水，

① 《聊斋志异·快刀》：“明末，济属多盗。邑各置兵，捕得辄杀之。章丘盗尤多。有一兵佩刀甚利，杀辄导窾。一日，捕盗十余名，押赴市曹。内一盗识兵，逡巡告曰：‘闻君刀最快，斩首无二割。求杀我！’兵曰：‘诺。其谨依我，无离也。’盗从之刑处，出刀挥之，豁然头落。数步之外，犹圆转而大赞曰：‘好快刀！’”

只是一时快感，无后味。真正景语难写，易成照相机，死的了。创作必须有余味。

放翁诗句“阿弟贪书下学迟，独拣诗章教鹦鹉”（《东吴女儿曲》），致语，似词。“独拣诗章教鹦鹉”，无聊之聊，其为无聊深矣。诗中若无人，至少要有事，始能成致。“独拣诗章教鹦鹉”这种女性实是悲哀，而放翁所写只有致，并不表现哀乐。

杂谭诗论

杂谭诗境

一　神秘与玄妙

中国文学神秘性不发达。

中国文学发源于黄河流域，水深土厚，有一分工作得一分收获。神秘偏于热带，如印度、希腊。西洋大作家的作品皆有神秘性在内，而带神秘色彩之作品并不一定为鬼神灵异妖怪。如中国《封神榜》之类，虽写鬼神而无神秘性；但丁（Dante）《神曲》、歌德（Goethe）《浮士德》亦写鬼神灵怪，则有神秘性。中国作品缺少神秘色彩，带神秘色彩的作品乃看到人生最深处。看到人生最深处可发现“灵”，此种灵非肉眼所能见，带宗教性，而西洋有宗教信仰，看东西看得“神”。中国则少宗教信仰，近世佛教已衰，而宗教之文学又不发达。中国佛教虽有一时“煊赫”，而表现在文学中的不是印度式极端的神秘，而是玄妙。

中国人之实际生活加上佛教思想即成为玄妙。

玄妙、神秘，二名词不同，神秘是深的，而玄妙不必深。神秘并非跳开人生之神秘，而是在人生中就有神秘。旧俄时代大小说家安特列夫（Andreev）之《红笑》《七个被绞死者》（《红笑》写日俄战争死人多之惨，《七个被绞死者》写七个犯罪人的事。均无好译本）、朵思退夫斯基（Dostoyevsky）之《罪与罚》[①]（译本好）写到人生深处之灵。契柯夫（Chekhov）小说虽平易而亦有神秘性。佛教之涅槃亦神秘，而传到中国来后皆变为玄妙。

神秘是人生深处，玄妙则超出人生到混沌境界，二者有出入之别。

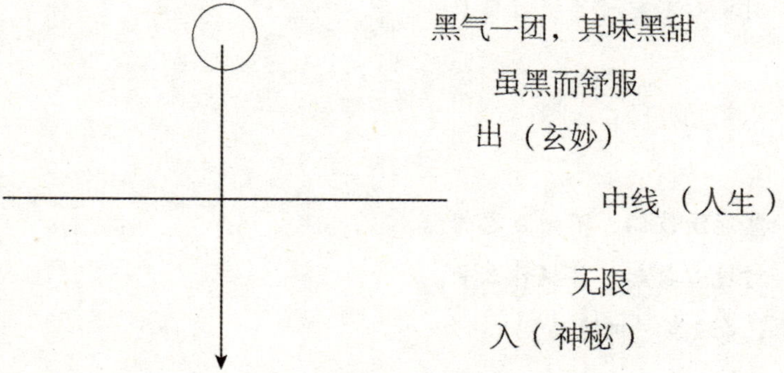

神秘之发展无限，而尚在人生内；玄妙则跳出人生，宁置生命于不顾而仍吸毒，其乐亦黑甜[②]之乐。中国人无抵抗麻醉之力，中国喜近麻醉，诗是麻醉。玄妙近于涅槃。而涅槃究为何物？何以僧死曰涅槃？实则涅槃乃佛家最高境界，是寂，而绝不是死，中有生机。（此即中国诗之好处。）实则说生机并不太恰，应说

① 《罪与罚》，主要叙写大学生拉斯柯尔尼科夫犯罪及随后所受到的道德与良心上的惩罚。

② 俗谓睡为黑甜，后因称睡梦中的境界为“黑甜乡”。

“寂”，中有“真如”①。释参寥②《席上赠妓》云：

禅心已作沾泥絮，不逐东风上下狂。

禅最忌此语，此乃魔道，但有“寂”，无“真如”。又曰“心如枯木死灰”，此恶得有禅？六祖曾闻卧轮言③：

卧轮有伎俩，能断百思想。
对境心不起，菩提日日长。

六祖乃亦曰：

慧能没伎俩，不断百思想。
对境心数起，菩提作么长。
（《坛经·机缘品》）

卧轮乃死禅，心不起菩提，何得长？六祖则长菩提作么，然后得大自在。卧轮“断”，则使力；六祖不用力，故能得大自在。

诗原为静，而写静最难。韩愈《山石》写夜：

---

① 真如，佛教术语，意指不变之真理或本体。

② 道潜（1043—1102），字参寥，北宋著名诗僧。与苏轼诸人交好，有《参寥子诗集》。

③ 卧轮，生平与师承无可考，《景德传灯录》卷五仅记：“卧轮者，非名即住处也。”六祖，唐代高僧惠能（638—773），禅宗第六代祖师。《坛经》为其传法记录，其中有载六祖救卧轮之偈一段公案。

夜深静卧百虫绝。

此亦卧轮之禅也。金圣叹写夜的诗：

夜久语声寂，萤于佛面飞。
半窗关夜雨，四壁挂僧衣。
（《宿野庙》）

此则近于涅槃。钱起《湘灵鼓瑟》：

曲终人不见，江上数峰青。

此一句亦涅槃，是静，不是死。而此种境界距离人生甚远。西洋宗教有两种，一为积极救世精神；一为隐士，居深山沙漠，白鞭自击，乃救己。一救人，一救己，二而一者皆积极，而出发点皆人生。公教①讲“永生”，肉体是暂时，灵魂是永生。涅槃是“无生”，而无生绝非不生，更非死。

中国诗自受佛教影响后，其最高境界欲了解之必懂涅槃。这也影响到人的生活，且后人有感情、有思想者多走此路，是个人之“法喜”，即西洋宗教之 ecstasy。在个人说起来，如此未尝不好；而在整个民族中，人若皆超出现实，另筑空中楼阁，则不好。

① 公教，即天主教，基督教主要宗派之一。

"楼台七宝起天外，一把尚无茅盖头"，茅盖头，茅屋也，此佛家语。凡人入玄妙境界者多如此。

世法——常法，出世法——佛法。若以世法为非诗法，出世法为诗法，此种出世法影响国家，故中国民族不振。就世法看，不可；而就诗法看，则此种境界真不得不谓之玄妙。神秘，深说是无限，而实则有限。文字笔墨所表现是有限的，故中国诗最怕意尽于言，没有余味。西洋作品虽深而无余味。

中国玄妙境界没法讲，一讲就不对，可多读禅宗和尚语录。若弟子问佛法是什么，其师必答"不是什么"，绝不可说"是什么"，故涅槃是寂而不是寂，有生机而非生机；故义玄禅师曰"西来无意"①；赵州和尚曰"庭前柏树子"②，非神秘，是玄妙。钱起的诗：

曲终人不见，江上数峰青。

曲、人、江、峰，是实物，而凑在一起，神秘。峰是否人？江是否曲之余音？是欲再见其人还是不见？是否有一点悲哀？是，又不是；也不是西洋所谓对比，乃玄妙。韦应物的诗句：

---

① 义玄禅师（？—867），唐代高僧，禅宗临济宗创始人。《临济语录》为其传法记录，其中记载："问：'如何是西来意？'师云：'若有意，自救不了。'云：'既无意，云何二祖得法？'师云：'得者是不得。'"

② 《赵州禅师语录》记载："时有僧问：'如何是祖师西来意？'师云：'庭前柏树子。'学云：'和尚莫将境示人。'师云：'我不将境示人。'云：'如何是祖师西来意？'师云：'庭前柏树子。'"

落叶满空山，何处寻行迹。
（《寄全椒山中道士》）

是悲哀，还是什么？是超脱，单为一种境界，跳出人生。

中国诗人自六朝后，受佛教影响，好诗多走此路（指跳出人生）。诗人之讲锤炼者，多不懂佛法。王、孟、韦、柳四人，皆入禅理甚深，其好诗皆走此路。

二　恐怖

恐怖也是一种诗境，而中国诗写此境界、情调者极少。西洋有人专写此境界，如法国恶魔派诗人波特来尔（Baudelaire），写死亡之跳舞，但写的是诗。

恐怖是一种诗情。人对没经验过的事，多怀有又怕又爱的心理，故能有诗情。但此种诗情在中国诗歌中缺少发展。大诗人不写此。

唐人《博异志》[①] 载诗一首：

耶娘送我青枫根，不记青枫几回落。
当日手刺衣上花，今日为灰不堪看。

此为鬼诗，唐人笔记多写此，但这首诗并不恐怖。纪晓岚《阅微草堂笔记》亦载有诗句，云：

---

① 《博异志》，唐人传奇集，旧本题唐谷神子还古撰，不著姓氏。

夜深翁仲语，月黑鬼车来。

（《如是我闻》三）

此亦为鬼诗，恐怖，使人受不了，但还不恶劣。又如黄仲则《点绛唇》：

鬼灯一线，露出桃花面。

或谓为凄绝。什么凄绝？简直是恶劣。

孟浩然诗句：

野旷天低树，江清月近人。

（《宿建德江》）

是荒凉，但是不恐怖，经过美化了。这两句是冷落。李义山诗：

夕阳无限好，只是近黄昏。

（《登乐游原》）

两句是悲哀。但读此“夕阳”二句，总觉得爱美情调胜过悲哀。

三　伤感

涅克拉索夫（Nekrasov）说：

争斗使我不能成为诗人，诗歌使我不能成为战士。

（《致济娜①》）

涅克拉索夫，北欧作家，他不但是奋斗且是战斗精神。挣扎是奋斗，不是战斗，揭穿社会黑暗的人类挑战是战斗。

易卜生（lbsen）说：

我不是为妇女运动而写妇女问题的剧，我是写我自己的诗。②

又说：

最孤立者是最强者。

（《人民公敌》）

斯提尔纳说：

I am my own God.（我是我自己的上帝。）

中国中正和平、温柔敦厚，没有歌咏战斗的作品，全民族亦缺乏战斗精神。中国的诗缺少筋骨，肉太多。《离骚》比“诗三百

---

① 济娜，又译津娜，涅克拉索夫之妻，原名费克拉·阿尼西莫芙娜·维克多洛娃。

② 此语出自易卜生 1898 年 5 月 26 日出席在克里斯蒂阿尼亚（即今奥斯陆）举行的挪威女权同盟庆祝会上的讲话。

篇”有点奋斗、战斗精神，“路曼曼其修远兮，吾将上下而求索”，“三百篇”无此等句子。《离骚》固有奋斗精神，而太有点伤感。诗有伤感色彩乃不可避免，盖伤感性乃诗之元素之一，占多少，今尚难说。

渭城朝雨浥轻尘，客舍青青柳色新。
劝君更尽一杯酒，西出阳关无故人。
（王维《渭城曲》）

Pure poetry（纯诗）
L’art pour l’art（法语：为艺术而艺术）
Art for the art’s sake（英语：为艺术而艺术）

以纯诗而论，以为艺术而艺术而论，“渭城朝雨浥轻尘，客舍青青柳色新”两句，真是唐诗中最高境界。陶渊明“采菊东篱下，悠然见南山”（《饮酒二十首》其五），无人能知其意，不是纯诗，哲学、自然观、人生观都有了。至于孟浩然“微云淡河汉，疏雨滴梧桐”，则只是纯诗。《渭城曲》前二句是好诗，而人易受感动的是后二句——“劝君更尽一杯酒，西出阳关无故人”，西出阳关，荒草白沙，漠无人迹，其能动人即因其伤感性打动了人的心弦。

《诗经·王风·黍离》写亡国之痛，音节真动人：

彼黍离离，彼稷之苗。行迈靡靡，中心摇摇。

“彼黍离离，彼稷之苗”，兼比兼兴；“行迈靡靡，中心摇摇”，一念便觉其“靡靡”、“摇摇”了。此诗以纯诗论是前二句，以动人论是后二句。更有甚者是以下的“悠悠苍天，此何人哉”，可为“三百篇”中最伤感者之一。而我们读“三百篇”，研究精神超过于欣赏。

我们读《离骚》，易因其伤感忽略其诗的美，又因其伤感而妨害了我们了解他的战斗精神。而《离骚》的动人又在其伤感。我们不必说我们的欣赏被它侵入，我们一读《离骚》便先被它的伤感征服了，使我们忘记了它的真与它的战斗精神。

四　穷愁与愤恨

戏剧中演员的表现（表演），所代表的是戏曲中人的动作感情，将戏中人的动作表现而出之；而诗是表现自己的思想、感情、感觉，诗人是在表现自己。而读者读诗不觉得诗人是在说他自己，这是最高的了；若觉出诗人在说自己，结果便如乞儿叫化，惹人烦厌。

诗人写自己的穷愁悲哀，切不可有“叫化”相，应该泯去“我”的痕迹。

郑板桥诗、书、画均佳而怪。有词曰：

把夭桃斫断，煞他风景，鹦哥煮熟，佐我杯羹。焚砚烧书，椎琴裂画，毁尽文章抹尽名。

（《沁园春》）

这是“苦恼子”，而且是迁怒。又说：

> 难道天公，还箝恨口，不许长吁一两声。
> （同上）

这两句还好，前边气味不好，如小孩子好撒无赖，即迁怒。一个人要成这样就玄了。按世谛说，人若如此就完了，所以操守要紧，应放起来遮天盖地，收起来掩而藏之。放翁亦有说恨的两句，就比郑高：

> 箧有吴笺三百个，拟将细字写春愁。
> （《无题》）

境界不扩大，气象不开展，此乃责诸贤者；然取其长则是好。郑板桥的站不住，不成诗（广义），批评什么；放翁二句格亦不高，而是诗。感情有一种训练，能把持住。水可以打岸拍堤，而不可以破岸决口。郑板桥简直是水灾。

杂谭诗之特质

开场词——禅语：

饥来吃饭，困来打盹。

（大珠慧海禅师语）①

眼在眉毛下。

（《华严经题法界观三十门颂》）

师姑原是女人作。

（智通禅师语）②

禅家所说是老实话，不可作老实话会。禅家不写世法，不是太老实，就是太不老实，如：

---

① 大珠慧海神禅师，生卒年不详，名慧海，唐代禅师，马祖道一弟子。《五灯会元》卷三载慧海禅师事："源律师问：'和尚修道，还用功否？'师曰：'用功。'曰：'如何用功？'师曰：'饥来吃饭，困来即眠。'曰：'一切人总如是，同师用功否？'师曰：'不同。'曰：'何故不同？'师曰：'他吃饭时不肯吃饭，百种须索；睡时不肯睡，千般计较。所以不同也。'律师杜口。"

② 智通禅师，生卒年不详，自称大禅佛，唐末禅师。《五灯会元》卷四载智通禅师事："初在归宗会下，忽一夜连叫曰：'我大悟也。'众骇之。明日上堂众集。宗曰：'昨夜大悟底僧出来。'师出曰：'某甲。'宗曰：'汝见什么道理，便言大悟？试说看。'师曰：'师姑原是女人作。'宗异之，师便辞去。"

空手把锄头，步行骑水牛。
人在桥上过，桥流水不流。
（傅大士语）①

一　格物与物格

“格物”，“物格”，出《礼记·大学》：

致知在格物，物格而后知至。

“格”，朱熹注：“至也。”“格物”，朱注：“穷至事物之理，欲其极处无不到也。”（《四书集注》）“穷极事物之理”（《朱子语类》卷十五），“事物”一词，事、物二字骈举，事、物对立；单举物，赅事而言。“格物”，用朱注讲法最好。“穷极事物之理”，“理”字不可看得太板。理，文理、条理、道理。

做人便当随时、随地、随物、随事留心，这样才能成通人。文人也要穷极事物之理，说话才能通。（思想不通比字句不通还要不得。）

诗，包含“心”与“物”。心，心到物边，是格物，如此才非空空洞洞的心；物，物来心上，是物格。心与物，如做饭，只有米不成，没有米也不成。即心即物，即物即心——心物一如，毫无扞格，毫无抵触、矛盾。

杜诗有句曰：

---

① 善慧大士（497—569），本名傅翕，南北朝著名居士，世称善慧大士、双林大士或傅大士。

种竹交加翠，栽桃烂熳红。

（《春日江村五首》其三）

如此诗者，是真能格物也。“竹翠”、“桃红”人人知，不算格物。“交加”，是老杜格物，必是“交加”；“烂熳”，是老杜格物，必是“烂熳”。“交加”便是“翠”的“理”，“烂熳”便是“红”的“理”。一样说“翠”、说“红”，而我们说不像，老杜说像。

在描写大自然之美这一点上，中国诗人自“三百篇”而后甚多。“微云淡河汉，疏雨滴梧桐”（孟浩然句），也是诗人的格物。

禅宗语录云：

公只知有格物，而不知有物格。

（大意宗杲禅师语）①

诗有六义：赋、比、兴、风、雅、颂。“物格”，本义是说明了事物之理后而获得知识。从“诗六义”说，物格者，兴之义。

孔子论诗甚主“兴”字，“兴于诗”（《论语·泰伯》）、“诗可以兴”（《论语·季氏》）。兴，发之义。兴，即灵感 inspiration。作诗时要有心的兴发，否则不会好。

① 《五灯会元》卷二十载：“（张九成）至径山，与冯给事诸公议格物。慧曰：‘公只知有格物，而不知有物格。’公茫然，慧大笑。公曰：‘师能开谕乎？’慧曰：‘不见小说载唐人有与安禄山谋叛者，其人先为阆守，有画像在焉。明皇幸蜀，见之怒，令侍臣以剑击其像首。时阆守居陕西，首忽堕地。’公闻顿领深旨，题不动轩壁曰：‘子韶格物，妙喜物格。欲识一贯，两个五百。’”张九成，字子韶，号无垢居士；大慧禅师，号妙喜。

屈原《离骚》有句：

朝发轫于苍梧兮，夕余至乎县圃。

欲少留此灵琐兮，日忽忽其将暮。

吾令羲和弭节兮，望崦嵫而勿迫。

路曼曼其修远兮，吾将上下而求索。

屈原是兴，但还不是余所谓之“兴”。“欲少留此灵琐兮，日忽忽其将暮。吾令羲和弭节兮，望崦嵫而勿迫”，象征人生只有进取，不可停留。鲁迅先生《呐喊》有自序，《彷徨》则无，只在扉页上题此数句《离骚》，鲁迅先生题此八句是物格。余之懂此、讲此八句是格物，不是物格。鲁迅先生以此八句题书是物格，由此八句而在自己心中生出一种东西是“物格”，兴也。鲁迅先生以此象征近代人生观是进取的、努力的，而非享乐的、颓废的。享乐的、颓废的人生，没劲，中国这一类的旧诗，人读后如同“失骨”。屈原是努力追求。鲁迅先生受了这八句的启发是物格，余如此讲，又是“格物”了。

老杜那两句“种竹交加翠，栽桃烂熳红”是格物，不是物格。桃红是格物，由此“竹翠”、“桃红”引出自己心中的东西是物格。“格物”是向外的，“种竹交加翠”，见竹而说；“栽桃烂熳红”，见桃而说。“物格”是向内的，然后再向外，其“物”给我们一种灵感（不是刺激，不是印象，刺激、印象仍只是物，灵感是另外生出一种东西）。格物无兴发，只是反射。能“格物”且能“物格”，这样看东西、作诗，才能活起来。

辛稼轩《夜游宫·苦俗客》上片：

几个相知可喜。才厮见、说山说水。颠倒烂熟只这是。
怎奈向，一回说，一回美。

前二句是格物，后四句是物格。陶诗：

种豆南山下，草盛豆苗稀。
晨兴理荒秽，带月荷锄归。
道狭草木长，夕露沾我衣。
衣沾不足惜，但使愿无违。
（《归园田居五首》其三）

此是物格。普通农人种地知道如何种是格物，只渊明是物格，陶诗象征人生。人生好逸恶劳、喜甜厌苦乃常情，所以能耐劳吃苦是为前途、为最高理想。能这样才不白活，不用说活着有力量，而且活着才有趣味。渊明“但使愿无违”所谓之“愿”，即将来最高最美理想。

老杜“种竹”二句响而不圆，如石；陶诗如珠；屈赋如云。

刘勰《文心雕龙》曰：

窥情风景之上，钻貌草木之中。
（《物色》）

若只如此写出来，还是死板的。大谢之“花上露犹泫”（《从斤竹涧越岭溪行》）即如此。（泫，眼含泪，即如放翁《沈园》诗“犹吊遗踪一泫然”之“泫”。）人都称大谢好，“人言不足恤”。王荆公云：“天变不足畏，祖宗不足法，人言不足恤。”（《宋史·王安石列传》）治文学应当有王安石精神。大谢只是刻花，不是自己长出花来。大谢诗正可以《文心雕龙》如上二句批评，除“花上露犹泫”之外，没给我们什么。大谢所写一点不差，只是一点不差。科学上对就是好，文学上可不成，只是对不见得好，好也是二等。大谢只是格物，将心（精神）逐物（物质）。而此乃学道人大忌，精神不能随物质跑，如此不能学道。凡哲学、宗教皆不能“将心逐物”。如《论语》又云：

> 一箪食，一瓢饮，在陋巷，人不堪其忧，回也不改其乐。（《雍也》）

姑不论其所乐为何，须先看其如何能乐。学文亦如学道，不可将心逐物。

学文有对象——“物”，故须格物。既是物，非逐不可，而又不可止于逐物。禅语“终日吃饭，未曾咬着一粒米”（黄檗希运禅师语）①，逐物，逐物结果不是逐物了。（读禅宗语录，如上堂课所

① 黄檗禅师（？—855），名希运，唐代著名禅师。幼时于洪州黄檗山出家，其后于黄檗山大弘禅法，人称之为“黄檗希运”。《古尊宿语录》卷三载黄檗禅师语：“终日吃饭，未曾咬着一粒米；终日行走，未曾踏着一片地。”

举，“勿忘，勿助长”[1]。）陶渊明之“种豆南山下”一首（《归园田居五首》其三），明明说豆、说草、说月、说锄，而不都是物，其写物是所以明（显）心。大谢只是将心逐物，连老杜“种竹交加翠”二句也是格物，不是物格。“物色之动，心亦摇焉”（刘勰《文心雕龙·物色》），此“物色之动”，是生发之意，如草之绿、花之红、树木之发芽。诗人所以写，不仅写花、写草，“心亦摇焉”。

中国古老民族传下风俗习惯，不仅要格物，而且要物格。仅有“格物”，没有“物格”，不能活动。吾人读书，也当如此，否则是读死书。读书不仅求通世情。鲁迅先生读《离骚》，找出八句题在《彷徨》扉页上，立即《离骚》便活起来了。这样才不是读死书。爱之极，恨不得一口把它吞下去，故民俗立春日要“咬春”。若只是因为别人如此，我也如此，便不是格物，更何论物格。

杜甫《人日二首》其一：

元日到人日，未有不阴时。
冰雪莺难至，春寒花较迟。
云随白水落，风振紫山悲。
蓬鬓稀疏久，无劳比素丝。

---

① 《孟子·公孙丑上》言浩然之气为“集义所生者，非义袭而取之也。行有不慊于心，则馁矣。我故曰告子未尝知义，以其外之也。必有事焉而勿正，心勿忘，勿助长也”。

生于现代时代，一切困难，真是“元日到人日，未有不阴时”。老杜《人日》诗，一、二句最好，三、四两句之后，一句不如一句。“蓬鬓稀疏”——人真老不得。但老杜说“稀疏”、“久”，真废话。“稀疏久”与“交加翠”、“烂熳红”不同，还不如说“稀疏甚”。此律诗先写事、后写景、再写情便结束。后人写五律多如此，不好的连这都不会。

李商隐《二月二日》：

二月二日江上行，东风日暖闻吹笙。
花须柳眼各无赖，紫蝶黄蜂俱有情。
万里忆归元亮井，三年从事亚夫营。
新滩莫悟游人意，更作风檐夜雨声。

义山这首也是死规矩，先写景。头两句真好，“物色之动，心亦摇焉”。三、四句尚可，第五句说“元亮井”，什么叫“元亮井”？当是“元亮宅”。诗要合平仄，而为平仄作诗也就不好了。

姜白石《扬州慢》词上片有句：

过春风十里，尽荠麦青青。自胡马窥江去后，废池乔木，犹厌言兵。

荠菜，春日结籽，与麦子同，经秋再出芽，经冬再活，荠麦合言，以类相从。杜甫《腊日》诗有句云：“漏泄春光有柳条。”诗不太好，不是意思不好、材料不好、含义不好，似是有不能相合处。

"春光"二字好看，"漏泄"二字不好看；"有"上声，"柳"上声，有、柳叠韵，不好。作诗故意学此，大可不必。"过春风十里，尽荠麦青青"与"漏泄春光有柳条"是格物，不是物格。杜甫《后游》：

江山如有待，花柳更无私。

此句是物格。姑不论物格，就是格物，也是大的格物。"过春风十里，尽荠麦青青"有点物格，而白石太爱修饰，没什么感情。白袜子不踩泥，太干净。此种人不肯出力、不肯动情。姜白石太干净，水清无大鱼。此词中的"自胡马窥江去后，废池乔木，犹厌言兵"，是动心，可仍然太干净。"自胡马窥江去后"，挑得好；"废池乔木"，多少兵火乱离不敢说，而说"废池乔木"，别的不敢说，太干净。姜白石没劲，就因为干净。

二　余裕与韵味

诗有心的兴发，方能有韵。

兴，灵感 inspiration。灵感"来不可遏，去不可止"（陆机《文赋》），然灵感并非奇迹。"兴"（灵感）之来，是要有闲、有余裕。而此"闲"、"余裕"非即安闲、舒适、自在，安闲、舒适虽可成为有闲、余裕；而有闲、余裕并非安闲、舒适。有时安闲的人所感是无聊，并非余裕。诗人心情必须有闲，才能来"兴"（灵感）。故韵亦与有闲、余裕关系甚大。

据说吕洞宾有诗二句：

西邻已富忧不足，东老虽贫乐有余。

《增广贤文》① 亦有二句云：

白酒酿成缘好客，黄金散尽为收书。

所谓有闲、余裕，乃唯心的。心之有闲，心之余裕，不关物质。宋理学家常说“孔颜乐处”（《宋史·道学传》），孔子“疏食饮水”②，颜子“箪食瓢饮”③，所谓有闲、余裕，即孔颜之乐。孔、颜言行虽非诗，而有一派诗情，诗情即从余裕、“乐”来。如此才有诗情，诗才能有韵。

文学作品不能只是字句内有东西，须字句外有东西，有韵，韵即味。合尺寸板眼不见得就有味，味不在嗓子，味于尺寸板眼、声之大小高低之外。如《三字经》，字整齐，也叶韵，道理还很深，但不是诗，即因其句无韵味。宋人说：“言有尽而意无穷。”（严羽《沧浪诗话·诗辨》）此语实不甚对。“意”还有无穷的？无论意多深也有尽；不尽者乃韵味。最好将宋人这句话改为“言有尽而韵无穷”，留在心上不走的，不是意，而是韵。“子在齐闻韶，三月不知肉味”（《论语·述而》），这与我们今天听老谭（谭

① 《增广贤文》，又名《昔时贤文》《古今贤文》，中国古代儿童启蒙书目，成书至迟不晚于明代万历年间，后有明清文人增补。

② 《论语·述而》：“子曰：‘饭疏食饮水，曲肱而枕之，乐亦在其中矣。不义而富且贵，于我如浮云。’”

③ 《论语·雍也》：“子曰：‘一箪食，一瓢饮，在陋巷，人不堪其忧，回也不改其乐。’”

鑫培）唱《卖马》同一道理。

有人提倡性灵、趣味，此太不可靠。性灵太空，把不住；于是提倡趣味，更不可靠。应提倡“韵的文学”。提倡性灵、趣味，不如提倡韵，即使无益，亦无害，而弄懂了真受用不尽。

韵人太难得；才人是天生，尚可得。王摩诘真有时露才气，如《观猎》：

风劲角弓鸣，将军猎渭城。
草枯鹰眼疾，雪尽马蹄轻。
忽过新丰市，还归细柳营。
回看射雕处，千里暮云平。

此一首真见才，气概好。“草枯鹰眼疾，雪尽马蹄轻”、“回看射雕处，千里暮云平”，伟大雄壮。然写此必有此才，否则不能有此句。气概是不能勉强的。如有人出对子，曰：“风吹马尾千条线。”对曰：“雨打羊毛一片毡。”人评曰：“气概不佳。”① 另有人出句曰：“午朝门外列两行，文文武武。”有对曰：“十字街头叫一声，爷爷奶奶。”——气概真不可强。

韵最玄妙，难讲，而最能用功。性灵的提倡，不能用功，而韵可用功得之；性灵后天很难修得，而韵可自后天修养得之。后天的功夫有时可弥补先天的缺陷。

① 郎瑛《七修类稿》卷九“国事类”记载：“（明）太祖一日御奉天殿，太宗、建文侍焉。因指立仗马出对曰：‘风吹马尾千条线。’建文对曰：‘雨打羊毛一片毡。’太宗曰：‘日照龙鳞万点金。’占此，则一委靡而一发扬，成败可知矣。”

诗兴之来非奇迹，发源于余裕。孔、颜之乐即心之有闲，心之余裕，其乐即在于“韵”。韵可以修养得之。天才有高下，性灵有深浅；后天之修养岂可能为力？而韵是修养来的，非勉强而来。修养需要努力，最后消泯去努力的痕迹，使之成为自然，此即韵。努力之后泯去痕迹，则人力成为自然。如王羲之之作字，先有努力，最后泯去痕迹而有韵。

“美酒饮教微醉后，好花看到半开时。”（邵雍《安乐窝中吟》）凡事留有余味是中国人常情。

三　言中之物与物外之言

或曰：批阅文章注意言中之物、物外之言。

言中之物，人所说，多不能得其真；而物外之言，禅宗大师说得，十个神倒有五双不知①。中国诗如何会有进步？

言中之物，质言之，即作品的内容。既“言”当然就有“物”，浅可以，无聊可以。物外之言，文也。诗、散文，胡说（nonsense）、没意义，不成；还要有“文”。言中之物，鱼；物外之言，熊掌，要取熊掌。

锦瑟无端五十弦，一弦一柱思华年。
（李商隐《锦瑟》）

---

① 《大慧语录》卷一六：“禅和子寻常于经论上收拾得底，问着无有不知者。士大夫向九经十七史上学得底，问着亦无有不知者。却离文字绝却思维，问他自家屋里事，十个有五双不知，他人家事却知得如此分晓。如是则空来世上打一遭，将来随业受报，毕竟不知自家本命元辰落着处，可不悲哉！”

“一弦一柱思华年”，若要求那物外之言，尽之矣。言中之物，内容：一觉、二情、三思，非是非善恶之谓。“一弦一柱思华年”一句，觉、情、思都有了，无所谓是非善恶。要“参”，真好，一唱三叹。一唱三叹，简言之，是韵。“勿忘，勿助长”（《孟子·公孙丑上》），不求不得，求之不见得必得。黄山谷一辈子没有找到一句一唱三叹的句子，后山、诚斋也不成，苏东坡有时倒碰上。“锦瑟无端五十弦”，有弦外之音。（西洋琴为 piano，piano 全仗变化。中国七弦、五弦，变化少。）

“抑扬爽朗，莫之与京”（《人间词话》引昭明太子评陶诗语），“嵯峨萧瑟，真不可言”（《人间词话》引王无功称薛收《白牛溪赋》），文学要有此两种气象。以所举第二语许李贺。李贺当然并非“抑扬爽朗”，“嵯峨萧瑟”近之矣，其觉有点迟钝、怪，有点晦涩，长吉只是幻想。长吉当然是天才，可惜没有物外之言。

有些人只注重字面的美，没注意诗的音乐美——此乃物外之言的大障。老杜的好诗便是他抓住了诗的音乐美。如《哀江头》：

少陵野老吞声哭，春日潜行曲江曲。
江头宫殿锁千门，细柳新蒲为谁绿。

“少陵野老吞声哭”，下泪，诗味；一哭便完了。哭，既难看又难听，虽然还不像 cry 那样刺耳。“春日潜行曲江曲”，散文而已，也不高。“江头宫殿锁千门”，渐起，虽有气象，味还不够。“细柳新蒲为谁绿”，真好，伤感，言中之物，物外之言。老杜费了半天事挤出这么一句来。可有时也挤不出，后面又不成了。至：

清渭东流剑阁深，去住彼此无消息。

人生有情泪沾臆，江水江花岂终极。

最后挤出来的这句真好，言中之物，物外之言。“江水”日月长流，“江花”年年常开，而人死不复生。义山温柔，老杜□[①]真当不起，沉重。

四 动与静

诗法虽非出世法（佛法），然亦非世法。

所谓动、静，非世俗之动、静，动中有静、静中有动，非绝对的动、静。

静：酝酿，长养，长使其生，养使其大。酝酿是发酵之意。如发面，亦酝酿，静中之动。

动：[②]

本动、静回到王静安先生有我、无我境界。

王先生以为无我之境纯由静中得之。其实，名义之定立甚难，多为比较而非绝对的。无我之境可说由静中之动得之。静非死静，故佛说“于法不说断灭相”（《金刚经》）。佛教（正教、大教）称

---

① 原笔记“杜”字下缺一字。

② 有关“动”之释义，原笔记阙如。

婆罗门①为外道，婆罗门中亦出过圣贤，而说法有时有断灭相。佛所谓空乃实有，静乃真如，真如是生而非死。

魏文帝《与吴质书》“乐往哀来，怆然伤怀”即静中之动，鲁迅先生说听到静的声音即静中之动，“熏风自南来，殿阁生微凉”（柳公权《夏日联句》）亦然。非静不能写王、孟之诗；然静中无动；亦不能写出诗。

变化壮美之境可谓为动，精美之作品则为静的功夫。

五　气·格·韵

中国诗可意会不可言传，无西洋光怪陆离作品。

中国诗可以气、格、韵分。中国诗至少在气、格、韵中占一样。

气：如太白。太白才气纵横是气，来自先天，须真实具有，不可虚矫、浮夸。即如不是铁，无论如何炼不成钢。

格：如老杜。老杜“晚节渐于诗律细”（《遣闷戏呈路十九曹长》），盖即字句上功夫，锤炼而得，可以人力为之，不过仍以天才成就快。如老杜“星垂平野阔，月涌大江流”（《旅夜书怀》），“竹批双耳峻，风入四蹄轻”（《房兵曹胡马》）。写作时留神注意用句用字，必胸有锤炉始能锤炼。

韵：玄妙不可言传。弦外余韵，先天也不成，后天也不成，乃无心的。王渔洋论诗主神韵，太玄妙，而且非常有危险。神韵

① 婆罗门教是印度古代宗教，因崇拜梵天及由婆罗门种姓担任祭司而得名。婆罗门教起源于公元前2000年，形成于公元前7世纪，鼎盛于公元前6世纪至公元4世纪，其后由于佛教和耆那教发展，婆罗门教渐趋衰落。

必须水到渠成，瓜熟蒂落，莫知为而为所得始可。神韵必发自内，不可自外敷粉。神韵应如修行证果，不可有一点勉强，故又可说是自然的（非大自然之自然），无心的。王渔洋乃故意造作，作诗时心中先有“神韵”二字，故不好。韵是后天用功可得，而又有用一世功不得者。如老杜，诗十篇中九篇无韵。

李白、杜甫、韩愈及李贺，对诗是革命，故其诗有点像西洋之复杂变化，虽不及西洋，而已超出于中国古代之诗。而四人皆苦于意尽于言，即缺乏弦外之余韵。王、孟、韦、柳，单纯而神秘（单纯而不简单，单纯、简单，相近而实不同，单纯有神秘性），是中国诗真正传统者，而又不及李、杜。盖李、杜乃革命家，故出力、出奇，故复杂变化；王、孟则不革命，乃自然发展，无心的，故能得韵。孟浩然“微云淡河汉，疏雨滴梧桐”二句，李、杜写不出来，此自然非天生之自然，乃勉强而成之自然，功夫不到不能谈。如唱戏，有的人开口就是好，老谭、小楼①不动就是戏，即有韵。后之唱戏者先思及前途名誉，故不自然。而老谭等又非真无心，皆对戏有几十年苦功，故能成正果。

余之诗无韵，至于气，则魏文帝所谓“体弱，不足起其文”（《与吴质书》），尚可者即格之锤炼，用字尚稳。如余七绝《海棠绝句》之用字：

彻夜狂风动地来，预愁绛蕊委尘埃。
平明火急起来看，依旧枝头艳艳开。

---

① 小楼，即杨小楼。

此路不敢说有多大成功，但保险一点（不是说小成就）。余之字学赵①，诗学杜②，即今所谓“保险”，乃是进可以战，退可以守。普通旧诗有两大病：一腐败，一油滑，皆字面上的诗，非心坎上的诗。若自锤炼入，每字能用得稳，凑成一合适句子，来表现吾人之情感，能心中情感与纸上字句相等始可。余之诗用字尚能表现内心情感。

① 赵，指赵孟頫（1254—1322），元代著名书法家，楷书四大家之一。
② 杜，指杜甫。

杂谭诗人之修养

一　诗人本身须是诗

弥尔顿（Milton）①，英国古典派诗人，比莎士比亚还古典，有 *Paradise Lost*（《失乐园》）。辜汤生（鸿铭）② 通数国文字，讲 Milton 诗真好。其诗字字句句懂，而隔一日不看如隔世，诗太难懂。余昨夜所看到的一句尚易懂：A poet musthimself be a poem（诗人本身须是诗）。

常人甚至写诗时都没有诗，其次则写诗时始有诗。诗人必须本身是诗。

初、盛、中、晚唐大大小小的诗人，多为本身是诗；宋人则写诗时始有诗，不能与生活融会贯通，故不及唐诗之浑厚。且杜诗多用方言俗语，而写出来便是诗。客观上说起来，是胸有锤炉。然此说犹是皮相看法，未看到真处。盖诗人本身是诗，故何语皆成诗。

诗宁可不伟大，虽无歌德（Goethe）《浮士德》式之作品，而中国有中国的诗，即因其真实，虽小，站得住。中国有的小诗绝句甚好，廿八字，不必伟大，而不害其为诗，即因真实。

或虽有沉痛情感而不能表现为诗，即因吾人本身非诗。如庄

---

① 弥尔顿（1608—1674），英国诗人，长篇诗歌《失乐园》为其代表作。

② 辜汤生（1857—1928），字鸿铭，号称“清末怪杰”，学贯中西、兼通文理，为近代中学西渐史上先驱人物；辜鸿铭任教北京大学之时，顾随曾听其讲课。

子所言——道在瓦砾①，只要本身是诗，无往而非诗，且真实。如画家所见，以为皆可入画；会疗病的人，篱根下一株草便可医得人病，说什么朱砂、附子、人参、白术？宋代宗杲大师（南宋孝宗时人）乃禅宗最末大师（元、明大师已无），其语录名《宗门武库》，常说到前代禅宗典故，治病不必好药，对症即可；说法不必高深，近取眼前便可。故诗人只要本身是诗，则触处成诗。

常人诗怕浅，而不可故意求深，只要真，浅亦不浅。

东坡语：

味摩诘之诗，诗中有画；观摩诘之画，画中有诗。

（《东坡题跋·书摩诘蓝田烟雨图》）

而明末张宗子（岱）② 又说：

若以有诗句之画作画，画不能佳；以有画意之诗为诗，诗必不妙。

（《琅嬛文集·与包严介》）

---

① 《庄子·知北游》：“东郭子问于庄子曰：‘所谓道，恶乎在?’庄子曰：‘无所不在。’东郭子曰：‘期而后可。’庄子曰：‘在蝼蚁。’曰：‘何其下邪?’曰：‘在梯稗。’曰：‘何其愈下邪?’曰：‘在瓦甓。’曰：‘何其愈甚邪?’曰：‘在屎溺。’”

② 张岱（1597—1689），又名维城，字宗子，又字石公，号陶庵，晚号六休居士，明末清初文学家、史学家，犹长于文，著有《琅嬛文集》《陶庵梦忆》《西湘梦寻》《夜航船》《白洋潮》等。

昔者杜工部写鹰、写马，千载之下，我辈读之，还觉纸上有活鹰、活马。然此正是诗，却断断乎不是画。昔者杜工部又尝写画鹰与画马之诗，然此依然是诗，而不是画也。

吾于画一无所知，此刻亦无从说起。若夫诗人作诗，则余以为完全是写他的内心，哪怕是写外物，也并不像寻常之写生画似的，支了画板，手执画刷，抬头先看一眼自己所要画的事物，于是低头着笔刷一下颜色。在这里应该用陆士衡《文赋》中的话——“收视反听”，曰“收”，曰“反”，则此视、听自然不是向外，而是向内了。若以此理推之，则老杜之赋鹰、赋马，简直就不是活的外界的鹰和马，而是内心的一种东西。说是印象有时也还不成，所以者何？印象也只是一种静止的观念，而并非诗的动机（motive）耳。故大谢山水诗并不妙，即因其诗中有画。

心活，才能写出活的诗。

二　诗人之五种习气

诗人有五种习气：伤感、豪华、学力、气势、涂泽。

（一）伤感

诗中之伤感，当注意其是否以伤感伤人，人有时甘心情愿受它传染。

即如老杜之诗：

无边落木萧萧下，不尽长江滚滚来。

（《登高》）

虽不只是伤感，而其中有伤感成分，姑不论下二句写情：

万里悲秋常作客，百年多病独登台。

此二句写景已是伤感，凉气直上心头。唯伤感之外，气象好。唐人诗不但有神韵，而且气象好，大方，此盖与人之气度、品格相关。韩偓诗：

临轩一盏悲春酒，明日池塘是绿阴。
（《惜花》）

诗句除伤感之外也还有东西。韩偓的伤感之外更有东西，是多情？是神秘？

《史记》、杜诗、辛词皆喷薄而出；渊明是风流自然而出；韩除伤感气象外还有东西，是含蓄、神韵，但非喷薄而出。此类诗不以伤感论，尤其不以“传染”论。

黄仲则诗：

结束铅华归少作，屏除丝竹入中年。
茫茫来日愁如海，寄语羲和快着鞭。
（《绮怀十六首》其十六）

黄仲则甚不得志，居北京，有诗的天才而早亡。其诗有思想，有性情，有感觉，唯气象差。前两句伤感外还有东西；后两句只是伤感而已，此外没有东西，不能算好诗。

诗中之伤感，当看其伤感之外是否有东西。

（二）豪华

诗中之豪华，非传染人，是炫耀人。

我们要不受炫耀，将豪华除去，看看还有东西没有，“豪华落尽见真淳”（元好问《论诗三十首》其四）。豪华是奢侈，不能算好，而人不能免除豪华，否则太简单了。太简单了，人可以活，可是没味了。豪华不可免，人生趣味或尽在此。而人不可只看其外表豪华，不论其真容，“豪华落尽见真淳”。只是豪华，便是舍本逐末，便要不得。

曹植是千古豪华诗人之祖：

顾盼遗光彩，长啸气若兰。

（《美女篇》）

诗可以说是好诗，而太豪华；《洛神赋》也太豪华，豪华之外一无可取，无意义。大谢连豪华也不成，穷酸装阔。唐李义山华而不豪，杜牧之真是豪华，如：

少年羁络青纹玉，游女花簪紫蒂桃。

（《长安杂题长句六首》其三）

小李杜以全才论，义山胜过牧之，义山各体皆有好诗，牧之则宜七言不宜五言，而律诗又好过绝句。“少年羁络青纹玉，游女花簪紫蒂桃”二句，是律中一联，写长安春天之贵游子弟，豪华。又如“扬州尘土试回首，不惜千金借与君”（《润州》其二）等，亦豪华。黄仲则穷酸，杜牧之虽不得意，而社会上地位高，且牛僧孺以钱养之。尹默先生《秋明集》中有《题樊川集》，诗中有句：

工部文章惊海内，司勋健者合登坛。
玉弢金版谁能说①，虎脊龙文②试与看。

“玉弢金版”没毛病，小杜诗不能如此；而“虎脊龙文试与看”，真是小杜。

诗中之豪华、炫耀，与个性、环境有关。个性与环境，二者缺一不可，不能勉强。

（三）学力

诗中之学力是震慑人、唬人。

诗以学力见长者，可以黄山谷为代表。（江西诗派之“一祖”为杜甫，“三宗”为黄庭坚、陈师道后山、陈与义简斋。）

学力表现有两种：

其一，不用典故。如黄山谷《弈棋二首呈任公渐》其二：

---

① 玉弢金版，即金版六弢，相传为太公兵书。杜牧曾注曹操所定《孙子兵法》十三篇，故云“玉弢金版谁能说”。

② 虎脊、龙文，均为骏马名。

心似蛛丝游碧落，身如蜩甲化枯枝。

其二，用典。如黄山谷《登快阁》：

痴儿了却公家事，快阁东西倚晚晴。
落木千山天远大，澄江一道月分明。
朱弦已为佳人绝，青眼聊因美酒横。
万里归船弄长笛，此心吾与白鸥盟。

黄诗如老吏断狱，严酷少恩，无感情。稼轩词有“十日九风雨”（《祝英台近·晚春》）之句，近人诗则有“十日九风偏少雨”（易顺鼎[1]《癸卯暮春题海淀酒楼》），用前人句而无感情。用典当如马鸣禅师《大乘起信论》言：“离言说相，离名字相。”

诗当经过感情渗透，然后思想不干枯。黄诗未经感情渗透，故干枯。“朱弦”二句似有感情，其实仍无感情。后人学山谷诗，震于其学力。

（四）气势

诗中之气势，读者不可为其所煽动（鼓动），取快于一时则可，不可便认为诗法在此。

自鲍明远、李白便有此一派：

---

① 易顺鼎（1858—1920），字实甫，号哭盦，清末民初著名诗人。

天生我材必有用，千金散尽还复来。

（李白《将进酒》）

诗人是返照的，哲人是反省的，此句没有诗人的返照，也没有哲人的反省，是“客气”、“无明”。放翁“老子犹堪绝大漠，诸君何至泣新亭”（《夜泊水村》），亦如此。

（五）涂泽

涂泽，北京话所谓“捯饬”，即弄姿、蛊惑。涂泽，对男性而言，是顾影自怜；对女性而言，是搔首弄姿。

此风始自唐之中晚乎？如刘禹锡“种桃道士归何处，前度刘郎今又来”（《再游玄都观》），元白①有的诗亦皆此类也。这种诗真是酸。

诗人的自喜与自得是不同的。自得如渊明的《五柳先生传》等，皆有自得之表现。自得是自己内里充实，是好的，贫不欠债即富，如韩愈《原道》所谓“足乎己无待于外之谓德”。无得不能有德，有德必是有得，德于外便不能自得。而自得不是不长进，“君子以自强不息”（《易经·乾》），是积极的，如此方是自得。诗人自得是应该的，如此才能自己成为自己的主人，才能得人生之真乐。所谓自喜便要不得，弄姿是自喜。自得是满足，自喜是骄傲，一满足就容易骄傲，而一骄傲其满足立刻便成为空虚了。差之毫厘，谬以千里。真实是好的，欺骗是罪恶，而虚伪是艺术。满足是充实，

① 元稹、白居易，合称元白。

人应该充实自己，由充实得到满足，何用骄傲？自喜是骄傲，诗人的弄姿便是骄傲，而诗人的骄傲是艺术的。如刘禹锡：

紫陌红尘拂面来，无人不道看花回。
玄都观里桃千树，尽是刘郎去后栽。
（《元和十年自朗州至京戏赠看花诸君子》）

百亩庭中半是苔，桃花净尽菜花开。
种桃道士归何处，前度刘郎今又来。
（《再游玄都观》）

常人骄傲令人厌，而诗人骄傲令人爱，是蛊惑，令人中其毒而不自知。若以诛心之论论之，罪加一等。不过刘禹锡两首诗之骄傲尚可原谅，他有他的愤慨，受别人摧残，看到别人失败而快意，这是世法。诗是人生、人世、人事的反映，无一世法不是诗法。忘仇，以直报怨，是圣贤；报仇，以牙还牙，睚眦必报，是英雄。刘禹锡的快意是怯懦者的快意。

弄姿的诗又如放翁：

此身合是诗人未，细雨骑驴入剑门。
（《剑门道中遇微雨》）

这真是顾影自怜，搔首弄姿。还有陈简斋的《微雨中赏月桂独酌》：

人间跌宕简斋老，天下风流月桂花。
一壶不觉丛边尽，暮雨霏霏欲湿鸦。

人喜欢什么花与自己品格有关。简斋喜欢海棠、水仙，这两种品格不同。又，简斋喜欢桂花、腊梅。（余不喜此二种花，盖因其黄色。）简斋此首也不免自喜。

前几种习气容易摆脱，对这种习气当小心。这种诗及诗人不要也罢。

要打倒客气，培养真力；还要不自喜，不伤感。伤感诗人是永远不满。我们不自喜、不伤感的情况下，该写何等样诗？看陶潜的《归园田居五首》其二：

野外罕人事，穷巷寡轮鞅。
白日掩荆扉，对酒绝尘想。
时复墟曲中，披草共来往。
相见无杂言，但道桑麻长。
桑麻日已长，我土日已广。
常恐霜霰至，零落同草莽。

这真是充实。满足而不是骄傲，是真力而不是客气，是自得而不是自喜。

三　读禅与学诗

僧人有法师，有律师。法师，研究佛教学问；律师乃研究戒律者。“律”，所以范围心。中国人太随便，有律好。学“道”亦为求其“放心”，不令心往外跑。

“律师”有律宗，甚烦琐。律师、法师皆自印度来，传至中国乃有禅师。

《云门广录》卷中记载：

举世尊初生下，一手指天，一手指地，周行七步，目顾四方，云：天上天下，唯我独尊。师云：“我当时若见，一棒打杀与狗子吃却，贵图天下太平。”

此非叛徒，而曰之“报佛恩”，为的是“天下太平”。禅宗主张“好事不如无”（云门文偃禅师语），而大师辈出，何也？王荆公曾问道传至孟子而绝之因，答曰：“儒门淡薄，收拾不住，皆入佛门中来。”（《宗门武库》）① 平常弟子学先生，像已难，能得师一长者，即受用不尽。颜回乃孔门高弟，亦不过“亦步亦趋”（《庄子·田子方》）。而禅宗讲究超宗越祖，所以即使世尊有过，亦打之。禅宗大师常说：“见与师齐，减师半德（成就较师小一半）；见过于师，方堪传授。”（《景德传灯录》卷六百丈怀海禅师语）故禅宗横行一世，气焰万丈，上至帝王，下至妇孺，皆尊信之。天地间无守成之事。“学如逆水行舟，不进则退。”学

① “《宗门武库》：“王荆公一日问张文定公（张方平）曰：‘孔子去世百年，生孟子亚圣，后绝无人，何也？’文定公曰：‘岂无人？亦有过孔孟者。’公曰：‘谁？’文定曰：“江西马大师、坦然禅师、汾阳无业禅师、雪峰、岩头、丹霞、云门。’荆公闻举意，不甚解，乃问曰：‘何谓也？’文定曰：‘儒门淡薄，收拾不住，皆归释氏焉。’”

会师之说而不能行，愧对师。如师有十成，学师得之者不过七八成，再传则所得越来越少。所以所谓“报佛恩”，此精神太大，不是老师教什么会什么，须是从师说外自己更有所得。所谓“天下太平”，讲为消极，讲为“好事不如无”之意，可，而非云门大师之本义。天下太平者，万物各得其所也，是真的万法平等，即儒家所谓大同。

人活在世上，不是别人打扰自己，就是自己打扰别人；不是别人碍自己的事，就是自己碍别人的事。庄子讲道所谓之“自然”，即云门大师所谓之“太平”。人人各“亲其亲、长其长”，已可；而《礼运》曰“不独亲其亲，长其长”，难。各人为自己之所好，发展自己之所长，而以不妨碍别人为原则，也不希望别人妨碍自己，此即庄子所谓“自然”，所谓“道”，云门大师所谓“天下太平”。“道”是调和，不矛盾，不妨碍，不打扰。凡宗教皆是为得到调和。然此调和并非死亡、灭绝，更要紧的是“生”，活泼泼的。故佛是积极的，而非消极。佛虽曰“无生”，而非“不生”。“见过于师，方堪传授”，岂是消极？后来之学禅者都成为自了汉，寻找一条世界最后调和之路，为人求得一条调和之路的精神已没有。

佛所谓“常”是“不灭”，又谓“如”是“不断”（含有动义）。佛于诸法不说断灭相，吾于文学亦然。

余之读禅，注重其与诗相通处，苟谓学禅有得，所得亦不过佛经说理之细密、禅师用功之细密。赵州和尚说“唯二时粥饭是杂用心处”①，即孔门所谓“三月不违仁”（《雍也》）、“念兹在兹”（《尚书·大禹谟》）。“双目瞪视而不瞬，四足踞地而不动。六根顺向首尾一直，然后举无不中。诚能心无异缘，意绝妄想，六窗寂静端坐默究，万不失一也。”（《宗门武库》大慧宗杲禅师语）吾人治学亦应有此功夫。今人之不能成大文人者，即因作诗文时始有诗文，否则无有。

四　尊物与多情

六日立夏。

韩偓《惜花》诗有句：

临轩一盏悲春酒，明日池塘是绿阴。

此写春归。宋王淇《春暮游小园》诗句“开到荼蘼花事了”、谢枋得《庆全庵桃花》诗句“桃红又是一年春”，此二句也是写春归。（荼蘼，恐非中国花，白色小花，甚香甜，又称殿春花。）而韩偓“明日池塘是绿阴”，大方、沉重。唐人贾岛《三月晦日赠刘评事》又有诗句云：

三月正当三十日，风光别我苦吟身。
共君今夜不须睡，未到晓钟犹是春。

---

① 《五灯会元》卷四载赵州和尚语：“老僧行脚时，除二时粥饭是杂用心处，除外更无别用心处。若不如是，大远在。”

此诗没劲，盖与人之性情有关。

“心物一如”（《楞严经》），只陶渊明如此。我们不妨把“心”、“物”看为二，而必须尊重物，尊重所写的对象。恭敬不是谄媚，是尊重对方人格，爱人如爱己。

love poetry，爱情诗，中国人 love poetry 少，只“三百篇”和“古诗”中尚有，后人写之多不尊重对方。实则对人尊重，对己也就尊重了。不但对友人如此，对敌人也要尊重其人格。

对物，要在物中看出其灵魂。辛稼轩云：

我见青山多妩媚，料青山、见我应如是。情与貌，略相似。
（《贺新郎》）

妩媚是漂亮的一种，而非全部。陶渊明诗：

朝霞开宿雾，众鸟相与飞。
（《咏贫士》其一）

渊明不是将鸟儿和自己看为二事。“是法平等，无有高下”（《金刚经》），不是法则已，是法便平等，无有高下。我们不妨把心分一为二，但要看为平等。《红楼梦》第三十一回晴雯撕扇，宝玉说：

比如那扇子，原是扇的，你要撕着玩儿，也可以使得，只是不可生气时拿他出气。就如杯盘，原是盛东西的，你喜欢听那一

声响，就故意的碎了，也可以使得，只是别在生气时拿他出气。这就是爱物了。

自己的幸福不要建筑在别人的痛苦上，不以人之痛苦为自己之幸福。

韩偓“临轩一盏悲春酒，明日池塘是绿阴”，后人学韩偓成为玩物丧志。如何是玩物丧志？无物不平等，人自以为是“玩物”，实际是“玩”了自己。韩偓《香奁集》并不能说轻薄，后来学《香奁集》的人学坏了。“此生终独宿，到死誓相寻”（《别绪》），写得真严肃。做事、做学问均应有此精神，失败也认了。

多情是好的，无论是人、文人、思想家。耶稣、释迦都是多情。玄奘西游，在西方见中国扇子思家而病，一僧合掌赞曰：“好一个多情的和尚！”此语真好。西天取经必须多情，心是热情的，不是凉的。只是“多情”二字被后人用坏了，如“摩登”、“浪漫”，原字极好，而被翻译过来后，用得不成东西了。文字化石不过不发生效力而已，被人用坏了字则糟透了。“风流”二字真好，比“水流”还好，是真名士自风流，三代而后只诸葛亮一人可当此“名士风流”。而“风流”二字也被人用坏了。

杂谭诗之创作

一 世法与诗法

余自谓：诗作不好是因为知道的世法太多，世法使我不能为诗，诗法使我不能入世。学道要多了解人情，了解人情可以多原谅人，疗治自己的荒唐和糊涂。

涅克拉索夫（Nekrasov）说：

争斗使我不能成为诗人，诗歌使我不能成为战士。
（《致济娜》）

而N氏已能把战斗精神表现得有诗之美。如此，则世法当亦能以诗法表现。

想学诗，第一须打破世法妨害诗法之观念。

杜工部“世人皆欲杀，吾意独怜才”（《不见》），此不但是说李白，简直“夫子自道也”，说自己。老杜有诗云：

郑公樗散鬓成丝，酒后常称老画师。
万里伤心严谴日，百年垂死中兴时。
仓皇已就长途往，邂逅无端出饯迟。
便与先生应永诀，九重泉路尽交期。
（《送郑十八虔贬台州司户》）

此诗之序亦甚佳：

伤其临老陷贼之故，阙为面别，情见于诗。

此首《送郑十八虔贬台州司户》，多用笔画多的字，笔画多形象化了内心的复杂与沉重。郑虔诗、书、画三绝，人甚好，而世人只认得他会画。诗中老杜以为人死尚可，无奈者死于中兴时也。《水浒传》第二十四回武大郎说，我兄弟说的话“是金子言语”。老杜诗亦如此，是真话，金子言语，而笨。此诗诗法与世法不调和，诗法、世法调和者为渊明。

老杜又有两首《醉时歌》，皆好，一在七古，一在七律。老杜《醉时歌》七古中句：

德尊一代常坎坷，名垂万古知何用。

这不是诗，这是散文，然而成诗了，放在《醉时歌》里一点不觉得不是诗，原因便在其音节好。能抓住这一点，虽散文亦可写为诗。散文写成诗便因其字音是诗，合乎诗的音乐美。而学老杜者多不知此，仅韩文公[①]能知之，如韩文公《山石》诗之“黄昏到寺蝙蝠飞”、“芭蕉叶大栀子肥”等。韩文公之后宋苏轼有一点，但有志而学不足以济之；黄山谷有一点，但学深而才不足以济之。诗中发议论，老杜开其端，而抓住了诗的音乐美，是诗。苏、黄

① 韩愈，益号文公，故世称韩文公。

诗中发议论，则直是散文，即因诗的音乐美不足。韩学杜，苏、黄学杜、韩，一代不如一代。

老杜虽感到诗法与世法抵触，而仍能将世法写入诗法，且能成为诗。他看出二者矛盾、不调和，而把不调和写成诗了。陶渊明则根本将诗法与世法看为调和，陶渊明根本看得调和，写出自然调和，“种豆南山下”一首（《归园田居五首》其三），不是诗而成诗了。人就当如此过，看东西就当如此看。以诗所写的方面多，老杜可为“诗圣”；若以写诗的态度论，当推渊明为“诗圣”：老杜看为不调和，而写出调和；陶诗将诗法、世法根本是看为调和。陶诗有云：

平畴交远风，良苗亦怀新。
（《癸卯岁始春怀古田舍二首》其二）

二句真是有力。李、杜写诗使力、用力，而有时不是真力。储光羲、王维、孟浩然等写田园，是写实的、客观的。陶渊明写“种豆南山下”，渊明“种豆”一事，象征整个人生所有的事，所有的人，所有一生的事。而陶也不能说是主观的，主观是狭隘的；陶也不能说是理想的，他觉得只是自然该如此。辛稼轩词曰：

一松一竹真朋友，山鸟山花好弟兄。
（《鹧鸪天·博山寺作》）

客观的，物为物，我为我。诗人看物我一如，不仅是朋友，直是眷属，痛痒相关，骨肉相连，不是尔为尔、我为我的客观。渊明写酒不以物视之，民胞物与。

诗是人生、人世、人事的反映，无一世法不是诗法。一切世法皆是诗法，诗法离开世法站不住。人在社会上要不踩泥、不吃苦、不流汗，不成，此种诗人即使不讨厌也是豆芽菜诗人。粪土中生长的才能开花结籽，否则是空虚而已。在水里长出来的漂漂亮亮的豆芽菜，没前程。

常人只认定看花饮酒是诗，岂不大错！世上困苦、艰难、丑陋，甚至卑污，皆是诗。后人将世法排出，单去写诗，只写看花饮酒、吟风弄月，人人如此，代代如此，陈陈相因，屋下架屋。

王渔洋所谓“神韵”是排出了世法，单剩诗法。余以为“神韵”不能排出世法，写世法亦能表现神韵，这种“神韵”才是脚踏实地的。而王渔洋则是空中楼阁。王渔洋《再过露筋祠》：

翠羽明珰尚俨然，湖云祠树碧于烟。
行人系缆月初堕，门外野风开白莲。

诗的头一句就把“再过露筋祠”完全写出。只这一句是诗，第二句便不行了，“湖云祠树碧于烟”，曰“湖”、曰“祠”，何其笨也。然而“笨”又不可能与老杜之“壮美”并论。老杜：

清夜沉沉动春酌，灯前细雨檐花落。

但觉高歌有鬼神，焉知饿死填沟壑。

(《醉时歌》)

老杜这样是警句，王渔洋，“门外野风开白莲”只是佳句，没劲。“灯前细雨檐花落”实在是“檐前细雨灯花落”，老杜如此写，写得好。陶渊明是表现，自然而然。老杜是“写”，能品而几于神；陶则根本是神品。老杜是壮美，当然笔下要涩，摸着像有筋一样；王氏“翠羽明珰尚俨然”，是圆的。即王摩诘“渭城朝雨浥轻尘”，亦不只是圆，另有东西；王无功“树树皆秋色，山山唯落晖”(《野望》)，亦不仅圆，圆中有物。王氏《再过露筋祠》一首最能代表其所主张之“神韵”，四句无一句着实，两脚踏空，不踏实地。因为要如此，故将世法剔出，为艺术而艺术，但又做不到纯诗地步。后人将世法排出诗之外，此诗所以走入穷途。

后人尚不是世法、诗法矛盾，是雅、俗矛盾。后人以“世法”为俗，以为“诗法”是雅的，二者不并立。自以为雅而雅得俗，更要不得，不但俗，且酸且臭。俗尚可原，酸臭不可耐。雅不足以救俗，去俗亦不足成雅，雅要有力。阿Q可憎处甚多，最要不得是“飘飘然”，简直不是有血有肉的人，而是影子。王渔洋便如此。

天地间原无诗法、世法之分，如来所说“世”，出世；“法”，非法，是无“法”，亦无“非法”。前讲世法、诗法，今讲无所谓世法，无所谓诗法，即担粪、着棋亦可为之。

后人心中常存有雅、俗之见，且认为只有看花饮酒是雅，分得太清楚，太可怜，这样不但诗走入穷途，人也走入穷途。

诗岂可只要诗法不要世法！陈简斋诗句：

杨柳招人不待媒，蜻蜓近马忽相猜。
如何得与凉风约，不共尘沙一并来。
（《中牟道中二首》其二）

诗以浅近的代表很深的悲哀，后二句好，表现得沉痛。何能只要诗法不要世法？只要琴棋书画，不要柴米油盐，须不是人方可。有风无土不可能！

我们现在要脚踏实地，将世法融入诗法！

二　心物与因缘

作诗需因缘相应。欲使因缘相应（相合、呼应），须“会”。

“会”有三义：

（一）聚合。既曰聚合，当非一个，故必心与物聚合，不能有此无彼。如“甜”怎么成立的？若曰甜在舌，而但为舌不甜；若曰甜在糖，而但观之不甜，必二者相合，然后甜成立。诗心与自然之物合，然后有彼诗，即因借缘生，缘助因成。学诗亦不能有“烦恼”，因如此即不相应。（俟后详言。）写烦恼亦必相应。

（二）体会。心与物虽遇，无体会亦不成。糖遇舌，甜之味始成立；然若无味觉（佛曰味识），甜亦不能成立，等于未遇。故聚合后必须有体会。白居易“野火烧不尽，春风吹又生。远芳侵古道，晴翠接荒城”（《赋得古原草送别》）四句，必体会到此，然后写出。

（三）能。能者，本能之意。本能不可解释，如分子有原子，原子有电子。电子为何？乃本有（佛说本有，亦不解释）。对本有不能怀疑，有现象，无理由。“不知为不知，是知也”（《论语·为政》）。有体会而不“能”，亦不成。如木头吃糖，体会不出什么；人吃木头，也体会不出什么，此即能。能有二义，一为学习之能，一为本有之能。

由此三义成“会”，由“会”始能相应，不能轻视物，亦不能轻视心，二者缺一不能成诗。

“会”自然不是“离”，离心、离物皆不可；不离而“执”，亦不可（执即执着）。如宋陈无已（师道）诗真有功夫，黄庭坚谓其“闭门觅句陈无已”（《病起荆江亭即事》），然如此则是执心。元遗山诗曰：

> 传语闭门陈正字①，可怜无补费精神。
> （《论诗三十首》其廿九）

元氏之话对，即因其执心，故“无补费精神”，不成。此外又有执物，亦不可。普通觅句多为此种，如《秋林觅句图》②，简直受罪，是执物。

离不可，执亦不成。

---

① 陈师道因官至秘书省正字，故后称陈正字。正字，官名，掌校勘典籍之事。

② 《秋林觅句图》描绘一老者在古树旁寻觅佳句之情景。

三 创新与冒险

陈子龙[①]《王介人诗余序》说：

宋人不知诗而强作诗。

余对此说，半肯半不肯。宋人诗似散文；而其短札、笔记、尺牍、题跋，是散文而似诗。宋人不知诗，是不知古人那样的诗。

唐人学力不及宋人，只是情动于中不能自已，用当时流行的文体写出，便是好诗。如明人作山歌［挂枝儿］、［打枣竿］[②]，比所作曲好。名父之子多不成，便因其脑中有其老子，而他老子脑中前无古人，故能不可一世。此岂非狂妄？然欲一艺成名必如此，否则承师法，只是屋下架屋。儒家讲立志，不可不有“不可一世”、“前无古人”之志，而此志若一弄糟了，便是鲁莽灭裂。

诗从“胡说”起，前人不敢写的，而诗人敢写。老杜便如此，前人不敢写的老杜敢写。老杜大胆，蒙着便好，成功便是最大成功，失败便是不可收拾的失败。

文学家、艺术家都有冒险的地方。文学、艺术的冒险是赌性

---

① 陈子龙（1608—1647），字卧子，号大樽，明末文坛重要作家，复社与几社代表人物。

② ［打枣竿］，一作［打草竿］，原为北方民间曲调名。明代后期流行至南方，改称［挂枝儿］（一作［倒挂枝儿］或［挂枝词］），盛行于明代天启、崇祯年间。

命，生则五鼎食，死则五鼎烹①，不能流芳百世，即当遗臭万年。此非二动机，乃一动机。造反失败固是失败，而成功便为天子。胡适诗云：

浮冰三百亩，载雪下江来。

（《寒江》）

胡适诗才不及别人，而提倡革命。

想打倒别人，先要自己站住脚，鲁迅先生便如此。“暴虎冯河，死而无悔者，吾不与也。”（《论语·述而》）诗人写人刻薄，令人不觉刻薄，是诗。鲁迅先生序跋好，说理深刻，表情沉痛，而字里行间一派诗情。其小说技术成熟，心思锐利，咽喉下刀，如《彷徨》之《肥皂》《高老夫子》。

真正刻毒之人不可一日与居。金圣叹评《水浒传》说：“石秀可畏，我恶其人。”而李大哥则是鲁莽灭裂。

四　五古须酝酿

作五古比作七古难。（古诗，特别是七古，尚有可为。）

宋人对五古已不会作。宋人苏、黄对唐人革命，而苏、黄之五古甚幼稚。余对古人之作少所许可，而亦多所原谅。因自己写作，知写作不易，但对宋人五古，尤其是苏、黄，特别不原谅，

---

① 《史记·平津侯主父列传》载主父偃之言：“臣结发游学四十余年，身不得遂，亲不以为子，昆弟不收，宾客弃我，我厄日久矣。且丈夫生不五鼎食，死即五鼎烹耳。吾日暮途远，故倒行暴施之。”

他们似乎根本不懂五言古诗的中国传统作风。

作五言古诗最好是酝酿。素常有酝酿，有机趣，偶适于此时一发之耳。

人看到的是此时发之的作品，而看不见其机缘。凡事皆有机缘，机缘触处，可成为作品。而如果在机缘后没有东西，则中气不足，虽腔儿大而无中气，人听不见。朱熹所谓“问渠那得清如许，为有源头活水来”（《观书有感》），机缘后没东西，则无源头活水，诗就薄。

七言诗因字多，开合变化多，再利用一点锤炼功夫，很容易写出像样作品。（七律，八句，不易再出新花样。）因其表面上能开合变化，已很有可观，吾人无暇追其源头活水（情意本质），而已目迷五色。变戏法者即往往利用手法引人注意，作诗亦然，使读者目迷五色，无暇注意其思想源头。五言诗字少，其开合变化成功者仅杜工部一人。五言诗静，容易看出漏洞。正如写字，草字热闹，不易看出坏处，人但注意外表不往里看。（而实际草书不易学。因楷书容易安排，葉；草字亦有安排，唯快，。）草字是七言；楷字是五言，疏朗，须背后有东西，虽简单几笔，好像厚，有东西。七言略薄，尚无碍；五言必厚，即须酝酿。

七言诗可兴至挥毫立成，五言诗必须酝酿，到成熟之时机，又有机缘之凑泊，然后成立。

酝酿 → 机缘 → 作品

七古（机缘 → 作品）

五古（酝酿 → 机缘 → 作品）

采菊东篱下，悠然见南山。

（《饮酒二十首》其五）

人或以渊明此二句乃抬头而见南山即写出来。其实绝不然，此二句绝非偶然兴到、机缘凑泊之作。人与南山在平日已物我两浑，精神融洽，适于此时一发之耳。此即酝酿功夫。今人偶游公园便写牡丹诗，定好不了，盖其未能得牡丹之神理，所写亦只牡丹之皮毛而已。上所言“物我两浑”，乃用王静安先生语，不如用“内外一如”——此佛家语，即精神融洽。素日已得其神理，偶然一发，此盖酝酿之功也。余之“腊梅”诗，酝酿十余年始发出。白乐天学渊明，相差不知几千里也。白，浮浅，有有意即发；陶，自然深刻，有酝酿之功，故不着力而自然深刻。

十[①] 自评诗词（节选）

（一）《病中作》

余有旧作：

---

① 此篇内容节选自顾老《杂谭诗创作》之“一、二、三、四、十”五节内容。其中“十、自评诗词”部分亦节选（一）（五）（七）（九）（十二）（十四）部分。——编者注

心似浮云常蔽日，身如黄叶不禁秋。

（《苦水诗存·病中作》）

“浮云蔽日”是说常有乱七八糟思想。人要有思想、感想、联想，这是好的，而妄想、眩想、胡想要不得，所以说“浮云蔽日”。

放翁诗有：

心如老骥常千里，身似春蚕已再眠。

（《赴成都泛舟自三泉至益昌谋以明年下三峡》）

此二句“格”虽不高，但真。余之二句即学放翁此二句。

学七律当少读放翁诗，盖放翁诗少唐人浑厚之味，而人最易受其传染，应小心。余当日恨学不像，今日恨去不尽。见猎心喜，佛家所谓“积习难改”。

（五）《雨晴出游口占长句四韵》

夜来一雨净朝晖，此际先生忍掩扉。

临水绿杨还濯濯，掠风紫燕正飞飞。

满川芳草交加绿，几处夭桃取次稀。

一任余寒砭肌骨，缊袍准拟换春衣。

《世说新语》有“濯濯如春月柳”，与《孟子》中“牛山濯濯”之“濯”不同。“绿杨”与“交加绿”重复。若改“垂杨”，与“濯濯”不合；当说“袅袅”，而也不好。

人皆以为七律对句难作，其实一起一结更难。“此际先生忍掩扉”，意思尚可，写得不好，“忍”、“掩”皆上声，不好听。末一句音色亦不好。

原来后四句是：

甲兵未洗天汉远，兕虎真嗟吾道非。
对此茫茫成苦住，杜鹃莫道不如归。

“苦住”，也叫住山、苦修。大师得道后开堂说法，普通叫出世。在初学时先行脚，后苦住；甚或结死关，生活程度最低。“对此茫茫”二句尚好，音色鲜明调合。所以舍之者，因此四句与前四句①

情味不调合。前四句是活泼的，后“对此茫茫”无着落，前四句没有“茫茫”的味。“甲兵未洗天汉远”，用老杜诗；“天汉”之“汉”字原当为平声，宋人诗常拗第六字。“兕虎”用《孔子世家》。“对此茫茫”，用《世说新语》及元遗山诗“市声浩浩如欲沸，世路茫茫殊未涯”（《出东平》）。杜鹃“不如归”用者更多。

又《共仰》：

莫信蛟寒已可罾，飞飞斥鷃笑鲲鹏。
花开燕市仍三月，人在蓬山第几层。

---

①《孟子·告子上》：“牛山之木尝美矣，以其郊于大国也，斧斤伐之，可以为美乎？是其日夜之所息，雨露之所润，非无萌蘖之生焉，牛羊又从而牧之，是以若彼濯濯也。”

共仰挥戈回落日，愁闻放胆履春冰。
龙沙百战勋名烈，醉尉凭教喝灞陵。

对句之稳，结构之整齐，较前首好。此首有意用黄山谷、李义山。

（七）《夜坐偶成长句四韵》

学道浑如退飞鹢，赋诗何异诊痴符。
病来七载身好在，贫到今年锥也无。
永夜北辰低象纬，一星南极落江湖。
空堂独坐三更尽，城上又啼头白乌。

“诊”，叫卖。

禅家云：“但愿空诸所有，慎勿实诸所无。”（庞蕴居士语）①道家有云：“为学日益，为道日损，损之又损，以至于无为。”（《道德经》四十八章）——“悟了同未悟”（提多迦尊者语）②。这里的“悟了”与“未悟”虽曰“同”——表面相似，而实不同。“悟了”是恍然大悟，是“空诸所有”；“未悟”是根本没有。佛家千言万语只是“明心见性”，宋儒亦有言曰“将心比目，将性

① 庞蕴，生卒年不详，字道玄，中唐时期禅门居士，与萧梁之傅大士并称为“东土维摩”。《庞居士语录》记载：“于頔闻此前往问疾，居士谓曰：‘但愿空诸所有，慎勿实诸所无，好住世间皆如影响。’言讫即枕于頔膝而化。”

② 提多迦尊者，摩伽陀国人，其姓未详，古天竺高僧。《五灯会元》卷一记载有提多迦尊者传法偈：“通达本法心，无法无非法。悟了同未悟，无心亦无法。”

比天”[①]。心目性天即“空诸所有”，“慎勿实诸所无”。禅宗大师说“贫到今年锥也无”（香严智闲语）[②]，是空诸所有；余之诗说“贫到今年锥也无”，既非写实，亦非禅意。禅家的空是“真”、“真如”；我们空是空虚的空。“贫到今年锥也无”，我们的茫茫是无本可据。“一星南极落江湖”，用黄山谷诗“南极一星在江湖”（《题落星寺四首》其二）。

（九）《偶成二绝》其二

何曾忙里善偷闲，银锭桥边去看山。
始信横担楖栎木，不如一钵掩禅关。

诗之后二句上句不真切，而下句肯定好——精微奥妙。

精微：方寸之木，日取其半，万世而不灭。[③] 奥妙：“恍兮惚兮，其中有物。”（《道德经》二十一章）

《世说新语·贤媛》篇记载，一女儿将适人，其母语之曰：“慎勿为善。”女曰：“然则为恶乎？”曰：“善尚不可，何况恶乎？”可见中国人喜欢简单。

---

① 程颐言：“在天为命，在人为性，论其所主为心。”（《程氏遗书》卷十八）朱熹言：“心者，人之知觉，主于身而应事物者也。”（《朱文公文集》卷六十五）又言：“性者，人之所得于天之理也。”（《孟子集注》卷十一）

② 香严智闲（？—898），唐代禅师。《五灯会元》卷九记载有香严智闲所作颂偈：“去年贫未是贫，今年贫始是贫。去年贫，犹有卓锥之地，今年贫，锥也无。”

③ 《庄子·天下》载惠子之语曰：“一尺之棰，日取其半，万世不竭。”

如来所说法确是精微奥妙，而结果便成为复杂烦琐，着力在分析。

（十二）《向晚短句》

余近作《向晚短句》：

计日探春讯，何时看海棠。
吹衣风浩浩，搔首意茫茫。
带病即长路，衔悲上讲堂。
楼前山色好，向晚益青苍。

“长句”，七言；“短句”，五言不论古今体，皆然。

李商隐有写春色两句：

花须柳眼各无赖，紫蝶黄蜂俱有情。
（《二月二日》）

花、柳，以类相从。“花须柳眼”，柳条是一色柔条、垂条，而可抵花之万紫千红，此单调与彼复杂可抵得住。义山诗句好，不论姿态、颜色。诗一条路已被古人走尽，不是古人把话说完了，是旧诗路子只能如此写，不能脱古人范围。

“带病即长路，衔悲上讲堂”，二句是象征。“讲堂”，禅宗和尚说法处，又名“法堂”。禅宗语：

我若一向举扬宗教，法堂里须草深一丈。

（招贤景岑禅师语）①

此亦“衔悲上讲堂”（说真的法，就没人来听了）——不干不行——悲哀；想干，干不了——悲哀；身体不成、学而不成，也是悲哀。

（十四）绝句一首

昨夜耿无寐，今朝食不佳。

聊将肉边菜，当作八关斋。

吾之绝句一首。五言绝句不敢作，唐以后宋人已不成。

“八关斋”，佛家名词。“肉边菜”，亦佛典，因六祖隐名时，曾共人打猎，菜在肉边锅内煮，本身仍是菜。

清程瑶田②有《九谷考》。

---

① 景岑禅师（788—868），号招贤，唐代禅师，师从南泉普愿，因谈禅机敏，同道尊为“虎和尚”、“虎大师”。《五灯会元》卷四载招贤景岑语录：“我若一向举扬宗教，法堂里须草深一丈。”

② 程瑶田（1725—1814），字易田，一字易畴，号让堂，清代著名学者，精通训诂，提倡“用实物以整理史料”，著有《通艺录》《九谷考》《琴音记》等。

古代不受禅佛影响的六大诗人

中国诗与佛发生关系者固多，而不发生关系者亦能成诗人，且为大诗人。

东汉、魏、六朝人多信禅，诗人不在佛教禅宗之内者，数人，乃大诗人。

首推陶渊明。

陶不受外来思想影响。人皆赏其冲淡，而陶之精神实不在冲淡，自冲淡学陶者多貌似而神非。

陶诗第一能担荷。其表现：

（一）躬耕（力耕）：凡有生者皆须求生，人亦然。故陶诗曰："人生归有道，衣食固其端。"（《庚戌岁九月中于西田获早稻》）而佛但坐菩提树下冥想，盖印度生产丰富，不费力即可得食。若乃严寒不毛之地，但坐冥想，非冻死即饿死。

（二）固穷：躬耕不足则固穷。孔子曰："君子固穷。"（《论语·卫灵公》）躬耕乃求饱暖，而人力已尽天命不来之时，亦唯甘之而已。

《躬耕》是积极担荷，《固穷》是消极担荷，与后之诗酒流连的诗人不同，乃儒家思想，非佛家思想。

陶诗第二能解脱。

陶又颇有解脱思想，对人生之苦担荷，对生死之苦解脱，然亦非佛家思想，而为中国老庄思想（此乃勉强说后之道家皆失老庄原意，尤其与庄子不合。）。有生必有死乃天理，好生而恶死为人情。求长生乃贪，但有贪生恶死之人情，而无必生必死之天理。陶则不求长生，看破生死。陶诗："纵浪大化中，不喜亦不惧，应尽便须尽，无复独多虑。（《形影神三首·神释》）大化者，天地间并无"常"，佛所谓"常"乃出世法，世法则无所不变。佛说："有成必有坏。"不必假人力摧残而自然变化，此所谓大化。如水之流，前波非后波。孔子曰："逝者如斯夫，不舍昼夜。"（《论语·子罕》）庄子说"物化"，"化"有两种解释，一为由有到无，一为由新而旧或由旧而新。故陶曰"应尽便须尽"，即所谓时至即行。此解脱决非佛家，顶多是老庄。

至于唐，大诗人中不受佛教影响者：

一为太白。

太白号为仙才，近于道家，又与陶之老庄不同。李所近乃汉方士之道，老庄是哲理，秦汉方士则有"服食求神仙"（"古诗十九首"之《驱车上东门》）之道。太白之乌烟瘴气，忽而九天，忽而九渊，纵横开合变化，恰如道家之腾云驾雾。或谓出于《离骚》，非也。盖《离骚》之开合变化有中心，"吾将上下而求索"，乃为求索而上下，非为上下而求索，乃有所追求，故有中心。李则为上下而上下，非有所求，不过好玩而已，无中心目的，故不免令学道者讥之为玩物丧志。治学切不可有好玩思想，因如此则不易有进步。太白不但风格近于方士道仙家，诗中亦常谈到方士神仙；虽亦有时谈及佛家，乃因受别人影响，非真谈禅、懂禅。

二为工部。

杜工部不懂禅，亦不爱禅，乃人，非仙非佛。而其诗中亦有时谈到佛教（印度佛教），也不过偶尔谈及而已，盖亦受当时一般思想影响，亦如今之言科学思想、科学方法然。

杜不但非佛，乃老小孩，说喜就喜，说悲就悲，真而且真，纯而且纯，乃地地道道活人。庄子有所谓“真人”，指得道主人，我今所谓真人乃真正的人。世人多不免做作，老杜则不然，“处世无奇但率真”。（“传家有道唯存厚”，“厚”，乃损己利人。）为真人需有勇气，不怕碰钉子。老杜当面骂人，可爱亦在此处，绝不受禅宗影响。

三为退之。

韩退之绝不信佛，可自《原道》《谏迎佛骨表》看出。而韩信道，与孔子所谓“朝闻道夕死可矣”（《论语·里仁》）不同。韩谓延生可求，食硫黄而死。（韩服食硫黄死比老杜饫死可靠。）退之虽为有心人，但“客气”不除，“清明之气”不生。“客气”即佛所谓“无明”，“清明之气”即孟子所谓“平旦之气”（《孟子·告子上》）。谓韩为近道，而其诗又有“我能屈曲自世间，安能从汝巢钟山”（《记梦》），可见韩并不一定近道，而自食硫黄一点看又似近道。

一个人随波逐流固然不可，而成见太深则不能容受外来意见，截长补短。韩即病在成见太深，有时强不知以为知，故谓其“客气”不除。

其后不受佛教与禅宗影响者，两宋有：

欧阳修。

欧与退之颇近。退之以孟子自命，“予岂好辩哉，予不得已也。”（《孟子·滕文公下》）韩在唐亦欲正人心，息邪说；欧则颇以退之自命，亦辟佛。

在诗史上，欧阳氏与宋诗的成立关系甚深，盖当时欧阳地位甚高，登高一呼。易成一种运动，一种风气。任何一种文学的改变皆如此。欧阳当时亦欲倡诗之革新运动，于是有苏、黄辈出。然而不管其自命不凡，而以客观眼光观之，欧诗上既不能比唐诗，下又不能比苏、黄，反而是其词了不得，吾人对其诗可存而不论。

之后不受佛教影响之大诗人甚少，而词家中则甚多。然词又多无中心思想，见鸡说鸡，见狗说狗。其有中心思想而又未受佛教禅宗影响者则有：

辛弃疾。

辛词甚好，诗不甚佳。今列入者乃就诗之广义言之，散文尚可称诗，况韵文之词？胡适之先生以为宋之词即宋人之新诗，则辛稼轩自可归入六大诗人之内。

辛既不成佛作祖，亦不腾云驾雾，与老杜皆为真人、活人的生活，想人所想。且别人入世仅为思想之入世，辛则入世有其成绩在、事业在。治兵、理财，说办就办，皆有成绩可考。这一点比老杜高。老杜虽说“致君尧舜上，再使风俗淳”（《奉赠韦左丞丈二十二韵》），然此乃说说而已。老杜有时尚有“无明”、“客气”；辛则不然，干什么是什么，颇近于陶公。陶公亲为田园生活，后之田园诗人乃立于客观地位，欣赏歌咏，并不为田园中一员。陶则自己实行，必真实行始为真的入世。稼轩乃真实行者。可惜陶未曾当权，不知其办政事能否亦确切实行。

稼轩词对陶公诗再三赞美。后之称陶者甚多，白乐天效陶，苏东坡和陶，皆不能得陶公精神。辛虽非田园诗人，而其词中对陶公之赞美，非人云亦云。辛之看陶盖另有看法，精神上有相通处，即真正入世精神。辛有词曰“岁岁有黄菊，千古一东篱”（《水调歌头》），可见其佩服陶公。

辛不信佛，有词谑佛。如：“不饮便康强，佛寿须千百。八十余年入涅槃，且进杯中物。”（《卜算子》）又如：“人沉下土，我上天难。”（《柳梢青》）孔子曰：“吾非斯人之徒与而谁与”（《论语·微子》），正辛此二句词之意。佛出世非圣人之意。

辛虽非纯粹儒家，而其入世之思想出于儒家，绝非佛道。

陶渊明、李太白、杜工部、韩退之、欧阳修、辛弃疾，六人中陶乃晋人，不在唐宋诗人之内，欧阳修且不足论，所余四人各人有各人风格，作风不同，而万殊归于一本，吾人欲求其共同点，则是——开合变化。

就一篇作品言之曰开合变化，此自非单纯而为复杂；就其全集而论则产量丰富。这就是他们不与禅、佛发生关系之最大证明、最大效果。盖入禅愈深则产量、变化愈少，故王、孟、韦、柳作品皆少。佛乃万殊归于一本，是“反约”，故易成为单纯。而“反约”亦有其优点，虽不能变化丰富而易有精美作品；变化丰富则易有壮美作品，有海立云垂气象，风雷俱出，有山雨欲来风满楼之势。王、孟、韦、柳集中无此种表现，其作品偏于优美。如孟浩然之“微云淡河汉”，王维之“高馆落疏桐”（《奉寄韦太守陟》），“反约”功夫太深，故缺少壮美。

可本此语研究此数家诗，看其是否与之相合。再看自己性情功夫，选择学诗途径。

不觉欢喜　乃真欢喜

附录

苦水作剧

垂老禅僧再出家

第一折

（正末僧装上。诗云）剃发披缁空即色，参禅礼忏色非空。达摩无有西来意，一任泥鳅自化龙。自家临济廿八代嗣法和尚继缘的便是。俗家陈氏，大同府人也，在这大名府兴化寺出家。俺这兴化寺乃是当年一千五百人善知识临济始祖义玄大师说法道场。传到俺手里只剩破庙一座，孤身一人。且喜尚有庙地十余亩，自种自吃，无牵无挂。这都不在话下。如今有一乡亲是梨园行净色赵炭头，带领他的浑家什样景卖艺到此，不幸病卧邻村，半载有余。是俺心怀不忍，时常帮助与他一些钱米。今日佛前课罢，且去探病走道儿者。（唱）

【仙吕点绛唇】初祖西来，道传法外，非空色，任意安排，甚的不是菩萨戒。

【混江龙】大千成坏，尽着俺一烟蓑，相伴着两芒鞋。菩提是树，明镜非台，养得这露地白牛强似虎，怕甚么弥天热海欲成灾。乾坤大，只晓得着衣吃饭。任瞎说姹女婴孩。

（做出寺锁门科。唱）

【油葫芦】常则是十叩柴扉九不开，真快哉，清净的禅林何处着尘埃。遥望着大堤一带春颜色，不信他世缘能把禅心败。村白酒有处买三杯，下肚浑无碍，且向那桃花深处，迤逦着自行来。（下）

（净领旦儿上，云）柴也不贱，米也真贵，两个冤家活是一对。自家赵炭头。这个是俺的浑家什样景，卖艺至此，不幸病倒，日渐沉重，有兴化寺继缘和尚常来帮俺。浑家，门口儿觑者，陈师兄今日敢待来也。（旦儿云）理会得。（末上云）来此已是赵乡兄寓所，大嫂正在门首，大嫂，你领我进去咱。（旦做领末进科）（末云）赵乡兄这两日可硬朗些？（净云）谢师兄惦念，俺的脑袋硬着罢哩，这病则有添无减，眼看无那活的人也。（末唱）

【天下乐】颜面焦黄染病色，形也波骸，干似柴，那瘦岩岩的样儿，恰待向土里埋。哎。你个小祸胎，不自在，犹兀自人前科诨打趣来。

（净云）师兄，咱闲口论闲话，你看我这浑家可好？（末云）好与不好，与我无干。（净云）你休说无干，有朝一日我死之后，拜托你领了他去吧。（末云）这是甚么话头？（净云）不是话头是公案。（末唱）

【寄生草】枯僧每多好色，你猜我似鸠摩罗什般把相思害。只为您夫妻每似一对儿毛脚蟹，我待要填还了您这冤家债。你且安心关上了碧纱橱，再宁神留得这青山在。

（净云）我一会儿不像一会儿，我要死也，拜托，拜托！务必，务必！（末唱）

【后庭花】昏昏地眼倦开，行行地泪滴腮。我这边满腹内揣着慈悲意，他那里腾天价火起祆庙灾。因缘簿，乱安排，阳台云雨，你硬派给出家人一面风月牌。

（净云）浑家，我要走了，不必难过，一切的一切都有陈师兄哩。师兄，此后你日夜看什样景儿吧。（末唱）

【柳叶儿】这一回天低日昃，眼看他力弱神衰，凶多吉少阎王的客，人无奈，命哀哉，一口气不接，准备着抬埋。

（净死下至鬼门复上科。云）师兄，此后你日夜看什样景儿吧。（复下）（旦儿放声大哭科。云）我的天儿来。（末云）大嫂且休烦恼。（唱）

【赚煞】莫生哀，休无赖，拆鸾凤，时衰运衰。天地无情途路窄，剩孤身粉面莲腮，哭断肠失侣伤怀，（内作鸡声科）（末唱）日午的鸡声风送过来。桃花落满阶，成何境界。（旦儿云）师兄，你说我如何是了也。（末唱）将一个巫娥女生攧下了楚阳台。

（末云）大嫂，烦恼有日，且去休息咱，棺木衣衾，我自回去准备了与你送来。（旦儿下）（末云）好不可怜人也。（诗云）只为他赵炭头性命不长，倒着我手脚着慌。回寺去预备棺木，再送来成殓衣裳。（下）

第二折

（正末僧装上。诗云）风光别作一番新，傍晚风来古寺门。禅僧出定闲阶静，飞花恰不似残春。俺继缘自从同乡赵炭头亡化过了，便葬他在本寺的庙地里，如今一月有余了。眼看花飞絮舞，又到春末夏初也。禅心知道本非絮，一任东风上下吹。（唱）

【中吕粉蝶儿】落尽荼蘼，正清和夏初天气。小红桥横跨着清溪，水生波，山无际。俺则是寺门闲闭，任残花一到处转飘狼藉。

【醉春风】沾雨正亭亭，天晴也浑似洗，绿杨无日不依依。喜，喜，喜，一派禅机，千条临砌，葛丝垂地。

（带云）不觉得日向晚也。（唱）

【缸绣鞋】才见这当头红日，一霎时残照低迷。这些儿难道是西来意。衠淡泊，不新奇，那晓来的东山上原来还是你。

（带云）忽然想起，赵炭头虽死，什样景还在，少农无食。时时须俺帮他。今日无事，且到邻村一看，顺便沽饮三杯。行来行去臭皮袋，莫道人生有底忙。（做出寺锁门科。下）（旦儿上。诗云）一窗残日鹧鸪啼，小院春花取决稀。神女生涯虽是梦，可堪无食又无衣。自家什样景，自从丈夫亡化过了，多亏陈师兄帮忙，衣衾棺椁倒也齐备。又蒙他让出庙地一角，将俺丈夫埋葬了，不致暴露。只是俺孤身一人，尚没归宿，来日茫茫，如何是了？且待师兄到来，商议一个长久之计方好。正是红颜自古多薄命，一任旁人说短长。（末上。云）迤逦行来，早望见了赵家的门首了也。（唱）

【普天乐】嫩条生，清阴密，恰来到绿杨树外，早行过绿水桥西。那搭儿破壁中，颓垣内，在那茅檐下成过家计，是耐贫穷的一对儿夫妻。说甚么双飞并栖，刚博得几个来觅食，寒至也无衣。

（带云）来此已是赵家门首，不免径入。（做相见科。云）大嫂。我一径的来看你。（旦儿云）多谢师兄。（末唱）

【十二月】则见他颜黄褪粉，出语声低，云鬓倦整，弱不胜衣。早看不出旧时的娇颜嫩色。直折倒得绿暗红稀。

（旦儿云）师兄，我有句话儿敢说么？（末云）有话请讲当面。（旦儿云）亡夫死去，多蒙费神，感不去心。只是妾身在此流落，终非长久之计。俺丈夫临死的时节，曾有几句言语嘱咐与您，您还记得么？（末云）提那病人的谵语作么。大嫂，你只顾在此住着不妨，柴米我仍旧接济。待有便人回乡，与你做伴儿一同还家却不是好？（旦云）莫说山遥水远，一时归去不得，便是回到家乡，婆家娘家俱没有着近的人，那时怕寻不出第二个陈师兄来帮忙哩。（末云）如此你只顾住下去。（旦儿云）这须了不得我终身之事。（末云）我倒想起一条道路，能了得你的终身之事。（旦儿云）你说来我听听咱。（末云）寻一个清净尼庵，我送你去出了家吧。（唱）

【尧民歌】则为你困饥寒典当了嫁时衣，却缘何余生犹有意痴迷。你剪青丝改换了旧容仪，披袈裟掩护了嫩香肌。琉也波璃，一灯明暗里，则那里面有波罗蜜。

（旦儿云）我一个唱戏的人家，修得甚么佛法？陈师兄，我也有条道路，能了得我终身之事。（末云）你也说来我听听咱。（旦儿云）你留起头发来娶了我去吧。（末云）甚么说话！（末唱）

【尾声】你痴心着鬼迷，我瓜田不纳履。你这摩登迦女不会得阿难意，将一朵牡丹花强拉着葫芦配连理。

（带云）我回去也。（做出门科）（旦掩门在门后做意料。云）陈师兄，你从此休上我门，我情愿生生地饿死也。（哭下）（末云）这是那里说起，待我回寺去咱。且慢，远远望去，那旁一个村酒务儿，是我常吃酒的地方，且去沽饮三杯。（做走进科。云）小二哥，打二百长钱酒来。（净扮小二上。云）来也，好酒、好酒，一半是水，若要醉倒，除非见鬼。陈师傅，少见，少见，酒有在这里了，今儿煮的好嫩鸡肥羊，您吃些儿吧。（末云）我向来只吃素酒，不动荤腥。（净云）听说送来吃肉。（末云）那个讲的？（净云）若不吃肉，为何常去看什样景？（下）（末云）这猢狲。（诗云）归自邻村日已曛，迷离幻梦记难真。谁教小二耍贫嘴？却说老僧要吃荤。（下）

第三折

（正末僧装上。诗云）飞残柳絮净天涯，开老墙阴荠菜花。一动不如一静好，半天红日弄流霞。俺继缘自那日从邻村归来，静掩禅关，一意清修，日月如梭，可早端阳佳节了也。（唱）

【越调斗鹌鹑】偏着俺废寺枯僧，又过却端阳令节，恰看他喷火红榴，才几日荼蘼似雪。待到这日落黄昏，依旧是门临旷野。双燕子，双蛱蝶，恰悠悠地树底飞来，早翩翩地花间去也。

（带云）禅房清坐，不觉又是黄昏。日间耘田去草，晚来正好一觉。则是一件，个月以来，夜问但一合眼，便看见什样景前来寻死觅活，且是一夜比着一夜闹得厉害。俺想借此冤辈，正好炼魔。听远远地更鼓发动，且去佛前添了香换了水者。（唱）

【紫花儿序】刚听得远迢迢地初更打罢，早见那瘦生生的新月东升，碧澄澄的银汉西斜，俺去那佛殿中添香换水，休再要打草惊蛇。佛爷保佑俺今宵盹睡些。不做噩梦，不闹呓挣，不遇妖邪。

（做到佛殿添香换水礼拜科。做重回上禅床打坐科。云）上得这禅床，且打坐片时，只是这心呵，往常一澄如水，新来但是身体一闲便觉得纷如乱丝。从前在老和尚那里学来的，平时在禅床上悟得的，一毫用他不着，好不惭愧人也。（唱）

【金蕉叶】则觉得胸怀闷结，说不尽衷心怕怯。休道他禅床上洪炉片雪，愁似那纸窗外云山万叠。

（带云）这一会儿瞌睡上来，且躺一躺者。（做卧睡科。唱）

【调笑令】我待要睡些，光景儿又全别。双眼生缬，闭不住两睫。（旦儿艳妆上远立科）（末唱）见雾拥着红裳，似风动霜红叶。俺嗅甜香一似闻兰麝，他抹朱唇更兼着明玉颊，这一番越越地奇绝。

（旦儿行近科。云）师兄，多谢你平日费心照看了也。（末唱）

【鬼三台】他那里着疼热，生欢悦，情牵意惹，舞眉眼，弄妖邪。（旦儿做态科。云）你留起头发娶了我来吧。（末唱）甚的是你那冰清玉洁，拈红巾自将粉面遮。扭蛮腰更学柳样趄，像这等的惹草拈花，才叫作兵连祸结。

（末云）还不快些儿回去。在此胡缠作么？（旦儿袖出剪刀科。云）待我扎死你这杀人不死救人不活的贼秃驴者。（做扎末科）

（末云）哎呀，杀了人也。（旦儿闪下，末坐起定醒良久科。云）呀……（唱）

【圣药王】花影斜，有影斜，苍松嫩竹走龙蛇。人去也，梦去也，禅心佛力没干涉，暗暗地自伤嗟。

（内打五更末听科。云）天明了也，今夜的觉又不曾睡得，索性到邻村走走，看一个端的。试看斜日隙中尘，人间何处不纷纷。（做出寺锁门科。下）（旦儿上。诗云）卧看朝暾已上窗，起来对镜理晨妆。茫茫来日愁如海，拟托良媒亦自伤。俺什样景自从与陈师兄合口之后，他一月有余不曾再来，教我着实放心不下，后悔不迭，又不好前去看他，怎得个人儿通个信息儿才好。

（末上。云）再到天台仍有路，碧桃落尽又重开。来此已是赵家门首，待我叩门咱。（做叩门科。旦儿猛惊科。云）是谁？（末云）大嫂，是我，我一径地来看你也。（旦儿暗喜科。云）家下无人，请回去吧。（末云）大嫂，不要作耍，请开了这门，让我进去，我有话与你讲。（旦儿不语科）（末云）你不开门，我又待回寺去也。（旦儿急起开门科。云）你也忒性急，我早已开了也。（末走进科。云）大嫂日来可好？（旦儿不语科）（末云）大嫂这里钱米不知目下可有富裕，倘若缺乏，回去之后当再亲自送来。（旦儿不语科）（末云）想是大嫂见怪，我且回去咱。（旦儿云）师兄且坐了，听我说。我且问你，你埋葬了我丈夫，又时常送钱米给我，不知为了甚么？（末云）也并不为了甚么，出家人慈悲为本，方便为门，一点衷心，自有佛菩萨证明。（旦儿云）师兄，你知道慈悲为本，方便为门，可还知道杀人见血，救人救彻吗？你如今害得我上不着天，下不落地，那里是你的慈悲方便？你出了钱米养活着我，让我来活受罪吗？昔日释迦牟尼，你不曾说来吗，在灵山修道的时节，割肉喂虎，刳肠饲鹰。师兄道行清高，难道学不得一星半点儿？如若不然，让我自己在这里冻杀饿杀，不干你事，从此后休来我面前打闪，搅得我魂梦不安。（作啜泣科）（末云）大嫂不必如此。赵乡兄弥留之际可曾说些甚么来？（旦儿云）我不曾听得说些甚么。（末云）大嫂，你只知道活不下去，那晓得我这些日子也正死不成哩。（唱）

【秃厮儿】你口口是杀人见血，我日日皆见鬼招邪。（带云）什样景，你我听从了赵炭头的遗言吧。（旦儿做喜科。云）你这贼秃倒想得好。（末唱）你如今不须心似铁。生共枕，死同穴，双绝。

【络丝娘】你那里将禅门秽亵，我这里把袈裟弃舍。（旦儿云）我每也拜一拜儿咱。（末旦儿做交拜科）（末唱）誓海盟山向佛前说，这一年来的相思完结。

【收尾】向芸窗一瓣心香爇，鸾帐里将幽情细写。我打那生死关赋归欤，我奔那温柔乡去来也。

（诗云）却向天台拾落花，不图胡越竟一家。此心难与身为主，莫怨寒风当自嗟。（末旦同携手下）

楔子

（正末俗装领小末扶旦儿上。云）这岁月过得好快也。俺继缘自返初服，与什祥景同居，眨眼二十年光景。且喜勤俭过日，几于白手成家。大嫂又为俺生下两个孩儿，男的叫作缘生，已经娶妻；女的叫作景生，也出阁了。这几日大嫂病得十分沉重，乡间又无甚高明的大夫，只是睁着眼儿看他一天弱似一天，好不烦恼。（旦儿云）大哥，我这病可是一听头，则听死不听活了也。（末云）大嫂，不要如此说，且自安心养病者。（旦儿云）你还望我好哩，这一会儿昏昏沉沉怕要不好。（末云）大嫂，你精细者。（旦儿唱）

【仙吕赏花时】则为你昼出耘瓜夜养蚕，休为俺忧伤将疾病耽，看了这弱女并娇男，劝你把情缘尽斩，休得要血泪湿青衫。（带云）大哥，我去了也。（死下）（末云）兀的不痛杀俺也。（小末大哭科）（朱云）小大哥，且休啼哭，你一哭我的心益发乱了，且到后面唤你的媳妇儿出来，看守你母亲的灵寝，再到东村唤取你的妹子来，我去到城里看棺木去也。（末、小末分下）

第四折

（正末僧装上。诗云）白发如霜渐满头，重来古寺又经秋。凉风一自天外起，清泪还从心底流。俺继缘二十年前因有一段世缘未了，返俗成家，这兴化寺便另由一位僧人住持。不想他吃喝嫖赌，将庙产花费得精光，真的只剩了破庙一座，那僧人却又不知向何方行脚挂褡去了。俺自年前丧了妻室，且喜度牒尚在，依旧来此出家。儿女每也曾再三阻拦，是俺执意不听，他每无奈俺何，只得由俺。好在他每孝心甚虔，每月柴米按时进来。俺每日除却一粥两饭，破衲遮身；此外无一不是多余。看着那盒身暗淡，佛殿摧颓，也懒去募修，觉得那拜佛礼忏、打坐参禅，也大可废免，说甚修行忏悔，半点也不在俺的心上，只是要把那凄苦的滋味打磨俺的残生。正是：不是艰难愁一死，要将凄苦炼余年。（唱）

【双调新水令】满枝结子绿成荫，煮黄粱虚空一枕。掩拊心馀梦想，低首自沉吟。这冰冷的气息透腹钻心，不由俺急凛凛地打一个寒噤。

【驻马听】落叶空林，四野风来凉气侵。残蝉余阴，一天星暗月光沉。苍松翠竹自萧森，颓垣废寺依然恁。谁共饮这一杯残酒，可不道酸辛甚。

（带云）二十年来呵，（唱）

【搅筝琶】记得他曾把秋兰纴，记得他纤手度金针，我把那淡绿醅斟，我去那芙蓉褥寝，同鸾帐，共鸳衾，到的这灯暗宵深，沉沉，天外的双星自照临，都是些月影也那花荫。

（带云）到春日呵，（唱）

【沉醉东风】草长莺飞花似锦，小栏红药正抽簪。宝色明，奇香沁，为花好懒去登临，一架秋千出碧林，同戏耍不曾害碜。

（带云）到秋日呵，（唱）

【步步娇】黄叶丹枫奢豪得恁，谁道是凄凉甚，黄似金，红似那唇朱一般深。记得酒同斟，佯醉也还装啉。

（带云）到今日呵，（唱）

【乔牌儿】落花沽碎琴，黄叶不成荫，当年的戏言身后都成谶。沧海深，明月沉。

【殿前欢】怎追寻，岁时荏苒去骎骎，重来古寺愁难禁，山霭消沉，扶藜出远林，空撤哂，四体秋寒浸，若无个当日，争落得如今。

（小末扮缘生携妻，小旦扮景生携夫同上。云）俺每都看望爹爹去来。（做入寺见末科。云）爹爹可好，俺每一径地来看你也。（末云）我好，我好，你每又来此作么？（小末小旦同云）爹爹，庙中清苦，秋日凄凉，转眼穷冬，爹爹年纪高在，诸多不便，请暂回家下，待到明年，春暖花开，再送您来此住持也还不迟。（末云）孩儿也，你每晓得甚么？（唱）

【离亭宴煞】你夫妻每都是俺余枝荫。您身家都向他天公赁，俺没甚么禅心道心，您道俺卧薪尝胆贪图甚，俺渴来时有半碗儿凉浆饮，困来时把一块砖头儿枕，何尝是忘餐废寝。（带云）这残年的酸苦呵，（唱）吃得也自从咱，（带云）那人世的艰难呵。

（唱）尝来也尽由您。

（小末小旦同云）既然爹爹执意在此，俺每暂时且自回去咱。（末云）你看天道不好，怕要下雨，你每还是作速回去为是。（小末携妻、小旦携夫同拜辞科，下。内做雨声科）（末云）这一伙小儿女煞是可怜人也。（内作雨声渐大科）（诗云）雨声滴滴在心头。不是寻常一点愁。叶落空林枝好在，残生触处似残秋。（下）

题目　继缘和尚自还俗

正名　垂老禅僧再出家

我的父亲顾随（代后记）

◤顾之京.（河北大学中文系教授）

父亲之治禅学，在他1943年11月所作的《禅与诗》的讲演中，曾说有四个“因缘”：其一是幼时读《镜花缘》，书中之一段笑话；其二是后来见到前人“笔记”中的一个“偈语”；其三是初进燕京大学教书，听胡适谈禅而对之产生疑问；其四则是“痛遭先严大故”。于此可知，他幼年时已在心底萌生了对禅的兴趣；青年时有了对禅的喜爱；迈进“而立”，产生了研读禅学的需求；1932年老父病故，促成他于禅学中汲取人生前行的勇气和力量。

禅理是深奥的。父亲学禅，体验过获得新知的欣悦，也经历过苦无入处的困惑。父亲是词人，他把欣悦与困惑写进了自己的词里。

1931年，当是父亲正式研读佛书的初期，年底一首《八声甘州》记述着学禅的道路上，已进入王国维氏所说成大事业、大学问的第一境界：

三十余年行脚，剩半头白发，满面黄埃。尽沿门托钵，踏破几芒鞋。走平沙、绿洲何处，只依稀、空际现楼台。算今

朝、到灵山了，莫再空回。（灵山：佛说法处。）

1932年夏，痛遭大故之后，他沉入禅学，进行着深一步的研读，“连日阅禅宗语录”，而“迥无入处”，他在一首《临江仙》中，以词笔描述自己学禅之“无入处”，陷入了“却来杨柳岸，高唱大江东”之不能谐溶的尴尬境地。（“杨柳岸”乃柳永《雨霖铃》词中所绘伤别之地；“大江东”乃苏轼《念奴娇·赤壁怀古》所写雄阔之景。）即使在如此境地中，父亲更有一种关云长单刀赴会高唱“大江东去浪千叠”（关汉卿《单刀会》）的前行之勇气。他憧憬着、企盼着“拈花知佛意，一笑见宗风”的顿悟境地。此后，他一定是经历了王国维氏所谓“衣带渐宽终不悔，为伊消得人憔悴”的第二境，终于渐入佳境。周汝昌先生1985年所著《〈苏辛词说〉小引》一文中说：“先生于无书不读之间，也曾留意佛学典籍与禅宗语录。凡是真正知道先生的，都不会承认他的思想受有佛家的消极影响。正好相反，先生常举的，却是‘透网金鳞’，是‘丈夫自有冲天志，不向如来行处行’，其精神是奋斗不息、精进无止的。他阅读佛经禅录的结果，是从另一方面丰富了他的文学体验，加深了他的艺术修养。”

1936年初冬，父亲韵文创作的如椽之笔，进入到现代几乎已无人涉猎的“杂剧”，他连续谱出了以佛教故事为题材的杂剧，以杂剧这种艺术形式，歌唱着“透网金鳞”“救人救彻”“我不入地狱谁入地狱”之人生哲理、禅家精神。父亲是文学史上迄今为止最后一位杂剧作家，获有“中国戏曲史上空前绝后的成就”，他一生留下杂剧六种，以佛教故事为题材者，占了三分之一！叶嘉莹教授《〈苦水作剧〉在中国戏曲史上空前绝后的成就》一文，对父亲所作杂剧作了生动详明、文情并茂的讲析，读者可以认真拜读，领悟其中的思想真谛。

1937年“七七事变”后，父亲困居沦陷的北平，十分苦闷，只有沉心于禅学之中，但这绝不是为了求得心灵的暂时解脱，而是从文学、哲学的角度，把它当作一门学问来研究。通过对禅理的参悟，更深刻地感悟人生的哲理，也进一步推寻佛教与中国文化的关系，以之寄托对故国的怀念与忠诚。但这一层重要的“因缘”，却是1943年公开讲演中所无法明言的。他深入研究了大量佛教典籍，深入地了解了禅宗与文学理论的关系，把禅学的精神运用来解说中国古典韵文的高超特色。

1940年代前期，父亲在不悬挂日本国旗、不接受日伪经费的私立辅仁大学的讲堂上，传授中国古典诗词，时时以禅家精进励前的人生态度、坚贞高洁的人生持守，渗入讲授之中。传法弟子叶嘉莹当年的听课笔记，几十年来珍藏身边，她曾深情地说：“我之所以在半生流离辗转的生活中，一直把我当年听先生讲课时的笔记始终随身携带，唯恐或失的缘故，就因为我深知先生所传述的精华妙义，是我在其他书本中所决然无法获得的一种无价之宝。”根据这些无比珍贵的笔记所整理的“顾随讲坛实录”真实地记述着这一切，使我们后来者得以随着嘉莹教授的笔记，走进七十余年前顾随的讲堂。讲堂之外，父亲与弟子们也有关于诗和禅的交流。1943年，父亲作七绝一首，诗题曰“近来授书时举禅家公案俾助参悟，从学诸君或以此相问，因成小诗一章”，诗云：

一片诗心散不收，袈裟仍是两重裘。
凭君莫问西来意，门外清溪自在流。

绝句之长题记写着师生间关于禅理禅意的交流，首联二句向弟子述说自己的身心状态，次联二句阐释着佛家顺应自然、遵循真理的人生态度，亦即自己“授书时举禅家公案”之用意所在。《禅与诗》之讲演也是此时应弟子之邀而举行的。

父亲在1943年夏秋之间，撰著了《稼轩词说》与《东坡词说》，两词说1944年由弟子周汝昌抄录，弟子在“抄校后记”中将“词说”誉为“《人间词话》后第一伟著”，“一新天下人耳目”。没有读过“词说”的人，绝不会想到这论词之著竟是用了极为别致的佛经语录体所写成，且多处举示禅家语录、话头“俾助参悟”。何以用佛经语录体且引禅家话头来撰写学术著作，周汝昌先生在1985年的《〈苏辛词说〉小引》一文中，有一段极为通俗又极其理性的文字，析说老师的深情用意。他说，“语录，原本就是指唐代‘不通于文’的僧徒直录其师辈的口语而言，正是当时最普通的俗语白话的记录。到得宋代，理学家们也喜采此体，盛行于时，于是‘语录’竟也变成了一种‘文体’之名了。”语录体实际是丰富了汉语言的表述方式。语录体“在讲学传道上具有其优越性，……那么，羡季先生讲说宋词而采语录之体，其非无故，便已晓然。”周先生还强调，老师“也并非就是一味模仿唐沙门、宋诸子，而是取其所长，更加创造——也就是一种大大艺术化了的‘语录文体’。”这即是说，“词说”对语录这种文体的艺术化也起了推进作用。周汝昌先生又申说了老师之所以喜欢“语录之体”的深层原因，正在于他对禅宗的敬佩：“盖禅宗——语录上艺术大师们的流派——是中原华夏之高僧大德将西土原始佛法大大加以民族化了的一门极其独特的学问，它对我们的文学艺术，发生了极其巨大深远的影响……”而且“禅宗最反对烧香念佛，繁文缛节，形式表面，而极端强调对任何权威都不可迷信，不惜呵佛骂祖，打倒偶像……反对缀脚跟，拾牙慧，具有空前的勇敢大胆、自具心眼、创造精神”。汝昌先生最后更强调：“读先生的《词说》，更要细心体会他行文说理的独特的词语和方式，以及采用禅家‘话头’‘公案’的深刻而热切的存心用意。”回忆当年汝昌先生成此“小引”之后，曾当面对我说：“这些话我不说明白，今天的读者未必能理解老师的苦心用意了。”周汝昌先生的这段文章正是他尊崇历史、弘扬师德的一怀存心用意。

撰著“词说”的同时和稍后，父亲的词作中，也时用禅家语以抒怀：

寥落今秋意，悲欢旧岁情。学参犹未到无生。何日横担榔栗万峰青。（《霰集词·南歌子》下片）

早识身如传舍，未知心遣谁安。紫薇朱槿已开残。今宵明月好，休去倚阑干。（《濡露词·临江仙》下片）

用佛典中“横担榔栗”“与汝安心”的话头，以禅家的精神支持自己在沦陷区苦度岁月，追求达到更高的人生境界。词中也写到他研读佛书的情状：“一龛灯火人垂暮，案上楞严助参悟。”（《濡露词·青玉案》）“夕阳看下西崦去，卧诵床头一卷经。”（《濡露词·鹧鸪天》）让我们看到身处沦陷区的苦水词人净心苦住、坚守心志、以俟光明之情态。

1945年抗战胜利之后，父亲研读佛书不辍，至1940年代后期，他对禅学已有了甚深研究。恰在此时，张中行先生主办佛学刊物《世间解》，邀他写稿，这正是佛门所谓“机缘凑泊”。在《负暄琐话·顾羡季》中，张中行先生写了他向我父亲约稿两人初次见面的情景：“是40年代后期，我主编一种佛学月刊，筹备时期，觉得稿源相当困难，同学李君告诉我，说顾先生喜欢谈禅，可以找他试试……于是就去谒见。顾先生身材较高，秀而雅，虽然年已半百，却一点没有老练世故的样子。我说明来意，他客气接待。稍微谈一会话，我深受感动。他待人几乎是意外的厚，处处为别人设想……关于写稿的事，他谦虚、却完全照请求的答应下来。”张中行先生在另一篇《禅内禅外》中，也写到当年去约稿和以后去催稿、取稿的事：“约稿难，约讲禅的稿尤其难。知道顾先生是通禅的，于是大胆登门。以为十之九会碰壁，结果却出乎‘意表之外’，他不但慨然应允，而且决定写连载的长篇。这之后我就催，就去取，他就写，大约一年有余，十二篇写成，就是……《揣籥录》。”张中行先生以第一手材料告诉我们《揣籥录》一著产生的缘起和经过。父亲在《揣籥录》中也记述了当时应“中行道兄”之约而写稿、而被催稿的情景。“苦水之写《揣龠录》，自其开端之‘小引’，直到现在写着的‘末后句’，没有一篇不曾受过中行道兄之督促”，“他永远不着急，不起火……而其静穆底面貌与其平和底语音却有一种‘逼人力’，即是说：他让你写稿子，你便不能不写，不好意思不写；即使是挤（鲁迅所谓挤牛奶之挤）也罢。”（《揣龠录·第十二章》）在这里让我们看到了编辑与作者双方共同的诚笃与敬业。

《揣龠录》在当年除连载于《世间解》外，其中的 8、9、10 三篇在弟子滕茂椿的操办下，1948 年之 7 月以《兔子与鲤鱼》为题印行了单行本，小 32 开印刷。父亲为这个单行本特地写了一篇短短的“自序”，于序中言及写作这一著作的感受：“遮之先，我并未曾写过遮类文字，起初下笔颇勉强，待到写过第四篇之后，渐能畅所欲言……然而在勉强时多少尚有些儿规模，待到熟习时，我觉得我已不复是谈禅，而是写近代所谓底散文了。”父亲虽然自称“不复是谈禅”，而是写“散文”，而其实，一部《揣龠录》，用张中行先生的话说：“他谈了禅法的各个方面，或者说，兼及表里，兼及知行，而且妙在推古德之心，置学人之腹”。禅理本来是深奥的枯燥的难懂的，而“顾先生的笔下真是神乎技矣，他是用散文、用杂文、用谈家常的形式说了难明之理，难见之境。”而且父亲在阐释禅理之时结合了古代诗文的研究，写得生动而且吸引人。

对于《揣龠录》的手稿，张中行先生亦有一段动情的描述：“顾先生常常生病，可是他的稀有的诚笃使他不放下笔，每期总是如期交稿，稿纸用红格纸，毛笔写，二王风格的小楷，连标点也一笔不苟。十二章，六七万字，一次笔误也没发现。我有时想，像这样的文稿，可以双料利用之：一是给写字不负责任的年轻人甚至作家看看，使他们知所取法；二是装裱后悬在壁间，当做艺术品欣赏。”《揣龠录》的十二章手稿，一直珍藏在张中行先生手中，轻易舍不得拿出来示人。如今张中行先生也已西归，临终前他将珍爱的这份禅学手稿托付给谁了呢？不得而知。

1953 年初夏，父亲大病三年多之后终得痊可，重返教坛。他应天津师范学院（河北大学前身）之邀，东下津沽。年底，他填写了教书以来第一份正式的生平履历表，他在“现从事之研究工作及今后意愿”一栏，除了中国古典韵文之外，还郑重地写上了“佛典文学及禅宗语录文学的研究”一项。可能正是因此，领导和同志们知道了他对佛典文学有兴趣且有研究，随即为他安排了下一个学期（1954 年春季）的“佛典翻译文学”一课。1954 年春，他利用一个多月的时间，写出了讲义和讲稿，即今日我们所读到的三万言的《佛典翻译文学》。父亲旧日上课虽“时时拈举禅家公案”，但专讲“佛典文学”，却是平生第一次。这在建国初期的高等学校，无论是汉语言文学专业，还是古代哲学专业，恐怕算得上是首例吧！他自言讲此课程“口讲指画，兴高采烈” （见致胞弟六吉函，1954. 5. 22）。1981 年，我第一次为父亲撰写万字的简传时，曾向张中行先生请教。关于《佛典翻译文学》，张中行先生对我说：“佛教典籍中有文学意味的作品不少，而系统介绍的却不多见。”“佛典文学”一稿“无论选文还是解说，见解都很精当”。

1955 年之后，父亲的社会活动日渐增多，身体状况却日趋不济，直到 1960 年病故之前，禅学方面的研读，虽有心也无力顾及了。

1997 年，当父亲百年诞辰之际，周汝昌先生应《燕京学报》之约，特撰文《燕园名师顾随先生》（刊于《燕京学报》第五期，收入《顾随和他的世界》，作家出版社，2007 年）“为先生百年介寿”。文中他以禅家精神来总结老师的治学特点。周汝昌先生的知师之言，不仅是对老师的评价，对后辈学人亦颇具启迪教育之作用。就以汝昌先生的精彩论述作为这篇代跋的结束语：

先生治学授业，借径于禅家词话、精神者非常重要。所取禅家者大略有五端：

一曰精进不息。二曰破除俗障。三曰不盲从于权威。四曰喜胜于己。五曰“勿参死句”，务识“活龙”。

精进不息是禅家主要精神态度，绝非消极懈惰。一意向上，不居人下。如此治学，方可望有过人成就。

破除俗障，包括多方，最大俗障是俗世庸常的眼光识解、议论评估；如被这些先入为主，则随波逐流，终难自树。此义包括“直指心愿”，以自己的智慧灵能去直接接触研究对象，而勿为物隔（禅家连语言文字也视为一种获得真谛的障隔）。此非“唯心论”之谓，是指学人要观察外物必须亲切痛彻，方得其实，而非假象或陈言误导。

先生教人，启牖指点，绝不“填鸭”、“照抄讲义”，以学生为“仿己”木偶，强调“见与师齐，减师半德”“见过于师，方堪传授”。是以极喜弟子有胜己之见，以为大慰。

以此，不欲学人盲从权威专家，更不须多说了。此又非蔑视前修，当然学必当“多师以为师”，但须自具心眼，师是则师之，师非亦不“为贤者讳”也。

至于勿参“死句”，更为重要。先生常常举示“莫将活龙打做死蛇弄”。此借禅家语以警学人。盖治学不仅仅是“逻辑”“考订”等等“程序”之事，更是智府灵源的作用与机能。老师宿儒，经书熟诵，却“死”于字句之下，一点儿“活气”也无，此则岂有卓识妙解、真知灼见可言乎？

顾之京二零一六年四月谨识

图书在版编目（CIP）数据

不觉欢喜　真是欢喜 / 顾随著. —北京：中国工人出版社，2016.4
ISBN 978-7-5008-6389-2

Ⅰ.①不…　Ⅱ.①顾…　Ⅲ.①古典诗歌—诗歌评论—中国　Ⅳ.①I207.2

中国版本图书馆CIP数据核字（2016）第084706号

不觉欢喜　真是欢喜

出 版 人　芮宗金
责任编辑　宋　杨
责任校对　董春娜
责任印制　黄　丽
出版发行　中国工人出版社
地　　址　北京市东城区鼓楼外大街45号　邮编：100120
网　　址　http://www.wp-china.com
电　　话　（010）62350006（总编室）
（010）62005039（出版物流部）
（010）62379038（社科文艺分社）
发行热线　（010）62005049　（010）62005042（传真）
经　　销　各地书店
印　　刷　三河市东方印刷有限公司
开　　本　880毫米×1230毫米　1/32
印　　张　10
字　　数　210千字
版　　次　2016年10月第1版　2020年4月第3次印刷
定　　价　38.00元